KB159249

모란
시장

모란
시장

이경희 장편소설

능평꽃집

동해수산

모란축산

대도축산

차 례

1

송이는 고기가 되는 게 무서워 시장에서 도망쳤다.

누군가에게 고기로 먹히는 것보다 배고픈 떠돌이 생활이 낫다고, 나한테도 되도록 빨리 시장에서 벗어날 수 있는 방법을 찾아야 한다고 했다. 나는 송이 말에 동의하면서도 시장을 떠날 방법을 적극적으로 찾고 있지는 않았다. 어떤 미련이나 책임감 때문이라고 하면 송이는 분명 비웃으며 말할 것이다.

"너는 아직도 사람에 대한 희망이 있구나."

송이의 물음에 대한 해답을 찾으면 나도 시장을 떠날지도 모른다. 스스로 떠나지 못한다면 아마 도망쳐야 하는 순간이 올 수도 있을 것이다. 하루도 빼놓지 않고 시장을 지켜보는 것도 그런 이유 때문이다.

이곳에서 살 수 없는 물건은 없었다. 숨 쉬고 있는 것부터 죽은 나무까지 사람이 원하는 것은 무엇이든 다 있었다. 사람들은 필요하거나 필요치 않은 물건까지 양손이 넘치도록 사들고도 시장에서 쉽게 벗어나지 못했다. 무언가에 홀린 듯 여기저기 기웃거리며 장사치들의 수완과 입담에 혹하거나 새로운 물건에 넋이 빠진 사람들, 기어이 미로에 갇히고도 벗어나길 원치 않은 사람들로 인해 오일장은 언제나 사월의 논바닥처럼 시끄러웠다.

시장의 형태는 급조된 슬레이트집과 간이 천막, 파라솔로 이루어졌다. 무질서하게 자리 잡은 노점상들이 만든 길들은 좁고 질척하고 비슷해서 어디가 끝이고 어디가 시작인지 알 수 없어 단골이 아니라면 헤매기 쉬웠다. 그러나 종일 입과 지갑 열리는 소리로 시끄러운 시장에도 나름의 질서는 있었다. 시장에서 가장 목이 좋은 곳과 가게 형태를 갖추고 있는 천막의 상인들은 거의가 시장의 터줏대감인 실세들이었다.

난전에서 장사하는 사람들도 시장 경력에 따라 자리권이 보장되었고, 그렇지 않으면 오일장마다 일찌감치 나와 좋은 자릴 맡거나 새로운 자리를 개척해야 했다.

가끔은 시끄럽고 냄새나고 무서운 일들이 벌어지는 이 시장에서 살아가고 있다는 것이 슬프지만 나를 끔찍이 아끼는 명진, 그러니까 내 아빠 때문에 집을 떠나야겠다는 생각은 하지 않았다. 아빠와 내가 비록 전혀 닮지 않았고 서로 다른 음식을 먹고 같은 언어로 대화를 나눌 수 없는 관계지만, 우리는 함께 살 수밖에 없는 애틋한 운명임을 서로가 알고 있었다. 아빠와 내게 시장은 가혹하고 무서운 곳이면서도 풍요롭고 따뜻한 두 얼굴을 한 곳이었다.

아빠는 오늘따라 더 우울해 보였다. 할머니가 가져다준 점심도 거르더니 뭔가 참을 수 없다는 듯 머리를 쥐어뜯다가 응급약을 먹고서 잠에 빠져들었다. 응급약은 의사가 특별히 처방해준 것으로…… 이틀 이상 잠을 못 잤을 때만 먹는 약인데, 엊저녁 코까지 골아가며 잘 잔 아빠가 그 약을 급하게 입 안으로 털어 넣었다는 것은 내가 알지 못하는 큰 고민이 있다는 뜻이었다. 약을 빼앗을 수도 없고, 내가 할 수 있는 것은 걱정스러운 눈길을 보내는 것뿐이었다. 가능한 일이라면 내가 아빠의 아내 또는 자식이 되어 아빠의 외로움과 괴로움을 나누고 싶지만, 나는 아빠가 아끼는 애완견일 뿐이었다. 서로의 온기를 나누고 눈빛으로 말하고 위로하는 것만이 가능한, 다른 종으로 살아가야 하는 지구의 생명체라는 것만 분명했다.

아빠와 나, 둘이 산 지도 벌써 십 년이 넘었다. 그동안 우리는 함께 울고 웃으며 모란시장의 가장 깊숙한 속살을 보았고, 덕분에 시장에서 우릴 함부로 대하는 사람은 없었다.

시장의 힘은 시장의 생리를 가장 잘 아는 사람들이 나눠 가졌다. 아빠만 예외였다. 아빠는 모든 것을 다 알고 있었지만,

힘을 쓸 수 있는 사람이 못 되었기에 시장에서 견제받지 않았다. 아무도 아빠를 경쟁자로 바라보거나 실세라고 생각지 않았다. 시장의 구성원에서 전혀 필요치 않은 사람이고 게다가 오래전부터 정신질환자로 알려져 누구도 아빠한테 말을 걸거나 가까이하려 하지 않았다. 그러니까 아빠와 나는 이 시장에서 팔 수도 살 수도 없는 죽은 나무보다 못한 존재였다. 있다는 사실을 인정하지 않을 수는 없는, 그러나 영원히 열어보고 싶지 않은 창고 속의 손대기 불편한 물건과 같았다.

어쨌거나 아빠는 초저녁에 약을 먹고 잠이 들었으니 밤 열 시가 넘어야 깨어날 것이었다. 나는 창밖으로 저물어가는 시장을 내다보다가 결심했다. 아빠가 혼자서는 절대로 시장에 가지 말라고 당부했지만, 종일 방 안에만 갇혀 있었더니 답답해서 견디기 힘들었고 무엇보다 오랜만에 밖에서 똥을 누고 싶었다. 요즘은 아빠의 마사지도 별 도움이 되지 않아서 시원하게 똥을 눈 지 오래되었다. 시장 가운데로 흐르는 탄천으로 가 뛰어다니면 시원하게 볼 수도 있을 듯싶었다. 그러려면 혼자라도 나가야 했다.

나는 죽은 듯 잠을 자는 아빠를 한번 쳐다보고는 방문을 밀었다. 문은 다행히 꼭 닫혀 있지 않아서 쉽게 열렸고, 아무도 보는 사람이 없어 쏜살같이 삼층에서 내려갈 수 있었다. 아빠와 나에게 하루 세 번 밥을 가져다주는 할머니는 문을 꼭 닫으라는 아빠의 잔소리를 매번 잊어버리기 일쑤였다. 자주 일층까지 내려갔다가 생각이 난 듯 다시 헐떡거리며 삼층까지 올라와 방문을 닫고 내려갔다. 그럴 때는 시장의 소음이 계단을 타고 올라와 낮잠을 방해하기도 했다.

오늘은 할머니 덕분에 아빠 몰래 혼자 저녁 산책을 나올 수 있게 되었으니 고마워해야 했다. 아빠 없이 혼자 하는 저녁 산책이라 약간의 무서움이 앞서는 것도 사실이지만, 무서움이 다섯 평 방 안에 종일 갇혀 사는 지루함에서 탈출하는 설렘보다 더하지는 않았다. 문제는 앞으로도 어쩌면 할머니의 깜박하는 버릇을 반가워해야 할 일이 많아질지도 모른다는 사실이었다. 아빠의 병은 갈수록 나빠지고 있고 수면제를 먹는 양도 점점 많아질 것이기 때문이다.

일층으로 내려선 뒤 잠깐 지하로 연결된 계단을 살폈다. 할머니는 보이지 않았다. 할머니는 나만 보면 무조건 '큰일 나! 얼른 올라가!' 하면서 소리쳤다. 내가 삼층에서 그것도 아빠 없이 혼자 돌아다니는 꼴을 못 보았다. 물론 내가 어떤 위험에 처할지 몰라서 그런다는 것은 알지만, 할머니의 그 쉬어 터진 목소리를 들으면 기분이 영 언짢았다. 그럴 때면 심술이 나서 지하실로 내려가는 계단에 오줌을 싸놓고 도망치곤 했다.

사실 아빠가 나 말고 가장 믿는 사람은 할머니였다. 할머니는 어두컴컴한 반지하에서 가족들과 살았다. 할머니는 하루도 거르지 않고 아빠와 나의 끼니를 챙겼다. 어찌나 깔끔하고 정성스럽게 음식을 만들어 오는지 할머니가 정말 지하실에서 만든 음식인가 의심이 들 정도였다. 할머니 주방을 본 적은 없지만, 그 시커먼 지하실에서 만든 음식이라고는 믿기지 않을 정도로 차림새 또한 조화로웠다.

그러나 아빠는 할머니 음식에 대해 이렇다 할 표현을 하지 않았다. 비닐봉지 속에서 꺼내주는 맛도 향기도 없는 내 밥과는 분명 차이가 있는데, 아빠는 밥을 먹을 때마다 미간을 찌푸리며 먹었다. 아빠는 약을 먹기 위해서 밥을 먹는 것이지 배가 고프거나 음식을 탐해서 먹는 것은 아니었다. 아빠가 그런 표정으로 밥을 씹을 때마다 불안했다. 아빠는 분명 서너 숟갈만 뜬 뒤 밥상을 물릴 것이기 때문이다.

아빠가 남긴 음식은 모두 쓰레기가 되었다. 같은 음식은 두 번 다시 먹지 않는 아빠의 식성 탓이었다. 아까운 생각이 들어 가끔 아빠의 밥상을 기웃거려보지만, 아빠는 기껏해야 고기 몇 점 내 밥그릇에 놓아주고는 밥상을 문 쪽으로 밀어놓았다. 내게 주는 것이 아까워 그런 게 아니라 비만이 걱정되어 그런다고는 하지만, 아빠가 남긴 그 많은 음식이 쓰레기로 버려지는 걸 보면 아빠는 애당초 음식에 대한 예의가 없는 사람이라는 생각이 들었다. 살기 위해서 먹는 것이 아니라 죽지 않기 위해서 먹는 것이라면, 아빠에게 밥은 한 주먹의 약과 다르지 않았다.

언젠가 아빠랑 밖에서 내 또래 친구들을 본 적 있었다. 그때는 아빠가 웬일로 시장을 벗어나 산 쪽을 향해 한참 동안 걸었는데, 가는 중에 그들을 만났다. 그들은 산에서 무리를 지어 떠돌아다니고 있었는데, 아빠와 나를 보고는 호랑이처럼 으르렁거렸다. 나하고 비슷하게 생긴 그들이 어떻게 그런 소리를 낼 수 있는지 이상하고 무서웠다. 아빠는 그들이 떠돌이 개이고 배가 몹시 고플 것이라고 했다. 이빨을 드러내며 무섭게 짖는 것은 사람에 대한 혐오와 두려움 때문이라고, 떠돌이 개의 운명은 이미 누군가의 손에 달려 있어 곧 그들의 모습을 볼 수 없을 거라고도 했다.

그 떠돌이 개들을 본 뒤부터 나는 아빠가 밥을 남기는 것이 더 마뜩잖았다. 무엇 하나 흠잡을 데 없는 할머니 음식을 젓가락으로 깨작거리다 밥상을 물리는 걸 볼 때마다 배가 고파서 으르렁거리던 떠돌이 개들이 떠올랐다. 만일 할머니가 그들을 보았다면 모른 체하지 않았을 것이었다. 어쩌면 위험을 무릅쓰고서라도 그 떠돌이 개들에게 아빠가 남긴 음식을 가져다주었을 것이다. 할머니는 시장 갈 때 빼놓고는 좀처럼 지하실을 벗어나지 않았다. 일층 현관 밖에 놓인 음식물 쓰레기통을 보면 아빠가 남긴 음식이 어떻게 버려지고 있는지 볼 수 있었다.

어제 비가 내린 탓인지 지하실에서 쿰쿰한 냄새가 더 진하게 올라왔다. 분명 물과 전기가 있을 텐데, 지하실은 언제나 불이 꺼져 있었다. 가끔은 지하실에 내려가보고 싶은 충동이 일었다. 아빠와 종일 붙어 있어 그렇기도 했다. 그러나 지금처럼 기회가 생겨도 불 꺼진 캄캄한 지하실에 혼자 내려갈 용기는 쉽게 생기지 않았다. 지하실에는 할머니 말고 다른 사람들이 더 있었다. 지하실에 내려갔다가 할머니가 아닌 전혀 본적 없는 그들과 마주친다면, 나도 그들도 놀랄 게 뻔했다. 나는 깊은 수렁처럼 보이는 캄캄한 지하실을 내려다보았다.

오래전 기억이라 정확하지는 않지만, 한밤중 지하실에서 거친 남자 목소리와 할머니 비슷한 젊은 여자의 울음소리를 들은 적 있었다. 아빠는 깊은 잠에 빠져 듣지 못했고 잠귀가 밝은 나는 닫힌 방문 앞으로 바짝 다가가 그 소리에 집중했다. 남자의 크고 거친 목소리가 악다구니를 썼다. 젊은 여자의 울음소리가 들렸고 집기들이 부서지는 소리가 끊이지 않았다. 계단을 오르내리는 할머니의 조용한 발소리만 들었던 나는 지하실의 무질서하면서도 기이한 소리가 계단을 타고 올라와 삼층 현관문을 흔들어대자 심장이 덜컹거렸다. 누군가 틀어막은 구멍 같았던 지하실에서 그토록 많은 사람 소리가 들렸다는 사실이 놀랍기만 했다.

그러나 여자의 저항과 서러움의 울음이 한밤을 깨우는데도 대도빌딩의 문들은 좀처럼 열리지 않았다. 문 열리는 소리도 나지 않았고 지하실로 향하는 구원자의 발소리도 들리지 않았다. 모두 침묵하기로 약속이나 한 듯 지상의 문들은 밤의 소란을 외면했다. 나와 아빠의 세상이 다르듯 대도빌딩의 지하와 지상에도 내가 모르는 세상이 있을 테고, 그게 모란시장의 질서와 규칙이라는 생각이 들자 막연한 슬픔이 몰려왔다. 내가 이해할 수 있는 세상은 아빠가 전부였다. 아빠가 만든 규칙을 따르고 아빠가 원하고 시키는 대로 해야만 안전하게 살 수 있었다. 왜 그렇게 살아야만 하는지 이해해야 하는 것 역시 슬픈 일이지만, 내 운명이었다. 그날 나는 지하실이 다시 잠들 때까지 현관문 앞에서 꼼짝하지 못했다.

언젠가는 이 시장이 만들어낸 암호와도 같은 그 질서와 규칙이라는 것을 꼭 알아내고 싶었다. 물론 내 힘으로는 불가능한 일이지만, 늘 삼층 창밖으로 시장을 바라보는 아빠의 눈에서 나는 어떤 비장함을 읽곤 했다. 그게 언제일지는 모르지만, 시간이 갈수록 아빠의 그러한 표정이 더 짙어지고 있음을 나는 알고 있었다. 그것이 무엇을 하기 위한 비장함인지 모르지만 그때는 나도 뭔가 아빠와 나를 위해서 큰 결심을 해야 할 것 같았다.

할머니는 대도축산 뒤꼍에서 개 도축을 하는 경숙 씨 엄마였다. 경숙 씨는 대도축산 박 사장의 두번째 부인으로 지금은 그 역할에서 벗어난 일을 하며 살았다. 그녀가 왜 도축 일을 하게 되었는지, 왜 박 사장의 허락 없이는 아무것도 할 수 없게 되었는지는 나중에 밝혀질 것이다. 짐작으로는 대도빌딩 지하에 살면서 아빠에게 밥해주는 할머니와 그 떨거지들이 그녀의 가족이라는 사실과, 그들의 먹고사는 문제가 경숙 씨의 도축 일에 달려 있다는 것은 분명했다.

오일장이 파한 모란시장은 낮과 사뭇 다른 분위기였다. 난전 상인들이 빠져나가면서 시장은 모래톱이 드러난 저녁 해변처럼 보였다. 치열했던 장사의 흔적들만 여기저기 보일 뿐이었다. 저녁 손님을 끄는 식당들만 더러 불을 켜고 있었다. 그 많던 사람이 북적거렸던 곳이라고는 믿기 어려울 정도로 저녁 시장은 한산했다.

축산물 구역은 모란시장에서 가장 시끄럽고 냄새나는 곳이었다. 이곳 상인들은 언제나 목소리가 컸고 알 수 없는 화를 담고 있었다. 조용히 말해도 될 일을 항상 소리 높여 말했으며 한가할 때조차 가만히 앉아 있지 못하고 이리저리 돌아다녔다. 서로 사이가 좋지 않다거나 싸운 것도 아닌데, 행동은 불안정하고 눈빛은 자주 두려움에 사로잡혔다. 아빠와 내가 이 구역을 싫어하는 이유도 그래서였다. 우리는 다른 구역으로 갈 때도 지름길이라고 할 수 있는 축산물 구역을 피해 멀리 돌아가는 길을 택하곤 했다. 오일장에 오는 사람들은 북적거리는 인파에 섞여 있거나 밀려다녀 그러한 사실을 모를 테지만, 시장에 조금만 관심 있는 사람이라면 모란시장의 특별한 분위기를 얼른 알아챌 것이다.

나는 수산물 코너가 있는 쪽을 향해 빠르게 걸어갔다. 한낮의 시장은 새로운 길들이 만들어졌다가 사라지기를 반복해서 가끔 헤매기도 했다. 저녁에는 발길이 자유로웠다. 특히 나는 대도빌딩에서 가장 가까운 곳에 있는 축산물 구역보다, 반대편에 있는 동쪽의 수산물과 농산물 구역, 꽃을 파는 화훼 구역에 가는 걸 좋아했다. 지금 시간에는 그곳도 이곳 풍경과 별반 다르지 않지만, 그곳에선 그나마 꽃향기를 맡을 수 있었다. 그 향기는 살아 있는 향기였고, 시장에서 유일하게 느낄 수 있는 생명의 냄새였다. 누군가를 위해서 이미 죽어 있거나 곧 죽을 처지들뿐인 이곳에서 꽃과 나무들만이 제 모습을 잃지 않고 향기를 풍겼다. 아빠와 내가 시장을 떠나지 못하는 이유도 어쩌면 아직 볼 수 있는 생명을 확인할 수 있기 때문인지도 모른다. 또 눈을 감고도 시장의 구역을 찾아갈 수 있는 나의 특별한 능력이 아빠를 지켜주고 있기 때문이었다.

나는 동쪽을 향해 달렸다. 좀처럼 대도빌딩에서 벗어나지 못하는 내가 그토록 빠른 속도로 달릴 수 있는 것은 타고난 능력이 아니라 살고자 하는 의지였다. 누가 가르쳐준 것이 아니라 어릴 때부터 시장에 살면서 익힌 능력이었다. 물론 아빠의 가르침이 준 교훈이 컸다. 아빠가 내게 주는 교훈은 주로 생명과 자유에 관한 것이었는데, 그 이야기를 할 때마다 아빠는 얼굴을 잔뜩 일그러뜨리고 어느 한 곳을 강렬하게 주시했다. 마지막 사냥을 나가는 사람처럼 비장해 보이는가 하면, 이를 악물고 자신의 의지를 시험하는 사람처럼 보이기도 했다. 겉모습은 몹시 병약해 보이지만 아빠는 결코 약한 사람이 아니었다. 아빠가 매일 창밖으로 모란시장을 내다보는 이유도 어쩌면 무언가를 실행하기 위한 때를 기다리기 때문일 것이다. 그때는 아빠가 모란시장의 새로운 중심이 되거나 아니면 모란시장의 낡고 부조리한 힘들을 허물어트릴지도 모른다. 축산물 구역의 식당가를 지나칠 때는 더 빨리 걸어가야 했다. 사료에 길든 위장이라 무거운 음식에 대한 욕구는 덜했지만, 그래도 고깃집 냄새는 무시하기가 어려웠다. 코끝으로 들러붙는 냄새와 수증기에 걸음걸이가 둔해질 때가 많았다. 그럴 때마다 나는 아빠의 당부를 떠올렸다.

"삽교야, 저것들이 만든 고기 맛을 보게 되면 너 역시 고기가 될 수 있단다. 고기라 불리는 것들은 사람에 의해서 죽임을 당한 생명이고, 사람들은 자신들과 가장 가깝고 친한 생명부터 고기로 만든단다. 저것들이 너를 이뻐하는 것 같아도 맛있는 고기 맛을 알고 있기 때문이야. 그러니까 저것들의 고기가 되고 싶지 않으면 절대로 달리기를 멈추지 마."

골목의 진득한 냄새가 온몸에 들러붙으며 시야를 가렸다. 그래도 직진이었다. 그 앞을 지나갈 때는 무조건 달리라는 아빠의 당부를 잊으면 안 되었다. 혹시라도 누군가 날 부르면 큰일이었다. 대도식당 금자가 '삽교야! 이리 와서 고기 먹고 가라' 하고 부를까 봐, 겁이 났다. 나는 최대한 몸을 낮추고 가판대 아래쪽에 바짝 붙어서 달렸다. 하천을 떠돌며 사는 송이처럼 납작 엎드릴 수만 있다면 더 낮게 달릴 수도 있을 텐데, 내 몸은 송이처럼 부드럽지 않았다. 이 구역에선 송이의 안전도 장담하기 어렵지만, 나보다는 송이가 고기가 될 확률이 낮은 편이었다. 그런 생각을 하면 당장이라도 시장을 떠나고 싶은데, 한시도 아빠의 품에서 벗어나기가 쉽지 않았다. 설령 아빠가 너 가고 싶은 데로 가서 살라고 놓아준다고 해도 나는 딱히 갈 곳이 없었다.

잠깐 딴생각에 빠져 달리는 속도가 떨어지던 순간, 여지없이 대도식당 여자가 날 불렀다.

"쟤 삽교 아니야? 삽교야! 이리 와 고기 먹고 가라."

깜짝 놀란 나는 몸을 더 낮추고 다시 속도를 높였다. 뒤에서 금자의 웃음소리가 들렸다.

"어머! 쟤는 자기가 고양인 줄 아나 봐. 왜 저렇게 납작 엎드려서 걷는대……"

내가 걷는다고? 달리고 있던 나는 금자의 비아냥이 거슬렸다. 송이처럼 몸을 낮추기는 했지만 죽어라 달리고 있는 내게 걷는다고 말하다니. 순간 몸이 저절로 일어섰다. 걷고 달리는 일이 누군가의 눈에는 제대로 보이지 않을 수도 있었다. 시장이 아무리 위험하다고 해도 한겨울 하천으로 뛰어 들어가 물고기를 잡아먹고 사는 송이를 보면 왜 저렇게 살아가나 답답할 때가 많은데, 대도식당 금자의 눈에 나도 정상적으로 보이지 않는 모양이었다. 어렵게 송이 흉내를 내봤자 개가 고양이가 될 수는 없는 노릇이었다. 더구나 모란시장에서 금자의 입은 대도축산 남자와 겨룰 정도로 거칠어서 웬만해선 그 두 사람과 말 섞기가 싫었다.

금자는 손님이 많을 때를 빼고는 종일 가게 앞에 진을 치고 앉아 지나가는 개미에게조차 시비를 걸었다. 이해하기 어려운 것은 그 시끄러운 금자 옆에서 장사를 하는 대도축산 남자의 모른 체였다. 대도축산 박 사장이야말로 모란시장의 힘이고 실세 중의 실세인데, 금자한테는 찍소리 한 번을 하지 않았다. 그녀가 손님들과 싸움을 하든 주변 상인들과 욕지거리를 하든 싫은 내색을 하거나 그만하라는 소릴 하지 않았다.

상인들 간에는 이상한 말이 떠돌았다. 금자가 박 사장의 큰 약점을 잡고 있어 그렇다고도 했고 두 사람이 남다른 관계라고도 했다. 시장에 떠도는 상인들 소문은 대개 추측성이 많아 금세 다른 소문에 덮이고 마는데, 박 사장과 대도식당 여자에 관한 이야기는 심심치 않을 만큼 입방아에 자주 오르내렸다.

다른 상인들보다 두 사람을 더 경계하는 이유는 그들에 대한 시장의 좋지 못한 평가가 있어 그렇기도 하지만, 아빠가 유난히 두 사람을 싫어하기 때문이었다. 내게 두 사람 근처에도 가지 말라고 하는 이유도 아빠의 감정 때문이었다. 아빠의 태도를 보면 그 두 사람을 감시하기 위해서 하루를 보내는 사람 같았고 박 사장과 금자에게 복수하기 위해서 뭔가 끊임없이 계획을 세우고 있는 느낌이었다. 매일 창밖으로 두 사람을 살피고 있는 아빠의 표정과 체온 변화를 보면 알 수 있었다.

몸을 바로 세운 나는 다시 동쪽으로 달렸다. 조금만 더 가면 냄새부터 다른 꽃과 나무를 파는 시장이 나왔다. 송이 흉내를 내다 대도식당 여자의 눈에 띈 것은 비굴함을 들킨 것만 같아서 기분이 별로였지만, 이곳만 벗어나면 장미꽃을 볼 수 있었다.

　그러나 기대만큼 내 걸음은 빠르지 못했다. 달리는 것은 고사하고 빨리 걷는 것조차 힘이 들었다. 아빠 품에서만 살아 그렇긴 해도, 열 살이 넘은 나이였다. 훈련되지 않은 근육은 나약해져 나조차도 걷는 것인지 뛰는 것인지 구분이 안 될 정도였다. 숨이 차면 빨리 걷는 것이고 숨이 편안하면 느릿느릿 걷는다고 봐야 했다.

　생각해보면 내가 속도감을 즐겼던 것이 언제 적이었나 싶었다. 아마 두 살쯤이었을 것이다. 그때는 천방지축 시장을 헤집고 다녔다. 엄마 품에서 벗어나 처음 마주한 세상이었다. 그때는 솔직히 엄마 아빠에 대해 기억을 할 틈이 없었다. 밖으로 나가면 큰일 난다는 아빠의 당부가 그때는 나에 대한 지나친 집착이라고 생각했다. 나에게 너무 의지하는 아빠의 생활이 한심하고 답답해서 틈만 나면 시장으로 달려 나가 미친 듯이 돌아다녔다. 누구나 아니, 때로는 혈기라는 것이 자신을 통제하지 못할 정도로 왕성할 때가 있으니까. 내 경우도 그랬다. 돌이켜보면 그 왕성한 혈기를 다스리지 못해서 아빠에게 상처를 주었고 누군가에게는 죄를 짓게 할 빌미를 제공할 뻔했다. 혈기의 속도에 취한 것들이 간과하는 것 중 하나가 세상에는 그 속도의 탄력을 이용해 나쁜 짓 하려는 것들 역시 많다는 사실이다. 뒤늦게 그러한 사실을 깨달은 것은 아빠의 상처와 맘고생 덕분이었다. 그런데도 나는 여전히 시장을 누비고 싶은 충동에서 벗어나지 못하고 있었다.

이런저런 생각 끝에는 항상 아빠가 싫어하고 말리는 짓은 하지 말아야지 하는 결심을 할 수밖에 없었다. 오늘도 그 결심을 하려던 순간 내 몸이 공중으로 번쩍 들렸다. 축산물 구역을 거의 벗어난 지점이었고 몇 발자국만 더 가면 버려진 채로 저녁 이슬을 맞고 있는 장미꽃을 볼 수 있는 화훼 구역이었다. 그 시점에서 나를 번쩍 들어 올릴 수 있는 사람이 과연 누구일까. 어떤 손아귀에 등가죽이 붙들린 채로 나는 사력을 다해 버둥거렸다. 시장 바닥이 한없이 까마득하게 내려다보였다. 행여 내 등가죽을 잡은 사람이 일부러 손을 놓거나 실수로 떨어뜨리기라도 한다면 아마 그대로 떨어져 죽을 것이었다. 송이라면 사뿐히 내려앉을 수도 있을 테지만, 나는 그러지 못할 것이었다. 이제는 나이를 의식해야 했다. 나는 아찔한 높이가 무서워 눈을 꼭 감았다.

누군가 내 이름을 부르며 말했다.

"삽교야, 깜깜한데 어디 가냐?"

걱정하는 말투임에도 그의 목소리에서는 축축한 한기가 느껴졌다. 동해수산 나 사장이었다. 전에도 그에게 여러 번 등

가죽을 잡힌 적이 있었는데, 그때도 나 사장은 지금처럼 똑같은 질문을 했었다. 그는 진짜 내가 어딜 가는지 답변을 듣고 싶은 것인지 끊임없이 묻고 또 물었다.

"삽교야, 깜깜한데 어디 가냐고?"

"삽교야, 깜깜한데 어디 가냐니까?"

"삽교야, 깜깜한데 어딜 가시냐고요?"

미친놈이 아니고서는 그토록 같은 말을 반복해서 물을 수 없었다. 시장 사람들이 다 미쳤다고 말하는 아빠도 나 사장처럼 반복적으로 묻는 대화법을 이어가지는 않았다. 그는 모든 문제의 답을 자신이 아닌 세상에서 구하려는 듯 항상 비아냥 섞인 질문을 끝없이 반복했다. 나는 눈을 뜨지 않았다. 그의 무의미한 질문에 답할 가치도 없을뿐더러 내가 어딜 간다고 솔직하게 말하기는 더 싫었다. 공중에 들린 그의 팔이 그만 지상으로 내려오길 기다리는 수밖에 없었다.

여름밤이 축축한 냄새를 품고 탄천을 건너왔다. 희미하게 송이 냄새가 났다. 탄천 근처 어디쯤에서 저녁거리를 찾아 헤매고 있을 송이, 보름밤에조차 탁한 물속에서 송이는 제대로 사냥하고 있을까. 다른 길고양이들에게 괴롭힘을 당하고 있지는 않을까. 나 사장이 손아귀 힘을 조일수록 나는 송이가 더 그리웠다. 바람은 조금도 상쾌하지 않았다. 후덥지근하고 텁텁해서 속이 울렁거렸다.

나 사장이 차라리 고의적인 실수를 저지르길 바라며 체념의 눈을 감고 있는데, 그가 내게 다시 속삭이듯 물었다.

"삽교야, 너 송이 만나러 가냐?"

"삽교야, 너 송이 만나러 가냐고?"

"삽교야, 너 정말 송이 좋아하냐고?"

"삽교야, 송이는 안 된다고 했지…… 했지?"

아직 쓸 만한 발톱으로 나 사장의 주둥이를 확 갈아주고 싶었다. 뒷발에 힘껏 박차를 가한다면 나 사장의 주둥이에 가닿을 수도 있을 것 같았다. 아빠가 발톱을 깎아주지 않은 것도 어쩌면 이런 상황을 대비하라는 뜻인지도 몰랐다. 나는 몸의 반동을 뒷발에 모아서 힘껏 공중돌기를 시도했다. 내 뒷발이 구린내 나는 나 사장의 주둥이에 가 박히거나 조금이라도 상처를 낼 수 있기를 바라며 성공을 기원했다.

그러나 뒷발이 탄력을 받아 몸이 활처럼 휘던 순간이었다. 나 사장의 손이 갑자기 공중에서 스르륵 내려왔다.

"왜, 멀쩡한 개는 가지고 장난쳐!"

내 공중돌기를 막은 사람은 모란축산 김정배였다. 모란축산은 축산 구역 끄트머리에 있었고, 그는 대도축산 박 사장과 가까운 사이였다. 모란축산은 개고기만 빼놓고 모든 고기 종류를 다 팔았다. 그가 개고기를 취급하지 않은 이유는 형님이라 부르는 대도축산 박 사장에 대한 의리였다. 모란시장의 의리는 네발 달린 생명을 어떤 방법으로 죽이고 취급하느냐에 달려 있었다. 사람들은 쉽고 단순하게 생명의 서열을 애

기했다. 짐승이 사람을 위해 희생하는 것이 당연하다고, 아프리카에 사는 희귀원숭이조차 사람의 생명을 위해서라면 쓰여야 한다는 논리였다. 나는 짐승과 비짐승의 차이를 정확히 알지 못한다. 내가 사람이 아니라는 것은 분명히 알고 있는데, 아빠와 함께 생활하다 보니 어느 때는 짐승이 아닌 것도 같고 어느 때는 짐승인 것도 같았다. 또 가끔은 그 경계의 기준이 모호해서 헷갈릴 때도 많았다. 그러나 고기가 될 운명이면 짐승이고 고기를 먹을 운명이면 비짐승이라는 사실을 깨닫곤 했다.

그들이 말하는 그런 의리가 내 공중돌기를 멈추게 했다.

"얘 배짱 한번 좋다! 여기가 어디라고 싸돌아다닌대…… 도대체 누구네 개새끼여?"

"대도빌딩 명진이 개잖아……"

"박 사장한테서 살아남은 거 보면 너 아주 천운을 타고났구나."

김정배가 내 모가지 털을 쓰다듬으며 말하자 나 사장이 키득거렸다.

"운 좋은 놈 맞아. 경숙이가 빼돌려서 명진이 방문 앞에다 가져다 놓지 않았으면 벌써 죽었을 놈이지. 지금이야 박 사장이 못 본 척해주지만, 그때는 명진이가 안고 다니는 개가 대도축산에서 빼돌려진 거라는 걸 알고는 한동안 경숙이랑 명진이 못 죽여서 난리가 났었잖아."

나 사장은 오랜만에 만난 친구에게 할 말이 많다는 듯 나의 천운이 어떻게 만들어졌는지에 대해서 본격적으로 이야기하기 시작했다. 김정배 역시 흥미를 보이며 담배를 꺼내 물고는 나 사장 쪽으로 한 걸음 다가왔다.

나 사장이 떠올리고 싶지 않은 내 기억을 꺼냈다. 결코 흐려지거나 잊혀질 수 없는 기억이 다른 사람에 의해서 꺼내지는 일은 끔찍했다. 그것도 나 사장이나 대도축산 박 사장 같은 사람의 입에 오르내린다면 더는 기억이 아니었다. 그들은 내가 모란시장을 떠날 수 없게 만든 최초의 가해자이자 조력자들이었고, 이 거대한 모란시장을 맘대로 주무르는 나쁜 사람들이었다.

모란시장에서 아주 멀리 도망친다고 해도 벗어날 수 없는 그 기억이 그들에게는 시장의 일화에 불과했다. 온갖 물건과 사람들이 만들어내는 수많은 이야기 중 하나일 뿐이었다. 후텁지근한 저녁 이슬에 섞인 나 사장의 담배 연기가 숨쉬기를 방해했다. 그의 불룩한 배를 가리고 있는 셔츠에선 짙은 고등어 비린내가 맡아졌다. 나는 사랑을 듬뿍 받는 애완견처럼 나 사장의 품에 꼭 안겨 있어야만 했다.

"당신 말대로 삽교는 천운을 타고났지. 그때, 그 삽다리 영달이 있잖아."

"영달이가 누군데?"

나 사장은 모란축산 김정배의 느린 기억을 나무라듯 말했다.

"아따! 그 있잖아. 영달이라고, 오른쪽 다리 살짝 저는⋯⋯ 오일장마다 삽교에서 개 조달해주는 애 말여. 대도축산은 영달이가 다 멕여 살린다니까. 손이 얼마나 빠르고 오토바이를 잘 타는지, 예산, 공주, 온양, 평택, 수원, 그쪽 일대는 영달이가 싹쓸이한다잖아. 오죽하면 장날마다 그쪽에 사는 노인네들이 개 찾으러 새벽같이 달려오겠어."

나 사장의 손길이 쉬지 않고 내 몸을 쓸어내렸다. 좀 전까지 등껍질이 늘어지도록 잡아 돌리더니, 갑자기 나에 대한 깊은 연민이라도 생긴 것인지 부드러운 손길로 내 등과 배를 쓸어내렸다. 그럴수록 나는 언제 다시 그의 행동이 거칠어질지 몰라 더 불안했다.

그보다 충청도와 경기도 일부에서 개를 잡아다 대도축산에 납품하고 있다는 영달이란 인물에 대해 두 사람이 잘못 알고 있는 부분이 있었다. 영달이 아니고 영대인데, 대도축산 박 사장조차 그를 영달이라고 불렀고, 그는 오른쪽 다리가 불편한 것이 아니라 왼쪽 다리가 문제였다. 어릴 적 소아마비를 앓아서 왼쪽 발이 바깥쪽으로 심하게 비틀려 있었고, 눈빛이 사나운 것 역시 얼굴이 왼쪽으로 틀어져 생긴 인상 때문이었다.

영달이 성격이 삐뚤어지기 시작한 것은 중학교 2학년에 다닐 무렵 엄마가 죽고 나서부터였다. 단둘이 살던 엄마가 죽자, 영달이는 예산 읍내를 방황하다가 처음에는 중국집 배달 일을 했다. 그다음에는 묘지 비석 만드는 일을 배우기도 했지만, 제대로 정착하지 못했다. 그 뒤로는 중고 오토바이 한 대를 사 매일같이 예산 읍내를 돌아다니며 놀았다. 그러다가 누군가의 소개로 대도축산과 인연을 맺게 되었다.

영달이는 나를 기억하지 못하겠지만 나는 영달이를 똑똑히 기억했다. 영달이는 자신한테 딱 맞는 최고의 일을 찾은 만큼 열심히 밥벌이했을 뿐이라고 할 수도 있을 테지만, 내가 아니 수많은 나 같은 종들이 한 사람의 밥벌이 수단으로 희생당했다는 것을 그는 전혀 의식하지 못했다. 그래서 삶이 이율배반이고 숭고하다고 하는 것이라면, 그 또한 이율배반적이라, 나 같은 아니 우리 같은 종들은 애당초 지구의 생명체로 생겨나지 말았어야만 했다.

그러니까 영달이와 처음 대면하게 된 것은 내가 태어난 지 한 달쯤 지났을 때였다.

이장댁 검둥이와 흰둥이 사이에서 셋째 암컷으로 태어난 엄마는 이장 부부의 애정 어린 보살핌을 받고 크다가 동네에서 가장 큰 감나무가 있는 노부부의 집으로 입양 보내졌다. 물론 엄마의 형제들도 뿔뿔이 흩어졌으니 크게 억울할 일은 아니었다. 다행히 감나무 집 노부부는 전부터 알고 지내던 사이라 그리 낯설지 않았고, 다른 집에서 먼저 입양 온 덩치 큰 수컷이 있어 외롭지도 않았다.

엄마는 행복했다. 말이 입양이지 바로 옆집이 친정이라 부모에 대한 그리움도 크지 않았다. 다만, 노부부의 건강이 갈

수록 좋지 않아서 자주 밥 주는 걸 까먹는 것이 문제였다. 하지만, 그럴 때마다 가끔 들르는 우체부가 엄마의 밥그릇이 빈 것을 알고는 가득 채워주고 갔다. 그렇게 일 년 정도가 지났을 때, 노부부 중 할아버지가 먼저 세상을 떠났고, 할아버지보다 기억력이 더 좋지 않은 할머니만 남게 되었다. 할머니는 혼자 있는 시간 대부분을 엄마를 품에 안고 찬송가를 부르며 지냈다. 엄마도 할머니의 찬송가 소리를 듣기 싫어하지 않았고, 바깥으로만 싸돌아다니는 수컷과 달리 종일 집 안에만 있어도 답답하지 않았다.

할머니가 엄마의 임신 사실을 안 것은 감꽃이 마당 가득 하얗게 떨어지고 있을 무렵이었다. 전기요금 고지서를 손에 든 우체부가 감꽃을 밟으며 안마당으로 들어섰다. 우체부는 마루에 나와 있던 엄마를 보고는 뭔가 이상하다는 표정을 지으며 다가와서는 엄마의 배를 만져보았다.

"아이고 할머니! 순이, 새끼 들었는데요!"

그제야 할머니는 희미하게 웃으며 엄마 곁으로 다가와 우체부가 했던 것처럼 배를 쓸어보았다. 다섯 마리 새끼를 가진 엄마의 배는 표가 나도록 부풀어 있었고 출산일이 며칠 남지 않은 상태였다. 엄마를 매일 품에 안고 있던 할머니의 손길은 그러니까 떠나보낸 생을 대신해 온기를 느낄 수 있는 유일한 대상이었을 뿐, 누군가를 살피고 챙겨보기 위한 손길이 아니었다. 엄마도 서운할 일은 아니었다. 바깥으로만 돌던 수컷이 아예 집을 나가버리면서 할머니와 엄마는 아직 식지 않은 아랫목의 온기를 서로 나눌 뿐 감나무 집의 시간이 어떻게 바뀌고 변하는지 신경 쓰지 않았다.

우체부가 엄마와 할머니의 일상에 변화를 던진 셈이었다. 엄마의 배를 쓸어본 할머니는 오랜만에 함박웃음을 지었다.

"세상에! 세상에!"

엄마가 감나무 집에 입양 온 이후 할머니가 그토록 활짝 웃는 것은 처음이었다. 앞마당에 감꽃이 활짝 피고 파꽃을 탐하는 나비와 벌들이 온 밭을 뒤흔들어도 할머니는 좀처럼 웃지 않았다. 집의 고요를 깨뜨리는 소리라고는 정오의 햇빛을 받는 슬레이트 지붕뿐이었다. 그 소리도 할머니의 관절이 꺾이는 소리처럼 들렸다. 그런데, 그날 할머니의 웃음소리는 대청마루를 지나 앞마당에까지 울려 퍼졌다. 잠을 청하려던 엄마는 화들짝 놀라 무거운 몸을 일으켜 세워야 했다.

"새끼 낳으려면 잘 먹어야 할 텐데…… 할머니, 개 사료 좀 사다줄까요?"

우체부가 신이 나서 말하자 할머니는 몸뻬 주머니 속을 뒤져 한 주먹의 돈을 꺼냈다.

"이걸로 사료하고, 그 뭐시냐 이쁜 개집 좀 하나 사다줘."

"걱정하지 마세요. 지가 아주 이쁘고 튼튼한 집 한 채하고, 맛있는 사료 한 포대 사다드릴게요."

우체부는 기뻐했다. 전에도 할머니 부탁으로 식용유나 설탕 같은 것을 사다준 적이 있었지만, 그때는 그렇게 신나는 일이 아니었다. 이번에는 우체부가 자청해서 엄마의 출산을 돕고 싶어 했다. 엄마의 배를 만지던 우체부의 얼굴은 마치 자신의 아내가 아기 가진 걸 확인하는 표정이었다. 엄마의 얇은 뱃가죽에 손을 대는 순간 고스란히 전달된 꼬물꼬물한 생명, 우체부는 순간 깡마른 몸을 감싸고 있던 무거운 피로감을 잊었다. 임신한 아내의 배를 만졌을 때랑 다르지 않았다. 온기가 느껴졌고 생명력이 넘쳤다. 우체부는 마음이 들떠서 공연히 헛웃음이 나왔다.

삽교리로 우편물 배달을 맡은 지 십여 년이 넘었다. 그동안 그는 삽교리에서 태어난 소와 돼지, 개들을 숱하게 보았다. 우편물을 배달하러 올 적마다 어느 집에선 개들의 숫자가 불어나 있었고, 또 어느 집 외양간에는 새로 태어난 송아지가 있었다. 그때마다 그는 그냥 지나치지 못하고 외양간이든 개집이든 꼭 들여다보았다. 우체부 복장이 아니었다면 남의 집 가축우리를 기웃거리는 그를 도둑으로 취급했을 수도 있었다. 그러나 삽교리 사람들은 멀리서 들리는 오토바이 소리만 듣고도 그가 온다는 것을 알았고, 그의 유난한 동물에 대한 사랑을 믿었다.

우체부는 이튿날 아침 일찍 할머니 집을 다시 찾아왔다. 오토바이 우편물 가방 위에 청기와집 모형의 예쁜 집과 사료 포대를 싣고 나타난 우체부는 곧장 집 안으로 들어와 안마당 수돗가 옆에 청기와집과 사료 포대를 내려놓았다.

"할머니, 순이 데리고 나오세요!"

우체부 소리를 들은 할머니가 끙끙 소릴 내며 엄마를 안고 밖으로 나왔다. 엄마의 배는 밤사이 더 부풀어 있어 쇠약해진 할머니 품이 위태로워 보일 정도였다. 할머니는 우체부가 가져다 놓은 수돗가 청기와집을 보고는 반색을 했다.

"이 정도면 충분하겠죠?"

우체부가 청기와집을 가리키며 말했다.

"세상에! 이쁘기도 하지. 집이 아주 번듯하구먼!"

할머니는 자신의 새집을 얻은 양 청기와집에서 눈을 떼지 못했다. 칠십 년 전, 지금 집을 처음 보았을 때 기분이었다. 열일곱에 건넛마을에서 삽교리로 시집온 할머니는 할아버지가 장가를 들기 위해서 새로 지은 집을 보고는 홀딱 반해버렸다. 새신랑은 눈에 안 들어오고 대문과 대청마루가 있는 새집이 좋아서 밤새 설레었다. 대문도 없는 방 한 칸짜리 쓰러져 가는 흙집에 살다가 방 세 칸에 외양간까지 있는 할아버지 집에 시집을 오니 큰 부자가 된 것만 같았다. 할머니는 우체부가 사 온 엄마의 청기와집이 오래전 기억을 되살린 듯 감개무량하기만 했다. 할머니 품에 안겨 있던 엄마도 수돗가에 놓여 있는 청기와집이 자신을 위한 것이라는 걸 눈치챘다. 손목의 힘이 약해진 할머니 품에서 더는 안겨 있기가 불안했는데, 새끼들을 낳고 키울 보금자리가 생겨 마음이 놓였다.

"안 쓰는 담요 같은 거 있으면 푹신하게 깔아주세요."

우체부가 엄마를 받아들자 할머니는 다시 방으로 들어가 장롱 깊숙이 넣어두었던 오래된 담요를 꺼내 왔다. 그사이 우체부는 혹시라도 밤에 새끼를 낳고 배가 고플지도 모른다며 새로 사 온 사료 포대를 열어 스테인리스 밥그릇 가득 사료를 채웠다. 빨랫줄에 걸려 있던 마른걸레 한 장과 물그릇까지 청기와집에 들여놓은 우체부는 그제야 흡족한 미소를 지으며 할머니를 바라보았다.

"할머니 이제 걱정 안 하셔도 돼요. 지가 알아서 새끼 낳고 할 겁니다."

"낮에 낳아야 할 텐데…… 밤에는 내가 몸이 더 굼떠서 못 챙기는데……"

할머니는 자신의 몸이 유연하지 못하다는 걸 잘 알고 있었다. 할아버지가 돌아가신 뒤로 할머니 몸은 더 뻣뻣해지고 통증도 심해졌다. 몸을 굽히거나 펴는 일이 한 세기를 지나야 하는 일처럼 할머니에게는 길고 힘이 들었다.

"챙길 거 없어요. 새끼 낳으면 기름기 있는 음식이나 한 사발 챙겨주면 돼요."

우체부는 어떻게든 할머니를 안심시키려고 했다. 그는 출산을 앞둔 엄마도 걱정되지만, 거동이 불편한 할머니가 더 신경이 쓰였다. 감나무 집 할머니는 삽교리에서 가장 나이가 많았고, 가족들과도 떨어져 살아 정기적으로 찾아오는 사회복지사와 우체부가 유일한 방문객이었다. 우체부는 사회복지사보다 더 삽교리 방문이 잦았다.

할머니는 우체부를 믿었다. 그의 말은 언제나 옳았고 무슨 일이든 자신의 일처럼 틀림없이 해주어 믿음이 갔다. 언젠가 할머니는 우체부한테 고구마 한 상자를 준 적이 있었다. 가뭄 때문에 밭이 굳어서 호미로 일주일 넘게 캔 호박고구마였다. 할아버지는 그깟 고구마를 뭐 하러 주느냐고 했지만, 그래도 할머니는 우체부 오토바이에 꾸역꾸역 실어 보냈다. 다음 날 우체부는 할머니를 찾아와 하얀 비닐봉지 하나를 내밀었다. 봉지 속에는 한방 파스와 유산균 한 통이 들어 있었다. 고구마를 캐느라 못 쓰게 된 할머니 손목을 알아보고 파스 봉지를 들고 온 것이었다. 유산균 역시 할머니가 화장실만 들락거릴 뿐 볼일을 시원하게 보지 못한다는 걸 기억했기 때문이었다. 그때 할머니는 처음으로 내 새끼들보다 자네가 낫다며, 몇 번이나 고개를 주억거렸다.

우체부에게 삽교리는 밥벌이하는 곳이기 전에 고단한 일상의 쉼터 같은 곳이었다. 아무 집이나 빈손으로 들어가도 환대하는 사람들이 있었고, 경계심과 호기심 없는 순한 사람들이 땅을 품고 살았다. 우체부가 자신이 사는 동네보다 더 정이 든 것도 그런 삽교리에서 하루를 시작하고 마감하기 때문이었다.

할머니는 엄마가 청기와집으로 들어가자 우체부를 향해 손을 흔들어주고는 다시 방으로 들어가 누웠다. 수돗가로 가 청기와집에 편안히 자리 잡은 엄마를 보고도 싶었지만, 숨이 차고 무릎이 아파서 엄두가 나지 않았다. 우체부는 다시 한 번 엄마의 무거운 몸을 쓸어주고는 오토바이 시동을 걸었다.

그리고 여느 날과 다름없이 삽교리에 저녁이 찾아왔다. 한나절 지나서야 몸을 추스르고 밖으로 나온 할머니는 이제야 생각이 난 듯 수돗가에 놓인 엄마의 청기와집을 확인하고는 깜짝 놀라며 소리쳤다.

"아이고! 내 정신 좀 봐라, 우리 순이 저녁밥을 안 줬네."

할머니는 불편한 몸으로 부엌을 뒤져 순이 밥을 챙겼다. 바가지에 먹다 남은 동태찌개를 쏟아붓고 큰 대접에 남아 있던 찬밥을 말았다. 엄마도 할머니가 들고 온 밥을 기다렸는지 먹다 남은 사료 그릇을 앞발로 밀어냈다.

"그려, 새끼 낳으려면 밥을 먹어야지. 많이 먹어라. 새끼는 밤에 낳지 말고 낼 낮에 낳아야 한다."

할머니는 엄마가 허겁지겁 먹는 모습을 흐뭇하게 바라보다가 무릎이 아픈 듯 끙 소릴 내며 일어났다. 한낮의 열기를 식힌 밤공기는 시원했다. 할머니는 허리를 펴느라 마당 가를 서성거렸다. 대문 밖으로 울타리를 휘감은 흰 장미가 이슬을 맞고 있었다. 뒷산 아카시아꽃 냄새도 진했다. 할머니는 밤하늘을 올려다보며 말했다.

"영감, 우리 순이 새끼 잘 낳게 해줘요. 나 우리 순이 없으면 못 살아요. 멀리 사는 자식들보다 순이가 더 좋아요. 그것들은 왔다 가면 끝이지만 우리 순이는 종일 내 옆을 지키고 있으니, 영감 대신하네요."

할머니는 한참 동안 하늘을 올려다보며 중얼거렸다. 할머니의 중얼거림은 이제 습관이 되었다. 누군가와 대화하는 일이 점점 어려웠다. 할아버지가 죽기 전에는 그래도 말귀를 잘 알아들었는데, 혼자가 되고부터는 집중해서 듣지 않으면 상대방이 무슨 말을 하는지 이해하지 못했다. 할머니가 밤마다 마당으로 내려와 혼자 말하는 것도 그래서였다.

삽교리 사람들도 할머니의 몸 상태를 모르지 않았기에 언제나 큰 소리로 말하거나 꼭 필요한 말만 하고 돌아갔다. 마을의 최고령 어른이라 신경들을 썼지만, 그들도 할머니를 오래 상대해야 할 일이 없다 보니 안부를 물어주거나 가끔 음식을 챙겨주는 정도였다.

늙음을 친절하게 받아들이지 못하는 것은 나이를 의식하지 않을 수 없기 때문일 것이다. 코앞의 늙음도 보기 싫은데 바로 당도할 늙음이란 시간을 환영할 사람은 없었다. 혹여 있다고 해도 어떻게든 피하려고 애를 쓰지 진정으로 환대하지는 않을 것이다.

그렇다고 할머니는 삽교리 사람들에게 서운한 마음을 가지고 있지 않았다. 우체부도 그렇고 옆집 이장댁과 장씨네 일가도 그 정도면 할머니에게 잘하는 편이었다. 서울에 사는 할머니 여동생 말대로 삽교리 인심은 훌륭했다. 여동생은 위층에 사는 할망구가 죽어 나가도 모르는 게 이웃이라고, 연배가 비슷해서 왕래하며 친구로 지내려고 했는데, 아들 내외가 아무나 집에 들이면 안 된다며 지랄을 떨어 여태 식모살이하며 살고 있다고 푸념했다. 할머니는 여동생이 가여워서 그리 힘들면 삽교리로 내려와서 같이 살자고 했다.

그건 어디까지나 여동생을 생각하는 언니 마음이었다. 할머니 역시 서울에 사는 큰아들 내외한테 여동생 이야기를 꺼냈다가 본전도 못 찾았다.

"엄마가 왜 이모 걱정을 해! 그 집 아들도 있는데."

할머니는 더 이상 여동생하고 같이 살자는 말을 하지 못했다. 아들 말마따나 여동생의 잘난 아들도 있는데, 할머니가 공연한 걱정을 하는 것은 아닌가 싶었다. 그래도 생각할수록 뭔가 언짢았다. 내 집인데 내 맘대로 할 수 없다는 사실이 할머니를 우울하게 만들었다. 할머니는 그 뒤로 여동생하고 전화 통화를 하지 않았다. 동생한테 아무런 도움을 주지 못한다는 생각이 들어 미안했다. 할머니를 더 힘들게 한 것은 그런 일이 있고 반년도 채 안 되어 여동생이 그만 죽어버렸다는 사실이었다. 평생 부엌에서 벗어나지 못하고 자식들 밥만 해주던 여동생이 폐암 진단을 받고 겨우 서너 달 살다 죽었다고 생각하니까, 세상이 그렇게 서운할 수가 없었다. 애닳게 키운 자식들이 늙어 병든 부모를 위해 하는 게 아무것도 없다는 생각이었다. 그것들은 언제나 자기 앞만 볼 뿐, 쇠약해진 부모의 삶이 얼마 남지 않았다는 사실은 절실하게 생각하지 않았다.

여동생과 할아버지의 죽음은 할머니를 바깥 생활이 어려울 정도로 쇠약하게 만들었다. 고추밭이나 감자밭 정도는 반나절도 안 걸려 호미질을 했는데, 이젠 대문 밖으로 나가 텃밭을 둘러보는 일조차 귀찮아했다. 정을 주던 것들을 애써 무시해야 하는 심정 때문이었다. 그런 할머니에게 내 엄마 순이는 말 시킬 것 없는 마지막 동반자였다. 말귀를 못 알아들어 눈치를 볼 일도 없고 귀찮은 일을 만들지도 않았다. 할머니가 밤마다 죽은 할아버지에게 자신이 죽을 때까지 순이를 지켜달라고 비는 것도 그래서였다.

할머니의 기도가 통했는지 엄마는 다행히 이튿날 점심나절에 다섯 마리의 새끼를 낳았다. 첫 출산이라 고통이 심했을 텐데, 엄마는 끝까지 우리 다섯 형제의 탯줄을 직접 자른 뒤 뒤처리까지 하고는 한숨 돌렸다. 할머니가 엄마의 출산을 확인한 것은 입맛이 없어 밭으로 상추를 뜯으러 나가던 참이었다. 엊저녁 밤하늘을 올려다보면서 할아버지께 그토록 빌어놓고도 할머니는 밤사이 엄마의 출산을 까맣게 잊었다. 대문 턱을 넘으려던 할머니는 청기와집에서 들려오는 소리를 듣고는 아차 싶었는지 당장 발길을 돌렸다.

"세상에! 순이가 새끼를 낳았구나! 언제 이렇게 가뭇없이 새끼를 낳았냐! 아이고! 영감 고마워요! 이 꼬물거리는 것들 좀 봐, 이뻐 죽겠네!"

할머니는 다섯 마리의 새끼들이 나란히 어미 젖을 빠는 모습을 지켜보았다. 새끼들을 차례로 쓰다듬어주기도 하고 혼자 고생한 엄마와 눈을 맞추며 감사와 수고의 마음을 서로 주고받았다. 우리 형제들에게 젖을 물리고 있는 엄마의 모습은 한없이 따뜻하고 포근했다. 그것이 새끼를 품고 있는 어미의 모습이라는 걸 할머니와 함께 공감했다. 자식을 낳은 지 오십 년이 넘은 할머니는 엄마에게서 오래전 자신의 모습을 보았다. 고통과 환희가 뒤섞인 엄마 모습에서 한없이 커지고 깊어진 삶의 무게가 느껴졌다.

나는 다섯 형제 중 가장 마지막에 태어났다. 먼저 태어난 네 명의 형제는 모두 흰색의 암놈이었고 나만 검은 점이 박힌 수놈이었다. 덩치는 별 차이가 없었다. 수놈이고 점박이라는 사실을 알게 된 할머니는 다른 형제들보다 나에 대한 관심이 컸다. 혹여 내가 엄마 젖에서 밀려나기라도 하면 할머니는 얼른 다른 형제들을 제치고 가장 실해 보이는 젖꼭지를 내 입에 물렸다. 나는 할머니의 애정에 보답하려고 더 힘차게 엄마 젖을 빨았는데, 그럴 때마다 할머니가 큰 소리로 말했다.

"이놈은 절대 누구 안 줄 거야. 너는 나랑 같이 살자."

할머니가 하는 말이 무슨 소린지 알 턱이 없던 나는 먹고 자는 일에 충실하며 무럭무럭 자랐다. 삽교리 우체부는 할머니 댁에 볼일이 없을 때도 매일같이 들렀다. 나는 우체부가 그리 명랑한 사람인 줄 처음 알았다. 할머니 집 대문 안으로 들어와 청기와집으로 향하는 우체부 표정은 자신의 재롱둥이 막둥이를 대하는 얼굴이었다. 그는 우리 형제들을 하나하나 만져보고 살펴보면서 한참 동안 웃고 떠들었다. 우체부의 행복한 얼굴에서 사랑과 존중은 종을 초월하는 일임을 확인했다. 모든 생명은 평등하다. 어떤 종이냐는 인간이 나눈 구분이고 편견일 뿐이었다. 우체부와 할머니는 그것이 크거나 작거나 무섭거나 무섭지 않거나 생명의 가치를 똑같이 대했다.

할머니와 우체부가 있어 우리 가족은 행복했다. 가끔 들르는 삽교리 사람들의 따스한 손길도 나쁘지 않았다. 아직은 입양 보낼 생각이 없는데 할머니한테 자꾸 이놈을 달라, 저놈을 달라는 이웃이 늘었다. 할머니는 못 들은 척했다. 할머니는 전에 없이 밝고 기운이 넘쳤다. 종일 우리 형제들 재롱을 보며 웃고 또 웃었다. 우리 형제들이 눈을 뜨고 청기와집 밖으로 기어 나오는 모습을 보면서 할머니는 계집애처럼 깔깔깔 웃느라 해가 지는 줄도 몰랐다.

그러나 할머니와 우리 가족의 행복은 얼마 가지 못했다. 뱀처럼 다가온 불행이 청기와집을 향해 혓바닥을 날름거리고 있었다. 청기와집으로 쏟아지던 밝고 부드러운 햇살과 이별해야 할 순간이 다가오고 있다는 걸 전혀 예감하지 못했다.

엄마가 출산한 몸을 회복하고 우리 형제들이 청기와집을

뛰쳐나와 마당을 막 돌아다니며 놀 무렵이었다. 그날도 우체부는 검은 비닐봉지에서 순댓국집에서 얻어온 내장과 살코기를 꺼내 우리 밥그릇에 넘치도록 부어놓고는 한참 있다가 돌아갔다. 그러나 우체부의 오토바이 소리가 사라지고 난 뒤, 나는 또 한 대의 오토바이 소리를 들었다. 우체부가 타고 다니는 오토바이 소리와 조금 다른, 그보다 더 시끄럽고 등유 냄새를 진하게 풍기는 소리가 우리 집 주변을 한 바퀴 돌고 사라지는 것이었다.

아주 짧은 순간 시끄러운 소릴 내고 사라졌지만, 나는 똑똑히 보았다. 엄마 젖을 빨다가 소릴 듣고 얼핏 돌아보았는데 우체부가 아니었다. 검푸른 점퍼를 입은 사내가 대문 앞을 순식간에 지나갔다. 대문은 낮에는 항상 열려 있었고, 동네 사람 누구나 자유롭게 드나들었다. 오토바이를 타고 지나간 남자는 동네 사람이 아니었다. 동네 사람 누구도 오토바이를 타고 할머니 집에 오지 않았다. 우체부가 유일했다. 남자가 눈에 들어온 순간, 처음 본 사람인데도 나는 섬뜩함을 느꼈다.

이런 일이 있은 줄 모르는 할머니는 그날도 깜박 잊고 대문을 닫지 않았다. 하긴 그 시끄러운 오토바이 소리와 이상한 남자를 보았다고 해도 할머니는 또 잊어버렸을 것이었다. 기분이 좋아도 깜박거리고 기분이 언짢아도 깜박거리는 할머니의 기억력 덕분에 우리 집 대문은 항상 열려 있거나 닫혀 있었고, 할머니네 집뿐만 아니라 삽교리 전체가 그러고들 살았다.

그날 밤 나는 쉽게 잠들지 못했다. 엄마와 형제들 모두 뒤엉켜 잠을 자는데도 나는 영 잠이 오지 않아서 혼자 마당 가를 서성이다가 뒤늦게 잠이 들었다. 얼마 후 나는 잠결에 낮에 들었던 그 시끄러운 오토바이 소리를 들었다. 저절로 잠이 달아났다. 부르릉 소리가 크게 다가오는가 싶더니 곧이어 청기와집이 흔들렸다. 나는 소리쳤다. 그러나 엄마와 형제들은 여전히 잠에 빠져 깨어나지 않았다. 청기와집은 우체부가 수돗가에 놓아둔 지금까지 다른 곳으로 이동한 적이 없었다. 그 불안정한 느낌은 태어나 처음이었다. 나는 더 큰 소리로 엄마를 불렀다. 청기와집이 심하게 요동치면서 다른 형제들도 하나둘 깨어났다. 고된 육아에 지쳐 잠들었던 엄마는 심상찮은 소리에 눈을 뜨더니 곧바로 경계 태세에 들어갔다. 우리를 지키는 일이었다. 우리는 어떻게든 엄마 품에 안기려고 안간힘을 썼다.

청기와집을 통째로 가져다 자신의 오토바이 나무 상자에 실은 사람은 영달이었다. 한낮에 할머니 집을 찾아와 염탐을 끝낸 영달이는 새벽부터 마을을 돌며 도둑질을 시작했다. 그의 오토바이에는 여러 개의 나무 상자가 매달려 있었고 상자 속에는 지저분한 이불로 덮여 있는 수십 마리의 개들이 있었다. 그들은 비교적 조용히 고개를 바닥에 처박고 있거나 미세하게 끙끙거렸는데, 입에 저마다 재갈이 물려 있거나 철사가 감겨 있었다.

크지 않은 청기와집이 통째로 들어간 나무 상자 역시 시커
먼 이불로 덮였다. 별도 달도 없는 밤하고는 달랐다. 그런 밤
은 캄캄해도 벌레 소리와 새소리를 들을 수 있었다. 신선한
이슬 냄새를 맡을 수가 있고 할머니의 나직한 코 고는 소리도
들을 수 있었다. 오토바이 엔진 소리는 마침내 청기와집의 평
화를 쓸어버리고 거기에 수렁 같은 어둠을 채웠다.

나는 할머니 집에서 새어 나오는 희미한 불빛을 눈에 담았
다. 어쩌면 세상의 마지막 빛일 수 있었다. 엄마와 우리는 크
게 소리쳤다. 살려달라고. 엄마와 우리는 큰 소리로 울었다.
우리한테 왜 이러냐고. 그러나 할머니가 밤마다 올려다보며
기도하던 하늘과 그 하늘에 계신 주님도 우리의 불행을 막아
주지 못했다.

영달이의 오토바이가 멈춘 곳은 모란시장의 대도축산 뒤꼍
이었다. 오일장이 열리는 날이었다. 부지런한 상인들은 벌써
장사 준비를 끝내고 손님을 기다렸다. 영달이가 오토바이 시
동을 끄자 가장 먼저 달려온 사람은 박 사장이었다. 그는 영
달이 오토바이에 줄줄이 매달린 나무 상자를 보고는 기분 좋
게 웃었다.

"너 오늘 수확 좋다!"

영달이는 박 사장의 칭찬을 받으며 상자를 덮고 있던 이불
을 하나하나 벗겨냈다. 박 사장은 상자마다 들어 있는 개들을

살피며 가격을 매겼다. 그때마다 영달이는 불편한 왼쪽 다리를 끌고 따라다니며 열심히 자신의 상품에 관해 설명했다.

"형님, 이건 아주 좋지유? 이것두 족히 사십 키로는 나갈 거유."

"그럼, 한번 달아볼까."

"야, 이리 와봐!"

박 사장이 부르자 대도축산 뒤꼍에 있던 경숙이 마지못한 걸음으로 나왔다. 비닐로 온몸을 감싸다시피 두른 경숙은 시커먼 장화를 신고 있어 얼핏 보면 남자처럼 보였다. 모자인지 수건인지 모를 천으로 얼굴이 반쯤 가려진 그녀는 첫새벽부터 시작한 도축 일로 몹시 피곤해 있었다. 얼굴과 상의 곳곳에는 핏물이 묻어 있었고 장화는 더 흥건했다. 그녀의 얼굴은 언제나 아무런 표정을 담고 있지 않았다. 시장 사람들조차 그녀와 말을 섞어보지 못했다. 박 사장의 경계가 심한 탓도 있었지만, 그녀가 사람들하고의 거리를 만들었다. 누군가 가까이 다가오면 당황해서 서둘러 피했고, 말을 걸어오면 못 듣는 척 눈을 맞추려 하지 않았다.

시장 사람들은 자주 대도축산 뒤꼍에서 들려오는 그녀의 울음소리를 들었다. 하도 자주 들려와서 그 소리가 죽음을 맞는 개들의 소리인지 그녀가 내는 소리인지 정확하게 구분하지 못했다. 그래서 그녀가 아무리 고통스러워해도 선뜻 대도축산 뒤꼍으로 달려오는 이가 없었다. 그녀와 개들이 내는 소리는 시장의 잡음과 다를 것이 없었다.

뒤꼍에서 좀처럼 나오지 않는 그녀가 박 사장의 부름을 받고 나올 때는 영달이가 개를 도둑질해 올 때였다. 대도축산은 다양한 고기를 취급했지만, 박 사장이 직접 개를 도축하지는 않았다. 개 도축은 그녀 담당이었다.

박 사장 앞으로 다가온 경숙은 바닥만 내려다보았다. 그녀는 박 사장에게 겁을 먹지도 않았고 두려움을 느끼지도 않았다. 그런 감정은 오래전에 잊어버렸다. 비닐로 몸을 감싸는 순간부터 그녀는 자신은 한낱 짐승의 목숨을 끊어놓는 도구에 불과하다고 생각했다. 두려움이란 감정도 평화롭거나 따뜻한 감정을 경험해본 사람만이 느낄 수 있었다. 그녀를 알아본 박 사장은 그녀를 최고의 도축 기술자로 만들었다. 시장에서 그녀를 무시하지 못하는 이유 중 하나도 그녀가 눈 하나 까딱하지 않고 짐승의 목숨을 단번에 끊기 때문이었다. 그녀는 모란시장 최고의 살수라 불렸고, 그 불명예는 그녀의 올가미가 되었다.

경숙에 대해 누구보다 잘 아는 박 사장은 그런데도 그녀가 자신을 향해 인상 쓰는 것은 원하지 않았다. 그녀의 얼굴은 이미 오래전에 단 하나의 표정으로 굳어졌음에도 박 사장은 자신에 대한 불만을 표시하는 것으로 생각했다. 그는 기분이 조금만 상해도 그녀에게 트집을 잡거나 행패를 부렸다.

박 사장이 버럭 화를 내며 말했다.

"왜, 일하기 싫어! 오늘 장날인 거 모르냐! 너, 제대로 안 했다가는 죽을 줄 알아!"

경숙은 아무 대답도 하지 않았다. 영달이 그녀를 흘깃 쳐다보며 알 수 없는 미소를 지었다. 이를 본 박 사장이 오토바이를 걸어차며 화를 냈다.

"이 새끼가 어디서 함부로 침을 흘려!"

"형님, 오해유. 지가 감히……"

"너, 이 새끼 오늘 개 값 없어."

박 사장은 가끔 경숙에 대해 이해할 수 없는 행동을 했다. 자신은 경숙을 함부로 대하면서 혹여라도 다른 사람이 경숙에게 관심을 보인다 싶으면 예민하게 대응했다. 경숙을 대하는 영달이 태도가 늘 그랬음에도 박 사장은 오늘따라 개 값까지 들먹이며 엄포를 놓았다. 그렇다고 기죽을 영달이 아니었다. 대도축산의 일등 공신은 영달이었다. 다른 지역에서도 개가 들어오긴 하지만, 영달이만큼 대도축산에 정기적으로 개를 가져다주는 사람은 드물었다. 그걸 모를 리 없는 박 사장이 개 값을 운운하는 것은 영달의 자존심이 허락하지 않았다.

"형님, 그러시면 안 되쥬. 지가 그동안 잡아다 준 개가 몇 마리유? 형님이 더 잘 알 거 아뉴?"

영달이가 불편한 다리를 털어가며 말하자, 박 사장이 자세를 바꾸었다. 영달이 말이 맞았다. 영달이는 박 사장이 원하면 어떤 방법을 써서라도 숫자를 딱 맞춰 가져왔다. 어느 때는 그 많은 개를 어디서 가져왔을까 의심이 들 정도로 마릿수와 암수 구분까지 정확히 해 가져와 박 사장을 놀라게 했다. 박 사장은 그래도 경숙이를 쳐다보는 영달이 눈빛이 거슬렸다. 자신은 함부로 해도 되는 사람이지만, 다른 사람이 탐내는 꼴은 두고 볼 수 없었다.

"오늘은 장날이라 바쁘니까 그냥 넘어간다. 너 한 번만 더 그따위 눈빛으로 애 쳐다보면 너도 개꼴 당한다."

박 사장이 영달이를 매섭게 노려보며 말했다. 영달이도 사실 박 사장의 위력을 모르지 않았다. 그의 살기 어린 눈빛이 말하는 개꼴이 어떤 형국을 뜻하는지 잘 알기에 더는 상대하기 싫었다. 두 사람은 개를 상대로 가끔 기 싸움을 하지만 결국에는 같이 도모해야만 하는 사이라는 걸 매번 확인하고 끝을 냈다.

"그럼유, 지가 감히 형님 말씀을 어길까유."

박 사장이 개 값을 건네자 영달은 세어보지도 않고 주머니 속에 찔러 넣고는 쏜살같이 사라졌다. 영달이 사라지자 박 사장이 청기와집을 가리키며 말했다.

"이거 박 의원 사모님이 특별히 부탁한 거니까, 잘해라."

영달이의 오토바이에 시달리다가 겨우 안정을 찾은 우리 형제들은 바깥이 궁금해서 막 나가려던 참이었다. 엄마는 뒤늦게 눈을 붙이고 있어 우리 형제들끼리만 큰누나부터 순서대로 움직였다. 둘째 누나가 나가고 셋째 누나가 나가려는데,

박 사장이 우릴 발견하고는 발을 뻗어 먼저 밖으로 나간 누나들까지 청기와집으로 쓸어 넣었다. 나갈 준비를 하고 있던 나는 누나들이 집 안으로 다시 처박히는 바람에 자고 있던 엄마 배 위로 쓰러지고 말았다.

"시간 없어, 이것들 빨리 잡아."

박 사장 말이 떨어지기 무섭게 경숙이 청기와집을 집어 들었다. 다시 공중으로 들린 엄마와 우리는 서로에게서 떨어지지 않으려 필사적으로 부둥켜안았다. 바닥에서 느껴지던 안정감이 일시에 불안으로 바뀌었다. 엄마의 눈빛은 공포와 절망으로 가득했다. 몸을 가누기 힘들 정도로 흔들리던 오토바이에 매달려 올 때하고는 달랐다. 엄마가 기이한 소리로 울부짖으며 바닥을 긁었다. 그러나 청기와집 문은 열리지 않았다. 송판을 긁어대는 엄마의 발톱 소리만 요란했다. 엄마의 그런 몸부림은 안이 아니라 청기와집 밖에서 누군가 우리의 생을 갉아먹고 있는 소리처럼 들렸다. 어느 순간 그 소리가 청기와집에 커다란 구멍을 만들 것 같았고, 그 시커먼 구멍 속으로 마침내 우리 가족이 까마득히 떨어질 것만 같았다.

나는 세상 밖으로 나온 지 겨우 한 달 남짓 되었다. 할머니와 우체부를 통해서 사람들이 얼마나 친절한지 알게 되었다. 하지만 삽교리는 세상의 아주 작은 일부분에 불과했다. 지도에조차 나타나지 않는 작은 마을이라 엄마와 우리밖에 모르는 것이 확실했다. 그렇지 않고서는 우리에게 닥친 이런 시련을 이토록 모른 체하지는 않을 것이었다.

나는 밤하늘을 올려다보며 먼저 떠난 할아버지한테 중얼거리던 할머니를 떠올렸다. 그토록 우릴 잘 돌봐달라고 기도했거늘 할아버지는 어쩌자고 할머니 부탁을 들어주지 않은 것일까? 곁에 없는 자식보다 정이 더 간다고, 할머니가 그렇게 애원하며 기도했는데, 할아버지는 왜 아무런 도움을 주지 않는 것일까. 할아버지마저 우릴 버린 것일까. 알 수 없는 두려움보다 공포로 일그러지는 엄마의 표정이 나는 더 무서웠다.

엄마는 어떻게든 청기와집에서 탈출하려는 듯 쉬지 않고 바닥을 긁어댔다.

청기와집을 들고 뒤꼍으로 간 경숙은 여전히 박 사장을 의식했다. 청기와집에서 아우성치는 소리에는 별 관심이 없었다. 그녀가 일하는 뒤꼍이라는 곳에선 역한 피 냄새와 누린내가 진동했다. 뜨거운 수증기를 뿜어내고 있는 커다란 무쇠솥 옆으로 드럼통으로 만든 아궁이가 있었고, 아궁이 입구에는 쇠붙이로 만든 여러 종류의 기구들이 있었다. 여기저기 늘어진 전기선 아래로 검은 털과 흰 털이 뭉텅이로 핏물에 잠겨 있거나 들러붙어 있었다. 털들이 묻어 있는 싱크대 안에는 이미 정리된 두서너 마리의 크고 작은 개, 아니 고기들이 내장이 몽땅 털린 채로 배를 하얗게 드러내고 있었다. 지상에서 살았던 흔적은 없었다. 사람들과 웃으며 교감하고 정을 나누던 형체는 사라지고 사람을 위한 고기로 만들어져 있었다.

박 사장 쪽을 슬쩍 돌아본 그녀는 들고 있던 청기와집을 아궁이 앞에 내려놓았다. 그러고는 영달이가 막아놓은 청기와집 입구의 청테이프를 떼어냈다. 테이프가 뜯겨나가자 그녀의 손이 우리가 웅크리고 있는 집 안으로 쑥 들어왔다. 엄마는 더 큰 소리로 울었다. 하지만 소용없었다. 뒤꼍에선 어떤 소리가 들려도 아무도 궁금해하지 않았다. 소리를 작게 내라고 하지도 않았고 냄새가 나서 못 살겠다고 따지는 사람도 없었다. 시장 사람 누구도 대도축산 박 사장을 상대로 불만을 얘기하지 않았다. 대도축산에 개들이 들어오면 사람들은 더 큰 소리로 떠들었고 더 열심히 장사하고 밥을 먹었다.

이 구역 어느 구석에서 매일같이 우리 동족 수십 마리가 죽임을 당하고 있다는 사실을 그들은 모르지 않았다. 치열한 삶을 위해 필요한 암묵적인 비밀 유지라고 생각했다.

엄마가 맨 먼저 청기와집에서 끌려 나갔다. 나는 지금도 생생하게 기억했다. 끌려 나가지 않으려 안간힘을 쓰던 엄마의 통곡과 발버둥을. 우릴 쳐다보던 그 슬픈 눈빛을 보면서 우리 형제들은 죽을힘을 다해 엄마를 붙들었다. 소용없는 일이었다. 그녀의 손은 조금도 망설이지 않았다. 그것은 사람 손이 아닌 집게였다. 차가운 집게가 엄마의 목덜미를 움켜잡아 청기와집 밖으로 빼냈다. 손이라면 그럴 리 없었다. 우릴 쓰다듬어주던 삽교 할머니의 손이 아니었다.

엄마가 떠난 청기와집은 금세 온기가 사라졌다.

그리고, 잠시 뒤에 나는 엄마의 외마디 비명을 들었다. 그 소리는 엄청난 볼트의 전기가 스파크를 일으키는 소리였다. 지독한 냄새를 풍겼다. 삽교리 사람들 소리와 고양이와 까치, 참새의 지저귐하고는 다른 짧고도 강렬한 소리에 우리 형제들은 순간 울음을 뚝 멈췄다. 숨소리조차 낼 수 없는 정적이 잠깐 흘렀다.

경숙의 손이 또다시 청기와집 안으로 들어왔다. 한꺼번에 모두 잡을 양 그녀의 긴 손가락이 빗질을 시작했다. 나는 구석에 몸을 바짝 붙이고선 죽은 듯 있었다. 그러나 네 명의 형제들은 그녀의 손가락에서 벗어나지 못했다. 아니, 빗자루질에서 도망치지 못했다. 형제들은 그녀의 손가락 사이사이에 끼워진 채로 끌려 나갔다. 마치 이쪽에서 저쪽 세상으로 순간 이동을 한 듯 형제들은 가뭇없이 사라져버렸다. 나만 청기와집 구석에 붙어 있었다. 잠깐 후회했다. 엄마와 형제들이 사라진 청기와집에서 살아난들 무슨 의미가 있을까. 삽교리를 떠나는 순간 이미 운명은 정해져 있었다. 영달이 손에 걸려들면 절대 살아남을 수 없다는 걸 진즉 알았다고 해도, 할머니와 엄마 그리고 우체부의 힘으로는 영달이를 막을 수 없었다.

영달이가 삽교리와 우교리, 동창리 등 삽교읍의 개들을 모조리 잡아가고 있어도 사람들은 막지 못했다. 그것은 영달이의 능력이 워낙 특출해서 막지 못한 것이기도 하지만, 자신들보다 열등하다고 생각하는 개들의 운명에 시간과 공을 들이기에 적극적이지 않은 이유도 있었다. 나도 그만 밖으로 나가야 했다. 다른 형제들과 함께 갔더라면 하는 후회가 나를 청기와집 밖으로 한 걸음씩 내몰았다.

그녀가 비칠거리며 기어 나오는 나를 보았다. 다른 형제들은 보이지 않았다. 가마솥 수증기가 그녀를 휘감고 있었고 싱크대 위로는 한층 더 높아진 개고기들이 쌓여 있었다. 수증기가 가려 그런지 아무리 눈을 크게 뜨고 둘러보아도 엄마와 형제들은 보이지 않았다. 나도 모르게 깊은숨이 터져 나왔고, 그녀가 나를 발견했다. 그녀는 처음 보는 물건인 양 뜻밖의 눈길로 나를 보았다. 그녀의 눈빛이 흔들렸다.

뒤쪽을 한번 살핀 그녀는 자신과 눈이 마주친 나를 얼른 주워서 더러운 앞치마에 달린 주머니 속에 집어넣었다. 순간, 나는 기절했다. 그리고 깨어나 보니 아빠 품이었다.

그러니까 동해수산 나 사장이 나에 대해 떠드는 이야기의 연결은 그렇게 이어진 것이었다. 다행인 것은 그날 장이 파하도록 내가 그녀의 주머니 속에서 한 번도 소릴 내지 않았다는 것이다. 만일 내가 작은 소리라도 냈더라면 대도축산 박 사장이 득달같이 뒤꼍으로 달려와 그녀의 주머니 속에 있던 나를 펄펄 끓고 있던 무쇠솥 안으로 던져버렸을 테고, 박 사장의 분노를 산 경숙은 뒤꼍에 널려 있는 여러 개의 도축 기구 중 하나로 죽지 않을 만큼 맞았을 것이었다. 그렇다고 그녀가 나 때문에 벌어진 사달에서 무사했다는 뜻은 아니다.

박 사장에게 뒤꼍은 사람들에게 팔기 위한 고기를 만드는 곳일 뿐, 다른 이유가 있어서는 안 되었다. 그곳에선 그 어떠한 생명도 예외일 수 없었다. 고기로 만들지 못한 것에 대한 벌은 고스란히 경숙이 감당했다. 동해수산 나 사장과 모란축산 김정배의 말대로 나는 억세게 운이 좋은 것이 사실이었다. 박 사장이 사실을 알게 된 것은 그녀가 나를 대도빌딩 삼층 문 앞에 가져다 놓은 지 일주일쯤 지난 뒤였다. 이미 아빠의 품에 안긴 나를 뺏을 수 없었던 박 사장은 경숙이 나를 살려준 것도 모자라 아빠한테 가져다준 것은 자신을 배신한 행위라며 분노했다.

아빠는 자신 때문에 박 사장한테 매를 맞고 있는 그녀를 바라보며 오래도록 눈물을 흘렸다.

경숙은 박 사장의 두번째 아내였다. 첫번째 아내가 죽고 나서 경숙과 재혼했는데, 언젠가부터 박 사장의 동생인 아빠와의 사이를 의심하기 시작했다. 박 사장의 의심은 급기야 아빠를 대도빌딩에서 벗어나지 못하게 만들었으며, 경숙을 대도축산 뒤꼍으로 내몰았다.

나는 아빠가 그녀와 단둘이 무슨 짓을 하는 걸 보지 못했다. 아빠는 약을 먹고 종일 자거나 음악을 듣고 책을 읽었다. 아빠에게 유일한 바깥 생활은 밤에 가끔 산책하러 나가는 것이었다. 박 사장은 그조차 달가워하지 않았다. 나는 알고 있었다. 박 사장이 그녀에게 개 도살을 시키면서까지 혹독하게 대하는 이유를. 박 사장은 자신의 아버지가 죽으면서 아빠에게 물려준 대도빌딩을 욕심냈다. 그녀와 아빠를 불륜으로 몰아 핍박하면서 대도빌딩을 차지하고 싶은 것이었다. 아빠가 언젠가는 경숙의 고통을 견딜 수 없어 대도빌딩을 내놓고 조용히 사라질 거라는 것이 박 사장이 꿈꾸는 최고의 시나리오였다.

아빠의 수면제 양이 갈수록 늘고, 내가 살아 있음을 감사하게 생각지 못하고 매일 박 사장이라는 공포에 떠는 것도 그래서였다. 박 사장보다 현명한 아빠가 이런 사실을 계속 지켜만 보고 있다는 사실이 답답할 때도 있지만, 경숙의 희생으로 살아가는 지하실의 할머니와 그 식솔들을 무시할 수도 없었다. 그들을 보면 사람만큼 어리석은 생명도 없다는 생각이 든다. 어느 한쪽의 희생으로 한쪽이 배불리 먹고 살아간다면 그건 희생이 아니라 어리석음이고 불공평이다. 사람을 이해한다는 것이 얼마나 웃기는 일인지 알면서도 자꾸 의문이 생기는 걸 보면 나도 참 웃기는 개다.

당시 박 사장 때문에 우리 가족만 죽은 것이 아니었다. 하루 아침에 청기와집이 사라지자 삽교리 할머니는 할아버지가 죽었을 때보다 더 받아들이지 못했다. 할머니는 헛간이며 부엌, 고추밭까지 종일 우릴 찾아다녔다. 다리에 힘이 빠져 마당에 주저앉았을 때는 살랑살랑 꼬릴 흔들며 돌아다니는 우리 형제들이 보이기도 했다. 헛것에 홀려 울다가 기운이 부치자 할머니는 하늘에 있는 할아버지를 향해 욕을 퍼붓기도 했다.

"에라이, 나쁜 놈의 영감탱이! 순이 하나 못 지켜주냐! 내가 그리 기도했건만…… 거기 가서 계집질을 하나 뭣이 바빠서 우리 순이 훔쳐 가는 것도 모르냐! 이 쌍놈의 영감탱이야!"

우체부가 복숭아를 사 들고 와 걱정을 해도 할머니는 자리에서 일어나지 못했다. 살아야 할 아무런 의지가 안 생겼다. 살면서 누군가에게 원한이라는 걸 한 번도 품어보지 않았는데, 할머니는 처음으로 두 주먹을 불끈 쥐고 입술을 깨물었다. 우체부도 "그놈 걸리기만 하면 오토바이로 밀어버리겠다"며 부르르 떨었다. 우체부도 자신의 입에서 험한 말이 나올 줄은 몰랐다. 자신이 손해를 보고 말지언정 쌍욕을 하거나 삿대질 한 번 안 하고 살았는데, 그 귀여운 순이네 가족을 훔쳐 가고 할머니를 몸져눕게 한 걸 보니, 당장이라도 그놈을 잡으러 가고 싶었다. 짐작 가는 데가 있었다. 영달이가 삽교에서 개 도둑질을 한다는 것은 심심찮게 알려진 사실이었다. 우체부도 오토바이를 타고 돌아다니던 영달이와 몇 번 마주친 적이 있었는데, 그때는 우편물이 많아서 다른 데 신경 쓸 여력이 없었다.

우체부는 매일같이 할머니를 찾아갔다. 다른 마을에서 엄마와 비슷한 개를 데려와 보여주기도 했지만, 할머니는 거들떠보지 않았다. 할머니는 세상 모든 것들로부터 배신당한 모습이었고 아무도 믿을 수 없어 했다. 정을 주고 품었던 것들의 사라짐은 할머니에게 큰 상실감을 주었다. 할머니는 다시 일어나지 못했다. 청기와집이 도둑질 당한 그날부터 일 년이 채 못 되어 영영 세상을 떠나고 말았다.

우체부는 영달이를 찾아가 사정이라도 해볼 참이었다. 그러나 삽교리에 들어서자마자 할머니가 세상을 떠났다는 소식을 듣고는 다 부질없다 싶었다. 할머니가 죽은 마당에 영달이를 찾아간들 무슨 소용이 있을까. 하지만 한편으론 그 못된 놈에게 주먹 한 방은 날려줘야 한다는 분노가 솟구쳐 할머니 집을 쉽게 떠날 수가 없었다. 자신이 서둘러 영달이를 찾아냈더라면 혹시라도 순이 가족을 살릴 수 있었을지도 모른다며 자책하기도 했다. 그건 우체부가 영달이와 박 사장을 잘 몰라서 한 생각이었다. 설령 우체부가 그 두 사람의 무섭도록 치밀한 거래를 알고 있었다고 해도 그들의 야만적 행동을 막기는 어려웠을 것이다.

우체부는 할머니 집을 나와 읍내까지 걸어갔다. 왠지 삽교리하고의 인연이 끝난 것만 같아 오토바이 탈 기운도 없었다. 시원하게 바람을 가르며 할머니와 순이를 보러 달려오곤 했는데, 균형 잃은 마음은 허탈하기만 했다. 그는 삽교리 마을 어귀에 있는 느티나무 정자 아래에 오토바이를 세워놓고 앉았다. 한없이 느리고 고요한 시간이 나직한 마을로 내려앉아 꿈쩍하지 않았다. 그는 저만치 들녘으로 내려앉은 하늘을 보며 울적한 마음을 휘파람으로 달랬다. 어디선가 문득 그리운 것들이 나타날 것만 같아서 노래가 쉬 그쳐지지 않았다.

그는 깊은 우울과 상실감으로 눈을 감았다. 사라져 보이지 않게 된 것들에 대한 연민, 그런 짓을 저지른 자들에 대한 분노, 그럼에도 어쩌지 못하는 무기력이 그를 한없이 내려앉게 했다. 그는 한숨을 쉬었다. 그는 햇볕을 등지고 웅크린 채로 두 눈을 감았다.

삽교리와의 인연은 그것으로 끝이었다. 하지만 나는 여전히 삽교라는 이름으로 살고 있어 과거의 기억을 떠올릴 수밖에 없었다. 또, 대도축산이 장사를 접거나 박 사장이 모란시장을 떠나지 않는 이상 나는 언제라도 고기로 만들어질 운명이고, 그때까지는 아마도 모란축산 김정배와 동해수산 나 사장이 말하는 것처럼 운 좋은 놈으로 살고 있을지도 모른다.

나 사장과 김정배가 말하고 싶은 얘기의 결론은 결국 대도축산 박 사장과 관련된 것들이었고, 그들은 모든 걸 공유하고 묵인해주는 얄팍한 동지이면서 언제든 불리하면 등을 돌릴 수 있는 적이었다. 함께하지만 함께한다고 볼 수 없는 모란시장 사람들을 보면서 가장 먼저 깨달은 사실이었다. 매일같이 쏟아져 나오는 온갖 물건보다 더 많은 이야기가 만들어지고 재생산되는 이곳에서 살아가는 가장 현명한 자세는, 그들과 부딪치지 않거나 평정심을 잃지 않는 것이었다. 그래서 어쩌면 갇혀 사는 아빠와 내가 더 위험하지 않을 수도 있었다.

나 사장의 손아귀에서 풀려난 나는 집으로 돌아가지 않았다. 놀란 가슴 쓸어내리며 빨리 대도빌딩으로 도망쳐야 옳지만, 오랜만의 바깥공기를 포기하고 싶지 않았다. 이제 축산물 구역을 벗어났으니 가보고 싶은 수산물 구역과 농산물 구역, 화훼 구역이 남아 있었다.

수산물 구역에는 삽교 할머니와 비슷한 고씨 할머니가 연탄불에 대구 머리를 구워서 팔았다. 고씨 할머니는 모란시장이라는 이름이 붙기 전부터 이곳에서 나물 장사를 시작했다. 탄천 주변에서 나물을 뜯어다 팔았는데, 천이 좁아지고 시장 사람들이 늘어나면서 할머니는 나물 대신 작은 손수레를 밀고 다니며 커피를 팔았다. 할머니는 고향이 제주도라는 사실 말고는 아무것도 알려진 것이 없었다. 시장에서 가장 나이가 많다 보니 할머니에 대한 정보를 아는 사람도 남아 있지 않았다. 본인 입으로 한 번도 가족에 관한 이야기를 꺼내지도 않았다. 지금까지 할머니 친인척이라고 찾아온 사람 또한 없었다. 이젠 귀가 들리지 않아 할머니에 관한 이야기를 알아내기는 더 어렵게 되었지만, 그나마 다행인 것은 시장에서 고씨 할머니에 대해 함부로 말하거나 불편하게 생각지 않는다는 것이었다. 수산물 구역에서 가장 좁고 누추한 골목 한 자리를 차지하고 있지만, 할머니는 그 자체로 시장의 전설이었다.

수산물 구역을 좋아하는 이유도 할머니한테 가면 별미인 대구 머리 구이를 조금은 얻어먹을 수 있어서였다. 고씨 할머니가 파는 대구 머리는 동해수산에서 버리는 부산물 중 하나로 나 사장이 무슨 이유인지 할머니가 그냥 가져다 팔도록 했다. 새우 한 마리 덤으로 주지 않는 나 사장이 할머니한테만 그런 인심을 쓰는 것에 대해 시장에선 혹시 고씨 할머니와 무슨 혈연관계가 아닌가 의심하기도 했다.

보통 생선의 부산물은 젓갈로 만들거나 어묵으로 만들어지는 경우가 흔한데, 동해수산에서 나오는 대구 부산물은 머리 말고는 모두 폐기되었다. 나 사장 입장에서는 할머니가 큰 대구 머리를 처리해주니 고마울 수도 있었다. 그런데도 할머니는 나 사장만 보면 연신 고맙다며 고개를 주억거렸다. 한번은 나 사장이 나타나자 할머니는 가장 살이 많이 붙은 대구 머리를 구워서 주었다. 나 사장은 묘한 웃음을 지으며 할머니가 건네준 대구 머리 구이를 받았다. 그러나 나 사장은 시장을 벗어나기 무섭게 시장 초입에 놓인 쓰레기통 속으로 받은 음식을 처박았다. 다른 사람은 맛있다고 사 먹는 대구 머리 구이를 나 사장은 입도 대지 않고 버렸다. 특별히 생선을 싫어하는 것도 아니면서 대구는 입에 대지 않았다. 대구가 특별히 비싸서 먹지 않는 것도 아니었다. 대구보다 비싸게 파는 문어, 민어, 왕새우는 물건이 들어올 적마다 맨 먼저 손을 대는 것이 나 사장이었다.

나 사장이 동해수산을 통해서 파는 대구는 주로 대만에서 수입했다. 수입하는 양도 많았지만, 무엇보다 대구의 크기가 큰 장작개비만 해서 대가리에 붙은 살도 뜯어 먹을 만했다. 시장 사람들은 나 사장이 대만에서 정기적으로 대구를 들여오는 걸 보고 대단한 능력이라고 했다. 수산물 구역 가게 대부분이 동해나 서해에서 잡은 우리나라 생선을 파는데, 동해수산 나 사장만 대만을 상대로 까다로운 통관 절차를 거쳐 대구를 들여와 팔았다.

동해수산도 장사 초기에는 주로 서해에서 잡은 바지락이나 새우, 주꾸미 같은 것을 팔았다. 대만산 대구를 들여와 팔기 시작하면서 돈을 벌었고, 지금은 수산물 구역에서 가장 큰 가게로 성장했다. 나 사장이 모란시장 번영회 간부로 실세가 된 것도 그쯤이었다.

대구 머리 구이는 아무런 양념 없이 굵은소금만 뿌려서 굽는데도 특별한 맛이 있었다. 할머니 덕분에 수산물 구역은 일본인 관광객들이 심심치 않게 찾아왔고, 대구 머리 구이를 먹기 위해 줄을 서 있는 진풍경을 만들었다. 할머니의 대구 머리 구이는 한국을 찾는 일본인들 사이에서 모란시장에서 먹어야 할 첫번째 음식으로 소문이 나기도 했다. 시장에서 만든 홍보 사이트에서는 고씨 할머니의 생선 굽는 솜씨도 훌륭하지만, 할머니가 장애인 손자와 어렵게 살아가고 있어서 대구 머리 구이를 먹어줘야 할 충분한 이유가 된다고 설명했다.

시장에는 나 사장의 동해수산이 운영하는 큰 횟집도 있고, 조개구이집과 매운탕집, 복집 같은 음식점들이 줄지어 있는데도 일본인 관광객들은 지저분하고 옹색하기 그지없는 할머니를 찾아갔다. 대구 머리 구이를 사 먹기 위해서였다.

할머니는 열시 넘어서까지 장사를 하고 사라졌다. 아무도 할머니가 어디에 사는지 알지 못했다. 다들 할머니보다 먼저 시장을 빠져나갔고 말귀를 알아듣지 못하는 할머니와 가까이 지내며 챙겨줘야 할 정도로 한가하지 않았다. 장사치들에게 시장은 돈을 벌기 위한 곳이지 돈을 쓰기 위한 곳이 아니었다. 그들은 돈벌이의 수단과 방법에 대해서는 내세우기 꺼리지만, 돈을 버는 이유와 목적은 언제나 분명했다. 시장보다 더 화려하고 근사한 곳에서 돈 쓰기를 원하고 자신보다 잘 살기를 바라는 자식들에게는 언제나 통 크게 썼다. 그것이 부모의 마음이라고 사람들은 말했다.

나는 그런 사람들의 마음을 당연히 이해하지 못한다. 사람들의 위선과 위장이 우리에게 가한 폭력은 기억하지만, 그 이상을 파악하기에 우리는 한계가 있고 지나치게 순종적이기 때문이다. 고씨 할머니를 대하는 시장 사람들이나 일본인 관광객을 보면서 사람과 우리가 다르다는 것이 그렇게 나쁘지만은 않다는 걸 알았다. 우리의 본능은 적어도 위선을 이용해 폭력을 행사하지는 않기 때문이다. 할머니를 대하는 모든 사람이 그렇지는 않지만, 할머니가 받는 시선이 인간적이기보다 동정과 호기심인 경우가 더 많다는 것만은 분명했다. 나도 물론 삽교 할머니에 대한 기억이 없다면 고씨 할머니가 궁금하지 않았을 것이고, 대구 머리 구이 맛을 몰랐다면 위험을 무릅쓰고 찾아가려고 하지 않았을 것이다.

그보다 고씨 할머니에게는 스무 살이 안 되어 보이는 손자가 한 명 있었다. 할머니가 유일하게 코, 라고 부르는 손자가 진짜 혈육인지 아닌지는 알 수 없었다. 시장에서도 코라는 이름으로 알려져 누구나 코라고 불렀다.

오래전 소문에는 코의 부모가 러시아 어디 사람이라고도 했다. 코가 어떻게 러시아에서 모란시장까지 올 수 있었는지, 그렇다면 코의 부모는 왜 지금까지 한 번도 찾아오지 않는 것인지 알 수 없는 이야기였다. 할머니가 꾸며낸 이야기일 수도 있었다. 시장 사람들이 평범하게 생기지 않은 코에 대해 자꾸 묻자 성가신 할머니가 만들어낸 이야기. 나도 코를 볼 적마다 그 소문이 틀릴 수도 있고 맞을 수도 있다는 생각이었다. 나도 개 같지 않은 개이지만 코 역시 사람 같지 않은 사람이었다. 코도 어쩌면 사람도 그 무엇도 살아갈 수 없는 환경에서 만들어진 생명체로 어쩌다 모란시장까지 흘러들어왔을지도 모른다.

이름만큼이나 이상한 것이 그의 생김과 차림새였다. 그는 언제나 똑같은 옷을 입었다. 나는 그가 다른 옷을 입고 있는 걸 보지 못했다. 그는 대도축산 경숙이처럼 제 몸보다 큰 가죽 멜빵바지를 입고 챙이 큰 모자를 쓰고 다녔다. 경숙과 다르게 코는 너무 작고 메말라서 커다란 멜빵바지 속으로 누군가 쏙 집어넣은 듯 보였다. 모자를 깊게 눌러쓴 탓인지 눈은 반짝거리는데 이목구비가 워낙 작아서 언뜻 보면 쥐 인형 같았다.

짓궂은 시장 사람들이 코를 두고 쥐새끼 같은 놈이라고 놀리는 것도 그래서였다. 그래도 코는 상관하지 않았다. 들을 수는 있는데, 말하지 못하는 코의 장애가 오히려 그를 방어하도록 했다. 코가 그들에게 어떠한 욕을 하고 감정을 가져도 그들은 어차피 코의 말을 알아들을 수 없었고, 코 또한 자신이 그들과 다르다는 걸 확실하게 알았다. 내 궁금증 때문에라도 언젠가는 코에 대해 시시콜콜 알게 되겠지만, 지금은 코가 나를 별로 좋아하지 않아서 가까이하지 못하고 있었다. 나뿐만 아니라 송이도 싫어하는 걸 보고 한때는 무척 서운하게 생각했다.

고씨 할머니가 주는 대구 머리 구이도 얻어먹을 겸 코와도 잘 지내보려고 했는데, 코가 영 마음을 열지 않았다. 사실 대구 머리 구이는 나보다 송이가 더 좋아하는데, 그놈의 코 때문에 송이는 수산물 구역 쪽으론 얼씬도 하지 못했다. 송이는 차라리 탄천에서 어렵게 잡아먹는 송사리가 더 맛있다고, 코가 무엇 때문에 자신에게 감정이 좋지 않은 것인지 언젠가는 따져볼 것이라고 했다.

코는 한 번에 천 원씩 받고 고객의 짐을 수레에 실어 주차장까지 배달해주었다. 천 원짜리 한 장을 내밀고 수레에 실을 짐을 가리키면 손가락 끝의 방향을 보고는 잽싸게 움직였다.

한 번에 여러 명이 물건을 배달시켜도 헷갈리지 않고 정확하게 주차장까지 가져다주었다. 코 역시 할머니가 계산법을 가르쳐주었는지, 무조건 천 원짜리 한 장만 받았는데, 큰돈을 내고 거스름돈을 달라고 하면 배달을 거절했다. 고씨 할머니와 코가 아는 돈의 단위는 딱 천 원이었고, 천 원짜리를 내야만 두 사람과 거래를 할 수 있었다.

고씨 할머니와 코는 그래서 가난하지 않았다. 두 사람이 하루에 버는 천 원짜리가 어느 때 보면 검정 비닐봉지를 두둑하게 채울 정도였다. 시장 사람들은 할머니와 코가 번 돈을 어디다 쓰는지는 알지 못했다. 그래봤자 천 원짜리 티끌이라고만 생각하지, 그 티끌이 어디에서 태산을 만들고 있을지는 아무도 짐작하지 못했다. 나 역시 두 사람에 대해 아는 것보다 모르는 것이 더 많지만 언젠가는 할머니와 코의 비밀을 풀어볼 참이다.

시장의 여름 저녁은 길었다. 아직 시장을 떠나지 못하고 서성이는 손님들과 짐을 정리하는 상인들, 요기를 하기 위해 식당을 기웃거리는 손님들과 상인들이 제법 눈에 띄었다. 수많은 발길이 지나간 시장 바닥은 잘게 부서진 쓰레기와 물기로 질척거렸다. 냄새와 발길이 굳어져 만들어진 골목에는 시장의 모든 것들을 섞어 만든 음식들이 누군가의 위장을 기다리고 있었다. 결코 변할 것 같지 않은 시장의 모습이었다. 이를 두고 아빠는 오늘이 아주 오랜 옛날이 되어도 시장은 완고한 균형을 잃지 않을 것이라고 했다. 그 말은 시장을 움직이고 시장을 찾는 손님들이 있는 한 시장은 절대 없어지지 않는다는 뜻이었다. 창밖으로 바라보는 아빠의 시장은 언제나 밝은 쪽이 아니라 어두운 쪽이라서 그렇게 말하는지도 몰랐다.

대도빌딩을 나와 많은 시간을 지체했지만 가야 할 곳을 잃어버리지는 않았다.

나는 달렸다. 아빠가 잠에서 깨어나기 전에 수산물 구역과 경숙이 있을지도 모르는 꽃시장을 돌아보고 가야 했다.

축산물 구역을 벗어나자 냄새부터 달랐다. 수산물 구역이라고 마냥 청정한 곳은 아니었다. 비릿한 냄새가 났는데, 참을 수 없을 정도로 역겹거나 공포감을 느끼게 하지는 않았다. 발 달린 짐승이 가지고 있는 그 무엇과 달라서일까? 쉽게 배를 드러낸 것들에 대해 덜 두려워하고 더 무심해지는 것도 사람들만의 오만한 시선이다. 대부분의 사람들은 나와 송이 같은 것들한테는 착각하기 쉬울 만큼의 사랑과 연민의 눈길을 보내지만, 커다란 물고기와 문어를 보면서는 어떤 요리법이 좋을지를 먼저 떠올리는 것이다.

물고기를 대하는 태도가 나와 다르다고 해서 사람들을 욕할 일은 아니라는 것쯤은 나도 안다. 살아 있는 것들 사이에 차이와 힘의 위계가 존재하는 생태적 구조를 조금은 이해하고 인정한다. 다만 우리는 사람들처럼 겉과 속이 다른 모습으로 행동하여 상처를 주지는 않는다. 축산물 구역과 수산물 구역을 오가며 매번 느끼는 것은 무엇으로 살든 서열을 나누고 생명의 기준을 정하는 것은 사람들의 기호와 취향이라는 사실이다.

수산물 구역에서 불을 가장 환하게 밝히고 있는 해물탕집을 지나자 고씨 할머니가 웅크리고 앉아 있는 작은 골목이 보였다. 할머니가 앉아 있는 뒤쪽으로는 더 나아갈 수 없는 막힌 골목이지만, 할머니 앞쪽으로는 세 갈래의 골목길이 있었다. 사람들은 정면이 아닌 다른 길로 돌아와야 했다. 오일장이 서는 날에는 사람들이 붐벼 지름길로 할머니를 찾아오기는 쉽지 않았고, 모란시장을 처음 찾아오는 손님들은 인파에 갇혀 길을 헤매기 일쑤였다.

고씨 할머니는 아직 장사 중이었다. 배달 일이 끝난 코는 할머니 옆에 바짝 붙어 앉아서 졸고 있었다. 지저분한 물건을 담고 있는 작은 마대에 모자를 올려놓은 모습이었다. 모르는 사람들은 정말로 할머니의 짐보따리인 줄 알았다가 코가 살짝이라도 움직이면 깜짝 놀랐다. 나도 처음에는 그런 코를 보고는 놀라서 한동안 큰 소리로 짖었다. 할머니가 괜찮다며 안심을 시켰지만, 나를 바라보는 모자 속 코의 눈빛이 꼭 경계해야만 될 듯싶었다. 그때 할머니가 괜찮다며 나를 안심시키지 않았다면 그대로 줄행랑을 쳤거나 코에게 대들었을지도 모른다. 그래서 되도록 코를 똑바로 바라보려 하지 않았다. 코와 특별히 할 말도 없었지만, 코에게서 맡아지는 이상한 냄새도 싫었다.

코는 할머니가 장사를 끝낼 때까지 곁에서 쪽잠을 잤다. 자다가 할머니가 부드러운 손길로 등을 쓰다듬으면 슬며시 일어나서 뒷정리를 도왔다. 꺼진 연탄불을 쓰레기장으로 옮겼고 팔다 남은 대구 머리를 비닐봉지에 담았다. 할머니와 코가 앉았던 의자를 접어 골목 안쪽 벽에 세워놓으면 둘의 하루가 마무리되었다.

젊은 여자 세 명이 할머니를 둘러싸고 있었다. 한 여자는 연신 사진을 찍었고 한 여자는 연탄불 위에서 익어가는 대구 머리에 집중했다. 또 한 여자는 어떻게든 할머니와 대화를 시도하려고 몇 개의 단어를 반복해서 내뱉었다. 할머니는 곧 꺼져버릴 것 같은 연탄불 위에서 대구 머리를 굽느라 정신이 팔려 아무런 대꾸를 하지 않았다. 나는 그녀들의 다리 사이를 비집고 들어가 할머니 앞에 앉았다. 할머니가 나를 알아보고는 입술을 비틀어 웃었다. 세 여자는 할머니가 자신들을 향해 웃는 줄 알고는 또 한바탕 수선을 피웠다.

할머니가 구운 대구 머리를 집게로 집어 툭툭 털어내고는 작게 오려둔 신문지에 싸서 하나씩 건넸다. 세 여자는 서로를 바라보며 흡족한 웃음을 지었다.

"오! 이게 바로 이번 여행에서 꼭 먹어봐야 한다던 고씨 할머니 대구 머리 구이구나! 오! 냄새가 기가 막혀!"

가장 먼저 대구 머리 구이를 받아 든 여자가 호들갑을 떨었다. 사진을 찍던 여자가 두 여자를 할머니 옆에 서라고 하더니 대구 머리를 쳐들며 말했다.

"대— 구— 머— 리!"

"우리만 여기 온 걸 알면 난리 날걸!"

"다시 한번 대— 구— 머— 리!"

그녀의 주문에 나도 모르게 앞다리를 번쩍 들고 말았다. 실수였다. 아빠 말고는 누구한테도 그런 행동을 하지 않는데, 밖에 나가서는 절대로 누구를 믿어서도 안 되고 아무리 급해도 오줌을 누면 안 된다는 아빠의 말을 깜박 잊어버렸다. 여자가 대구 머리라는 소리만 하지 않았어도 앞다리를 번쩍 들지 않았을 것이다. 자주 본 기억이 익숙한 풍경을 저절로 불러낸 꼴이었다. 순간, 떠들썩한 소리에 잠이 깬 것인지 모자에 덮여 있던 코의 머리통이 살짝 움직였다. 당황한 할머니가 손을 뻗어 코의 등을 토닥거렸다. 그러자 코는 움직임을 멈추고 다시 깊은 잠에 빠졌다. 전에도 한번 코의 잠자는 소리를 들은 적이 있었다. 이번에도 마찬가지였다. 코는 사람들 귀에는 잘 들리지 않는 미세한 진동 소릴 냈다.

세 여자 역시 대구 머리를 먹느라 할머니가 코의 등을 토닥거리는 것도 코의 잠자는 소리도 알아채지 못했다. 세 사람은 고씨 할머니 대구 머리 구이를 먹고 있다는 사실만으로도 대단히 만족스러워했다. 이제 기념사진까지 찍었으니 고씨 할머니의 대구 머리 구이는 더 유명해질 것이었다. 하지만 다른 상인들은 고씨 할머니를 찾아오는 관광객들을 반기지 않았다. 모란시장까지 와서 겨우 천 원짜리 대구 머리 구이만 먹고 가기 때문이었다.

모란시장 번영회에서는 고씨 할머니를 시장 밖으로 내보내자는 의견도 있었다. 그러잖아도 시장이 좁아서 죽을 지경인데, 시장에 별 도움도 안 되는 사람들이 찾아와 더 복잡하게 만들고 있다는 이유였다. 종일 불 냄새를 피워 견딜 수 없으니 탄천으로 가는 입구로 자리를 옮기도록 설득하자는 의견도 내놓았다. 고씨 할머니가 빠진 회의에서 그렇게 결론이 났지만, 동해수산 나 사장이 인정머리를 거론하며 거세게 반대했다.

"낼모레 죽을지도 모르게 생긴 노인네를 시장 밖으로 내쫓으면 외부에서 우리 시장에 대해 뭐라고 떠들겠어요. 당신들도 부모가 있을 텐데, 너무 인정머리 없게 굴지 맙시다."

나 사장의 말에 할머니를 쫓아내자고 하던 과반수의 상인들이 침묵으로 돌변했다. 수산물 구역에서 나 사장에게 밉보여 좋을 리 없었다. 더구나 나 사장은 대도축산 박 사장과 함께 시장 번영회를 이끌어가는 실세였다.

그보다 나 사장의 속내는 따로 있었다. 대만에서 수입해 팔고 있는 대구의 부산물 중 하나인 대가리를 고씨 할머니가 팔아주고 있어 나 사장한테는 고마운 사람이었다. 언젠가 번영회 사람이 왜 꼭 고씨 할머니한테만 대구 머리를 주느냐고 물은 적이 있었다. 따지고 보면 그이 말도 틀리지 않았다. 대구를 취급하는 음식점은 전국에 차고 넘쳤다. 그런데도 나 사장은 고씨 할머니한테만 대구 머리를 넘겼고, 다른 부산물은 누구한테 넘기는지 아무도 몰랐다. 나 사장의 한결같은 주장은 고씨 할머니가 자신의 일찍 여읜 부모 같아서 도와주는 것이라고 했다. 이 때문에 시장에서 그의 넘치는 인정을 두고 대놓고 욕하지도 못했다.

세 명의 일본인 관광객이 떠나자 할머니는 장사를 마무리하기 시작했다. 연탄불 위 마지막 남은 대구 머리는 내 차지가 되었다. 굵은소금이 붙어 있는 대구 머리는 제법 살점이 실했다. 그러나 관광객들이 소리쳐가며 먹을 정도는 아니었다. 불 내와 소금이 묘한 조화를 이루는 맛 정도였다. 음식 맛은 대도빌딩 지하에 살며 아빠에게 밥을 해주는 할머니 솜씨가 더 훌륭했다. 안타까운 것은 그 할머니 솜씨는 대도빌딩을 벗어나지 못한다는 데 있었고, 고씨 할머니 솜씨는 하루가 다르게 밖으로 소문이 나고 있다는 것이었다.

바닥에 굴린 탓에 대구 머리 구이는 빨리 식어버렸다. 뜨거울 때 몰랐던 비린내가 풍겨 더는 입맛이 당기지 않았다. 대구 머리 구이를 먹을 때마다 드는 생각은 작은 다람쥐만 같아도 대구 머리 구이를 더러운 땅바닥에 굴리며 먹지 않았을 텐데 하는 것이었다. 할머니한테는 미안하지만 나는 식어버린 대구 머리에서 입을 뗐다. 무릎 위에 덮고 있던 담요를 치우던 할머니가 피식 웃으며 말했다.

"삽교야, 맛이 없냐?"

당황해서 물었다.

"할머니 말 잘하네!"

반갑기도 하고 놀랍기도 해서 할머니를 향해 달려들었다. 할머니가 내게 말을 걸어온 것은 처음이었다. 누구한테도 말하는 것을 보지 못해서 나한테도 그런 줄만 알았다.

"삽교야, 네 아빠도 잘 지내지?"

고씨 할머니가 내 아빠를 알고 있다는 사실도 놀라웠다. 누군가 일부러 찾아와 말해주지 않았다면 아빠의 안부를 알 리가 없었다. 오랜 시간 할머니를 찾아왔어도 나는 매번 대구 머리 하나를 얻어먹고 돌아서곤 했다.

시장 사람들 모두 고씨 할머니는 듣지 못해서 말도 못한다고 알았다. 내가 잘못 들은 것인지 아니면 할머니가 일부러 입을 다물고 산 것인지는 알 수 없지만, 달려든 나를 품에 안고 쓰다듬어주는 할머니가 낯설면서도 고마웠다.

"알아 알아, 너 이뻐 이뻐."

내가 요란을 떨며 소리쳤다. 할머니도 기분이 좋은 듯 연신 알았다며 고개를 흔들었다.

"할머니, 왜 나한테만 말해요?

할머니가 입을 씰룩거렸다. 소리를 내 웃는 것도 표정을 바꾼 것도 아닌데, 할머니가 나에게만 하는 대화법이라는 걸 알 수 있었다. 그동안 수없이 할머니를 봐왔지만, 할머니 얼굴이 변하는 걸 보지 못했다. 앉거나 일어설 때 느끼는 몸의 통증 때문에 일그러지는 얼굴만 보았을 뿐이었다. 아빠 역시 몸이 아플 때와 마음이 아플 때의 표정이 달랐다. 할머니가 대구 머리 구이를 먹느라 땅바닥을 훑은 내 주둥이를 손으로 닦아주며 말했다.

"우리 삽교가 이쁘니까 그렇지. 나는 모란시장에서 우리 삽교가 가장 이쁘더라."

"할머니 저는 사람이 아닌데요?"

"사람이라고 다를 거 없다, 생명은 다 똑같지. 글자 좀 읽어 머리 쓴다는 인간들이 우리 삽교랑 코보다 더 못하단다."

고씨 할머니는 옆에서 자는 코의 등짝도 쓸어주었다. 한 손은 내 주둥이와 머리를, 또 한 손은 코의 등짝을 쓸어주는 할머니. 그보다 조금 전 할머니 입에서 나온 말은, 그러니까 코와 내가 같은 종이라는 사실이었다. 순간, 코에 대해 가졌던 오래된 호기심이 풀렸다. 코가 사람도 아니고, 그렇다고 나와 비슷한 무엇이라고도 생각하지 않았는데, 할머니 말을 듣고 보니 코가 사람이 아닌 것은 분명했다. 다시 묻지 않을 수 없었다.

"할머니 그럼, 코는 누구예요?"

"삽교야, 그건 별로 중요하지 않아. 코가 쥐새끼이건 삽교네가 개새끼이건 그게 뭐가 중요하겠니. 내가 사람이라고 너희들하고 크게 다를 게 없잖니. 자꾸 구분 짓고 나누면 전쟁을 할 수밖에 없어."

솔직히 코 얘기 말고 다른 얘기는 귀에 들리지 않았다. 코의 비밀이 중요했다. 그러나 할머니는 구분 짓지 말라는 말로 더는 코에 관한 이야기를 차단했다.

"삽교야, 코는 코고, 삽교는 그냥 삽교야. 하늘 아래에서 함께 살아가야 할 소중한 생명이지. 삽교야, 나는 니가 삽교라서 좋다. 니가 사람이었다면 상대하지 않았을 텐데, 혹시라도 나한테 무슨 일이 생기면 코 좀 도와주거라."

"할머니 어디 가세요?"

"시장을 떠날 때도 됐지……"

"할머니 그럼, 대구 머리 구이는 못 먹나요?"

"우리 코가 있잖니, 코도 이제 장사할 수 있어."

할머니 품에서 심한 비린내가 맡아졌다. 거칠면서도 온화하고 무거우면서도 깊은 시간이 삽교 할머니에 대한 기억과 맞닿으며 억울한 그리움이 솟구쳤다. 나는 할머니 품을 파고들었다. 그대로 안겨 잠이 들고도 싶었다. 그러나 시장은 하나둘 불이 꺼졌고 섬처럼 변한 막다른 골목에는 나와 할머니와 코만 있었다. 맘 놓고 소리칠 수 있는 유일한 곳이었다. 내 소리가 어두운 골목을 뚫고 대도축산에 가닿지만 않는다면, 아니 혹시라도 박 사장 귀에 들린다고 해도 나를 잡으러 달려오지는 않을 것이었다. 박 사장은 나 사장과 가까운 사이였고, 두 사람이 지켜야 하는 상도와 질서가 무엇인지 잘 알고 있었다.

코가 나를 보고 있다는 것을 눈치채기 전까지 나는 할머니 품에 안겨 있었다. 커다란 모자 속 반짝이는 코의 눈빛이 나를 향해 레이저를 쏘았다. 할머니에 대한 질투였다. 그제야 아차 싶었던 나는 할머니 무릎에서 펄쩍 뛰어내렸다. 그 정도면 충분했다. 기대했던 대구 머리 구이는 제대로 먹지 못했지만, 할머니가 말할 수 있다는 사실을 알게 되었고, 할머니의 따뜻한 손길도 충분히 느낄 수 있었다.

코가 작은 소리로 할머니에게 말했다. 그러자 할머니가 코의 등을 토닥거리며 대꾸했다.

"그만 가자."

하도 작은 소리로 말해서 나는 알아듣지 못했지만, 할머니는 코의 말을 알아들었다. 코는 자신과 할머니가 앉아 있던 의자를 빠르게 접었다. 할머니는 굽다 남은 대구 머리를 비닐봉지에 싸고 가판은 비닐로 덮었다. 할머니와 코도 이제 집으로 돌아갈 시간이었다. 나도 그만 집으로 돌아가야 하는데, 나는 여전히 그 자리에서 머뭇거렸다. 코가 나를 향해 한쪽 팔을 뻗었다. 장갑 속 그의 손가락이 빨리 꺼지라고 말하는 것 같았다. 매번 볼 적마다 느끼는 것이지만, 코는 나와 조금도 친하게 지낼 생각이 없어 보였다. 코는 할머니가 나한테 잘해주는 것도 마땅치 않아 했고, 관광객들이 찾아오는 것도 싫어했다.

코의 제스처를 본 할머니도 내게 얼른 가라며 손짓했다. 하지만 나는 코와 할머니보다 먼저 자리를 뜨고 싶지 않았다. 솔직히 궁금하기도 했다. 시장 사람들 누구도 모른다는 코와 할머니의 집이 어디인지 근처라도 알고 싶었다. 다 해결하지 못한 할머니에 대한 궁금증과 코에 대한 호기심을 풀고 싶었다.

불이 꺼진 골목은 더 어둡고 깊어서 방향을 가늠하기가 어려웠다. 수산물 구역으로 통하는 골목들은 길을 막고 있는 가판들이 많아서 자칫 걸려 넘어질 수도 있었다. 나는 조심스럽게 왼쪽 골목으로 접어든 뒤 나보다 큰 가판 아래에 몸을 숨겼다. 코와 할머니가 오른쪽 골목이나 정면으로 나 있는 골목으로 움직이지 않는다면 할머니 등 뒤에는 막다른 골목뿐이었다. 물체를 식별하기 어려울 정도로 어두웠고, 시력도 좋지않아서 정신 바짝 차리지 않으면 코와 할머니의 행방을 알기어려웠다.

그러나 아무리 기다려도 코와 할머니는 나타나지 않았다. 보이지는 않아도 두 사람의 발소리는 났어야 하는데, 이상하게 움직이는 물체가 전혀 잡히지 않았다. 눈이 빠지도록 집중하고 바라보았는데도 모기 한 마리 윙윙거리지 않았다.

그제야 나는 시장 사람들이 말한 대로 코와 할머니가 어느 순간 사라져버린다는 소문의 실체와 맞닥뜨렸다. 소리도 실체도 없이 사라진다면 땅이 아니라 공중인데, 설마 그럴 리는 없었다. 고씨 할머니는 여든이 넘은 노인이고 코 역시 체격도 작고 그리 건강해 보이지 않았다. 어느 때 보면 금지된 약을 먹고 비틀거리는 늙은 쥐 같았다. 아니 쥐가 맞았다. 아니, 고엽제를 맞았거나 한센병을 앓아 몸의 기관이 사라졌거나 뭉그러진 사람처럼 보이기도 했다.

시장 사람들도 할머니의 아들이 실제로는 나이가 꽤 많을 거라고 추측했다. 몸이 그래서 한여름에도 온몸을 감싸고 다니는 거라며 코와 할머니에 대해 두려움과 연민을 함께 가지고 있었다.

다시 할머니가 대구 머리 구이를 파는 자리로 돌아와 주변을 살폈다. 어둠에 잠긴 골목은 조용하기만 했다. 눈은 흐려도 귀는 밝은 내가 소리를 잡아내지 못할 리 없었다. 조심스럽게 막힌 골목 쪽으로 걸어갔다. 막힌 골목 담벼락에는 할머니의 잡다한 물건들이 쌓여 있었다. 비닐이나 나무 상자, 스티로폼 상자, 플라스틱 그릇 같은 너저분한 물건들이 낮게 쌓여 있을 뿐, 다른 길로 통하는 문이나 길은 없었다. 그곳이 벽이라는 사실은 시장 사람들 모두 알고 있어 코와 할머니가 그쪽으로 사라진다는 의혹은 터무니없었다. 지하에 땅굴을 파놓고 사는 것이라면 지상에서 들어가는 입구가 있을 텐데, 막힌 골목에는 잡동사니 말고는 그럴 만한 것이 없었다.

그보다 캄캄한 골목에 혼자 있자니 덜컥 집 생각이 났다. 아빠도 어쩌면 잠에서 깨어나 나를 찾고 있을지 몰랐다. 코와 할머니가 어디에 사는지는 다시 와서 물어보면 되었다. 할머니가 말을 못하는 것도 아니고 내가 물으면 대답해줄지도 몰랐다. 아쉬운 발길을 돌리자, 어디선가 쥐 소리가 들려왔다. 나는 반사적으로 몸을 날려 한쪽 벽으로 귀를 가져갔다. 정말로 쥐 소리가 났다. 좀 전까지 아무 소리도 들리지 않던 막다른 골목의 한쪽 벽에서 들려왔다. 봄날의 개구리들처럼 와글와글하는 것은 아니었지만, 제법 많은 쥐들이 모여서 내는 소리였다.

시장에 쥐들이 사는 것은 당연했다. 먹거리가 풍부한 모란시장과 탄천 주변에 쥐가 많다는 것은 시장 상인들 누구나 알고 있고, 쥐잡기 행사도 매년 하고 있었다.

내 친구 송이는 심심찮게 쥐를 잡아먹었지만, 밖에서 사는 우리 종들은 쥐를 천적으로 생각하지 않았다. 소름 돋을 이유가 없는데, 내가 당황한 것을 보면 대도빌딩에서 너무 오래 갇혀 살아 그런지도 몰랐다. 나는 사람도 아니고 개도 아니었다. 개도 아니고 사람도 아닌 나는 그렇다면 어떤 모습으로 살아가야 할까? 어느 편이랑 살아야 오래 안전하게 살 수 있을까. 쥐 소리가 순간 나를 혼란에 빠트렸다. 나를 기다리고 있는 사람한테 가야 하나, 아니면 떠돌이 개로 살아야 하나. 개와 사람 어느 쪽으로 살아야 더 안전하고 행복할까.

몸은 어느새 골목을 벗어났다. 아직은 개였다. 쥐 소리에 놀란 개.

지름길로 가려면 수산물 구역에서 나와 다시 축산물 구역 쪽으로 돌아가는 골목을 선택해야 했다. 아까 만난 동해수산 나 사장과 김정배가 술을 마시고 있을 대도식당을 지나가는 일은 매우 위험했다. 그들은 필시 대도축산 박 사장과 함께 있을 것이고 혹여라도 지나가던 나를 발견하면 모른 체하지 않을 것이었다. 박 사장과 아빠의 갈등이 점점 심해지고 있었다.

시장 사람들은 아빠가 박 사장의 손아귀에서 벗어나려면 대도빌딩을 포기해야 한다고 했다. 가끔은 나도 사람들 말이 맞는다고 생각한다. 내가 모르는 다른 이유가 있지 않고는 아빠가 박 사장의 그 모진 굴욕을 감당하는 게 이해되지 않았다. 사람들의 가족관계만큼 복잡한 게 또 있을까. 사람의 감정만큼 복잡한 게 또 있을까. 복잡한 감정을 소유한 사람들이 가장 잘하는 일이라고는 자신이 유리한 쪽으로 궤변을 만들어내는 것뿐이다. 아빠와 박 사장의 관계에 대한 소문도 하나같이 추측성 궤변으로, 함께 사는 나조차 정확한 사실을 알지 못했다.

당황한 걸음이 그쪽으로 갈 수도 있었을 텐데, 나는 언제나 그랬듯이 농수산물 구역 옆에 있는 화훼 구역 쪽으로 방향을 틀었다. 한참을 돌아가야 하는 길이지만, 지름길이 안고 있는 위험을 무릅쓰는 것보다는 안전했다.

꽃시장에 가면 혹시라도 경숙을 만날지도 모른다는, 탄천 쪽으로 가면 송이가 나를 기다리고 있을지도 모른다는 기대가 항상 나를 이곳으로 이끌었다. 꽃시장은 당연히 문을 닫았다. 하남이나 광주, 용인 등 경기도 일대에서 오는 꽃들은 판매되기까지 출하 일정이 매우 짧았다.

식목으로 가능한 꽃나무와 식물들은 여유가 있지만, 꽃으로의 기능만 필요한 경우는 열무나 시금치, 상추와 다르지 않았다. 시든 꽃들의 가치는 푸성귀보다 못해서 폐기되는 것이 많았다. 다른 구역과 다르게 꽃시장은 허름한 임시 건물조차 없었다. 상인들 나름대로 파라솔이나 가판을 이어 붙여 경계 표시를 하고 장사를 했다. 경숙을 만날지도 모른다고 생각하는 꽃집은 그야말로 장미꽃만 취급하는 곳이었다. 채소 모종을 비롯해 나무와 꽃 등 웬만한 식물은 모두 파는 것이 화원이고 농장인데, 오포 능평리 어디에서 꽃 농장을 하고 있다는 능평꽃집은 장미 말고는 화분이나 밑거름조차 팔지 않았다. 능평꽃집 여주인이 직접 작은 트럭에 그날 팔 장미꽃을 가득 싣고 와서 소매로만 팔았다. 그래서인지 경동시장으로 가지 않고 능평꽃집을 찾는 서울 단골들이 많았다. 능평꽃집 여자는 지랄맞기가 대도식당 여자한테 지지 않을 정도였다. 그렇게 성격이 사나운데도 단골이 많은 것은 장미꽃에 대한 그녀의 열정이 좋은 상품을 만들어내기 때문이었다. 종일 물을 뿌려대지 않아도 그녀의 장미꽃들은 언제나 싱싱했다. 장미꽃을 진정으로 좋아하는 손님에게는 장미를 아낌없이 덤으로 주는가 하면, 장미에 대한 정보도 많이 알려주었다.

모란시장에서 장사한 지 십여 년밖에 되지 않은 그녀가 빨리 자릴 잡을 수 있었던 이유도 목이 좋아서가 아니라 능평꽃집에서만 살 수 있는 장미들이 많아서였다. 처음 장미꽃을 한 트럭 싣고 나타났을 때, 상인들은 그녀가 얼마 버티지 못하고 나갈 거라고 했다. 번영회의 큰 힘이 받쳐주지 않는 이상 텃세 심한 시장에서 살아남기는 어렵기 때문이었다.

그러나 오십이 넘은 그녀는 혼자서도 거뜬히 서너 명의 몫을 해냈다. 자신의 농원에서 장미를 싣고 와 풀고 내리고 짐을 싸기까지 누구의 손도 빌리지 않았다. 언젠가 시장에서 잡일을 도와주며 살아가는 남자가 들어다 주겠다며 트럭에 있던 장미꽃 단을 내려주려다 떨어트린 적이 있었다. 시장에선 흔하게 있을 수 있는 일이었다. 그녀는 성난 코뿔소처럼 남자에게 덤벼들었다. 그녀의 허락 없이 장미꽃에 손을 댄 것도 문제지만 장미꽃 단을 바닥에 떨어트린 것이 더 큰 일이었다. 그녀의 장미꽃이 바닥으로 구르면서 꽃송이와 잎사귀가 떨어져 나가자 그녀는 불같이 화를 냈다. 마치 자신의 아이를 다치게라도 한 듯 떨궈진 잎사귀와 꽃송이를 손에 들고는 남자에게 어떻게 할 거냐고 소리쳤다. 상인들은 그깟 꽃송이 몇 개 떨어진 것 가지고 너무한 것 아니냐며 수군거릴 뿐 말리지는 않았다.

그녀를 이해하는 눈길로 바라보지도 않았다. 남자는 그녀의 행동에 할 말을 잃은 듯 얼굴이 빨개졌다. 그녀보다 더 오래 시장의 생리를 알고 버텨온 남자가 곤욕을 치르고 있었지만, 편들어주는 이는 없었다.

상인 한 명이 모란시장이라는 조직을 상대하기는 어려웠다. 능평꽃집의 주인인 그녀가 상인들이 지켜보는 중에 남자가 실수한 것에 대해 큰소리를 냈으니, 그녀가 뭣도 몰라서 그런다고 콧방귀를 뀔 뿐이었다. 그러나 모두가 방관하며 비웃기만 한 것은 아니었다. 금자는 적어도 모란시장에 대항하는 사람은 그냥 두고 보지 않았다. 시장의 질서를 어지럽히는 것은 곧 번영회 회장인 대도축산 박 사장과 자신을 포함해 그 실세들에게 반기를 드는 일이었다. 신출내기인 그녀가 감히 그런 권위에 도전한 것이라면 그냥 두고 볼 수 없었다. 지켜보던 금자가 실소하며 그녀에게 한발 다가섰다.

"뭐라는 거야? 아침부터 재수 없게. 정씨가 도와주다 그런 걸 가지고 웬 지랄이야!"

떨어진 장미 꽃송이와 잎사귀들을 줍던 그녀는 금자의 갈라진 목소리에 고개를 휙 쳐들었다. 바로 달려들 줄 알았던 사람들은 그녀가 바닥에 떨어진 마지막 장미 송이까지 줍는 걸 보고는 팽팽했던 긴장을 늦추었다. 금자는 즉각 반응하지 않는 그녀에게 무시당한 표정이었다.

"야! 내 말이 말 같지 않냐! 그깟 꽃송이 몇 개 떨어진 것 가지고 아침부터 웬 난리냐고? 사람 목이 부러진 것도 아니고, 꽃 모가지 부러진 게 뭔 대수냐! 어디서 굴러먹던 것인지도 모르는 사람을 받아줬더니 이게 아주 간이 부었구먼. 쫓겨나고 싶지 않으면 조용히 장사나 해 먹어라. 어울리지 않게 무슨 장미꽃을 판다고……"

금자의 말에 사람들은 키득키득 웃었다. 일찍이 금자의 위세를 알고 있는 사람들은 대체로 금자를 응원하는 분위기였지만, 일부는 그녀가 금자를 상대해주길 은근히 기다리는 눈치였다. 잎사귀 하나까지 모두 주워 자신의 커다란 앞치마 주머니 속에 집어넣은 그녀가 슬금슬금 금자 가까이 다가왔다.

"내가 다른 건 다 참아도 장미꽃에 대한 모욕은 못 참는다. 뭐 그깟 장미꽃이라고? 너는 생명이 뭐라고 생각하냐? 너처럼 밥 처먹고 똥 싸는 사람만 생명인 줄 아냐! 네발 달린 짐승도 생명이 있고 이 작은 꽃에도 생명이 있단 말이다. 저기 참새도 여기 개미 새끼도 저기 하천에 사는 붕어한테도 생명은 있어. 니가 매일같이 잡아서 고기로 팔아먹는 개의 심장 소리를 들어본 적 있냐 이 나쁜 년아! 개들의 슬픈 눈동자를 한 번이라도 살펴본 적 있느냐고 이 나쁜 년아…… 장미꽃들의 생명을 담보로 먹고사는 나도 나쁜 년이지만, 적어도 그것들에 대해 모욕은 가하지 말자. 미안하게 생각하면서 처먹고 살자고."

그녀가 분노를 섞은 차갑고도 낮은 목소리로 긴 이야기를 마쳤다. 금자를 상대로 몸싸움이 벌어질 줄 알았던 구경꾼들은 적이 놀란 표정으로 서로를 바라보았다. 일찍이 그녀가 장미꽃 때문에 손님과 벌이던 싸움을 본 적이 있어 이번에도 금자를 상대로 그런 시비가 붙을 줄 알았다. 생명에 대한 그녀의 진지한 논리를 들은 구경꾼들은 더 이상 반론을 제기하지 못했다. 게다가 보기와는 달리 그녀의 말투에선 은근히 교양의 냄새가 풍겼다. 사람들은 흥미를 잃은 듯 하나둘 자리를 떠났다.

실망한 것은 구경꾼뿐만 아니라 금자도 마찬가지였다. 자신을 향해 코뿔소처럼 덤벼들 줄 알았던 금자는 시종일관 얼음장처럼 차가운 눈빛으로 쏘아붙이듯 말하는 그녀에게 밀리는 기분이었다. 지금까지 억척과 깡으로 살아왔는데, 큰 적수를 만난 것만 같았다. 하지만 상인들이 보는 앞에서 그녀에게 밀린다면 시장에서의 위치가 흔들릴 수 있었다. 약해 보이고 없어 보이면 추락하기 쉬운 세상이었다. 마음이 급해진 금자는 더 무섭게 인상을 구기며 그녀를 향해 삿대질을 시작했다.

"생명 같은 소리 하고 있네. 네년이 무슨 부처님이냐 예수님이냐. 그럼, 악욱강신인 세상인데, 무슨 재주로 처먹고 사냐. 네년은 이슬만 처먹고 사는 모양이다."

남은 사람들이 키득거렸다. 금자와 가까운 한 식당 여자가 소리쳤다.

"야! 악욱강신이 아니라 약육강식이야 무식한 여편네야. 그만하고 어여 가서 장사나 해."

뭔가 잘못되었음을 알아챈 금자는 바쁜 척 알 수 없는 욕을 해대며 사라졌다. 그녀는 입을 닫아버렸다. 기쁘지도 슬프지도 않은 그녀의 얼굴은 굳어버린 반죽처럼 딱딱했다. 사람들이 장미를 대하는 그녀의 태도를 과하게 바라보아도 할 수 없었다.

그녀에게 장미는 자신이고 삶인 만큼 부정당하는 것은 참을 수가 없었다. 그녀는 참을 수 없는 것들에 대해 모욕감을 느낄 적마다 몸이 한없이 가볍게 느껴졌다. 점점 가벼워진 몸이 어느 순간 가뭇없이 사라지거나 폭발하기를 소망했지만, 불행인지 다행인지 그녀는 다시 장미꽃과 함께 있었다.

오래전 능평 농원에 불이 났다. 그녀는 눈앞에서 가족들이 까만 연기 속으로 사라지는 걸 지켜보아야 했다. 고등학생 때였다. 미치지 않고는 살 수 없는 날들이 그녀를 서 있을 수 없게 만들었다. 그러다 그녀는 까만 잿더미 속에서 붉은 장미꽃 한 송이를 발견했다. 미치거나 죽는 대신 장미를 가꾸라는 누군가의 계시만 같았다. 그날부터 그녀는 장미꽃에 의지해 살았다.

금자와 그런 일이 있고 난 뒤부터 그녀는 성난 코뿔소라는 별명에서 능평꽃집으로 호칭이 바뀌었다. 그녀를 둘러싼 좋지 않은 소문도 그녀를 다시 보기 시작한 사람들에 의해서 조금씩 지워졌다. 그렇다고 그녀와 잘 지내거나 우호적으로 대하는 것은 아니었다. 그녀는 모란시장의 상인이면서 뭔가 불편한 손님 같은 존재가 되었다. 번영회 실세들이 가하는 조용한 위력보다 그녀의 차갑고 무거운 생명론이 양심을 자극했다. 상인들은 당연히 그녀 때문에 느끼게 되는 양심이라는 문제가 늘 신경에 거슬렸다.

그녀는 그들을 신경 쓰지 않았다. 국수 한 그릇 같이 먹을 사람이 없고 호떡 하나 먹어보라며 사다 주는 친구 한 명 만들지 못했지만, 장미꽃을 사러 자신을 찾아오는 손님들이 있어 시장을 지킬 수 있었다. 성난 코뿔소로 불리든 능평꽃집으로 불리든 그녀는 아무 상관 없었다. 그녀는 오래전에 사람과의 정을 뽑아버렸고 그 자리에 장미꽃을 심었다.

나는 그녀가 빨간 목장갑을 끼고 장미 가시를 훑는 걸 볼 때마다 가슴이 후련했다. 장미한테는 꼭 필요한 가시지만, 그녀의 손이 닿으면 장미는 또 다른 생명을 얻었다. 그녀의 노력으로 누군가는 가시에 찔리지 않고 장미꽃을 손에 쥘 수 있으니 더없는 운이지만 그녀는 그조차 장미에 미안한 일이라고 했다. 물론 대가를 치르는 그녀의 손바닥은 온전하지 않았다. 가시에 찔리고 베인 상처들은 아물고 덧나기를 반복했다. 그녀는 분명 살아 있음을 후회하지 않으려고 장미 가시에 찔리면서도 자신의 생을 지켜내고 있었다.

능평꽃집에서 장미를 줍고 있던 경숙을 만나지 못했다면 그녀에게 관심을 두지 않았을 것이다. 박 사장의 매질이 새벽부터 이어지던 날 저녁 나는 아빠와 함께 밤 산책에 나섰고, 능평꽃집에서 그녀를 만났다. 온몸이 으스러지는 고통을 참아내느라 입을 틀어막고 비명을 지르던 그녀가 콧노래를 부르며 누군가가 흘리고 간 장미꽃들을 줍고 있었다. 아빠와 나는 가만히 지켜보기만 했다. 우리가 알은체하는 순간 경숙이 소리 없이 사라져버릴 것만 같았다. 어둠 속이라 잘 보이지는 않았지만, 흐트러진 머리카락과 피고름이 맺힌 얼굴, 종일 도살에 시달린 몸에서 풍기는 피비린내가 밤공기를 타고 전해졌다. 아빠는 울었다. 그녀에게 다가가려는 나를 들어 품에 안은 아빠의 눈물이 나에게로 뚝뚝 떨어졌다. 도무지 알 수 없고 이해할 수 없는 것이 사람들의 행동이지만, 그날 경숙을 지켜보며 흘리던 아빠의 눈물을 이해할 수 없다고 말하기는 어려웠다. 그날 이후부터 아빠는 저녁 산책을 나가려고 애를 썼다. 아빠의 저녁 산책이 능평꽃집에 가기 위한 것인지 그곳에 나타나는 경숙을 보기 위한 것인지는 정확하지 않았다. 다만 특별한 일이 있지 않고는 능평꽃집으로 향하는 산책 코스를 바꾸지 않았다.

궁금한 것은 능평꽃집 여자가 장미꽃을 함부로 흘리고 갔을 리 없는데, 장미꽃은 항상 그 꽃집 앞에만 떨어져 있었다는 사실이다. 일부러 장미꽃을 흘리고 간 것이라면 경숙이 온다는 걸 알고 있다는 뜻인데, 아무리 생각해도 능평꽃집 그녀와 경숙이 안면을 트고 지낼 사이는 아니었다. 대도축산과 능평꽃집은 구역이 다르고 거리도 꽤 멀었다. 장미 잎사귀 한장 함부로 하지 않는 그녀가 흘리고 간 장미꽃들은 저녁 이슬을 맞으며 경숙을 기다렸다가 가장 누추하고 서글픈 사람의품에 안겼다.

오늘은 장미꽃을 주우러 오지 않은 것일까? 경숙은 보이지않고 장미 향기만 아직 촉촉했다. 경숙을 만나고 탄천으로 가송이를 보는 것이 저녁 산책의 마무리였다.

능평꽃집 마당에는 주인 잃은 꽃송이들만 뒹굴고 있었다. 혹시나 해서 주변을 둘러보았다. 푸른 천막을 덮고 있는 가판들만 웅크리고 있을 뿐, 움직이는 물체는 잡히지 않았다. 미련이 남은 나는 발길에 채는 장미꽃 한 송이를 입에 물었다. 경숙을 만난다면 장미꽃을 직접 전해주고 싶었다. 장미꽃을받아 들고 환하게 웃는 그녀가 보고 싶었다. 나를 구해준 생명의 은인한테 바치는 선물이라고, 지옥보다 못한 삶을 사는당신을 도와줄 방법을 말해달라고 할 생각이었다.

능평꽃집을 나와 오른쪽으로 돌면 탄천으로 가는 길이 나왔다. 길은 개발되지 않은 하천에 딸린 토지로 아직은 상인들에게 점령당하지 않은 곳이었다. 들인지 산인지 모를 풀과 나무들이 들어차 있고 물길이 가까워 개발이 쉽지 않았다. 밤에는 갈대숲이 으슥해서 무섭기까지 하지만 아빠와 나는 매번 그 길로 탄천까지 걸어가곤 했다.

화훼 구역이 끝나는 경계 지점에는 농수산물 구역에서 자리를 못 잡은 고추 장사들이 차지했다. 번영회에서는 이들을 용납하지 않아 가끔 싸움이 벌어졌다. 고추의 매운 냄새가 얼마나 진한지 코끝에 남은 장미 향기를 일순에 몰아냈다. 영역에 욕심을 부리며 다니는 것도 아니면서 나는 어디든 그냥 지나치지 못하는 버릇이 있어 이번에도 쓸데없는 탐색에 정신이 팔렸다. 그래봤자 땅바닥에 떨어진 고추씨와 꼭지들뿐인데, 찾는 것이 있기라도 한 듯 고추 자루가 놓여 있던 주변을 한 바퀴 훑고는 길가로 나왔다.

이 구역에도 능평꽃집 여자 이상의 배짱 있는 사람이 한 명 있었다.

고추 장사치들 중에서 가장 입심 좋기로 소문이 난 사람은 신례원에서 고추를 팔러 오는 할아버지였다. 내 눈에는 할아버지 같은데, 동해수산 나 사장이 말끝마다 덕상이라고 부르는 걸 보면 오십도 안 된 모양이었다. 어쨌거나 그 덕상이란 사람은 오일장마다 신례원에서 5톤 트럭에 고추를 가득 싣고 나타났다. 번영회에서 인정하지 않는 장소인 천변 길옆으로 맨 먼저 자릴 잡은 사람도 덕상이었다. 그가 자릴 잡자 농수산물 구역에서 몫이 안 좋아 장사가 안 되던 사람들도 덩달아 하나둘 자릴 옮기면서 고추 시장은 넓어졌다. 도저히 들어설 것 같지 않은 자리에도 장날이면 포장과 파라솔이 세워졌고 크고 작은 가판과 좌판들이 촘촘하게 차려졌다.

시간이 갈수록 시장은 넓어졌다. 더 많은 물건으로 채워졌고 더 많은 사람이 몰려들어 매일 전쟁을 치렀다. 무엇을 팔거나 사거나 무조건 더 많이 더 싸게 거래하고 취해야만 하는 곳이 시장이라면 나 같은 생명도 그리 불행하다고만은 할 수 없었다. 우리는 적어도 나중을 위해서 오늘의 먹거리를 쌓아놓으려고 전쟁 같은 하루를 살아가지는 않기 때문이다.

신례원 할아버지 덕상의 출현을 가장 반대한 사람 역시 대도축산 박 사장이었다. 그의 절대 권력의 핵심은 상인들 관리였다. 시장이 넓어지는 것은 번영회의 규모가 커지는 것이고 번영회가 커질수록 박 사장의 힘은 세진다는 뜻이었다. 그러나 간혹 박 사장의 그런 힘을 방해하는 사람들이 있었다.

전부터 탄천 변에 욕심을 품고 있었던 박 사장은 번영회 허락도 없이 자릴 펴고 장사를 하는 덕상이 신경 쓰였다. 정식으로 번영회에 가입한 후 회비를 내고 장사를 하든지 아니면 당장 걷어치우라고 소리쳤다. 덕상은 새까맣게 타다 못해 갈라진 대머리를 만지며 박 사장에게 말했다.

"여기가 형님 땅이유? 내가 알기로 여기는 시 땅인디, 형님이 시장이라도 돼유! 왜 나가라 마라 지랄이래유! 나두유 머리 까지도록 농사지어서 여기까지 왔슈, 누군 뭐 놀이 온 줄 알유."

"이 양반이 어디서 주둥이를 함부로 놀려!"

"개두 아니고 사람한테 주둥이라고 그러면 안 돼유. 우리 집 백구는 밥 처먹어라, 그러면 예의 없다고 밥그릇을 걷어차유. 짐승도 그런디 우리 같은 사람은 예의를 더 지켜야쥬."

박 사장에게 그토록 과감하게 도전장을 내미는 사람은 흔치 않았다. 그는 순간 당황했다. 큰 소리로 말한 것도 아닌데 뭔가 위협적으로 느껴지는 덕상의 말투에 박 사장은 삿대질하던 손이 저절로 내려졌다. 솔직히 덕상이 같은 말투를 쓰는 사람들의 속내를 상대하기가 가장 어려웠다. 싸움을 걸어도 하겠다는 것인지 하지 않겠다는 것인지 알 수 없고 좋다는 것인지 싫다는 것인지도 분명하지 않았다. 그렇다고 사람들이 지켜보는 앞에서 덕상에게 밀릴 수는 없었다. 박 사장은 표정을 고치고 다시 말했다.

"상도도 모르면서, 당신 나랑 말장난하자는 거야! 제대로 장사하고 싶으면 번영회 규칙을 따르든지 아니면 고추 자루 당장 치워! 아무튼 개나 소나 다 모여 지랄들이야……"

덕상은 트럭에 싣고 온 고추 자루를 내리느라 등 뒤의 일은 신경 쓰지 않았다. 그의 고추는 제대로 말린 태양초라는 소문이 나면서 수십 근씩 사 가는 단골들이 있어 한두시 정도면 장사가 끝났다.

"이봐! 내 말 귓등으로 듣다가는 큰코다쳐. 그냥 하는 소리 아니다."

트럭에서 고추 자루를 다 내려 바닥에 진열까지 해놓은 덕상은 그제야 한숨 돌린 듯 대꾸했다.

"개나 소가 들으면 기분 나쁘겄슈. 그것들이 워디 오고 싶어서 여기까지 왔겄슈. 나쁜 놈들이 잡아다 팔아먹으닝께 그렇지유. 이 좋은 고추 사다가 김치만 해 먹어도 백 살은 사는디, 왜 말 못하는 애들은 잡아다가 그 지랄들 하는지, 그러다 벌 받어유……"

덕상은 땀 젖은 얼굴을 닦으며 혼잣말처럼 중얼거렸다. 그는 아무리 가난해도 자신이 먹다 남은 밥찌꺼기를 먹이면서 키운 개들은 절대 팔아먹지도 잡아먹지도 않았다. 양식이 모자라면 모자란 대로 나눠 먹고 채우면서 언제나 반가운 사이로 지냈다. 집 나간 자식들보다 낫다고 말만 앞세우지 않았고 실제로 마누라보다 더 살가웠다. 그러던 검둥이 두 마리가 사라졌을 때, 설마 영달이 같은 놈들한테 잡혀간 것은 아니겠지 생각했는데, 그 불안을 확인한 것은 모란시장이었다. 고추 장사할 자리를 물색하던 중에 대도축산 뒤꼍에서 도살되고 있는 수십 마리의 개들을 보고는 아뿔싸! 싶었다. 개 도둑들이 극성을 부린다는 얘기는 들었지만, 자기 일로 닥칠 줄은 꿈에도 몰랐다.

대도축산에서 처참하게 죽은 개들의 형상을 보고 처음에는 모란시장에서 고추 팔 생각을 접을까도 했지만, 언젠가는 박사장의 행태를 한번 짚고 넘어갈 것이라고 각오를 다졌다. 검둥이 두 마리가 박 사장한테 왔을 거라는 증거는 없지만 도둑질한 개까지 사들여 장사한다면 개 도둑보다 더한 사람이었다.

덕상은 모란시장에 올 적마다 혹시나 하는 마음으로 대도축산 쪽을 살펴보았다. 검둥이가 지금까지 살아 있을 리 만무하지만, 박 사장과 개를 직접 도살하는 경숙을 보면 억장이 무너졌다.

박 사장의 엄포에도 덕상이 크게 대항하지 않는 것 역시 어설픈 싸움으로 끝내지 않기 위해서였다. 고추 장사에만 신경을 쓰다가 때가 오면 확실하게 박 사장을 응징할 것이었다. 그러나 시장 사람들의 의견은 달랐다. 박 사장이 누구한테 당할 사람도 아니고 공연히 건드렸다가 손해를 보지 말라고 했다.

덕상과 박 사장의 싸움을 아슬아슬하게 지켜보던 사람들이 덕상을 위해서 한마디씩 했다.

"박 사장 만만히 보면 안 돼요."

"다음 장날은 조심하세요. 분명 보복할 거예요."

"하여튼 그냥 넘어가질 않는다니까. 회비 걷어서 다 뭐 하는지…… 진짜 시의원 나가려고 하나 봐."

"그 속을 누가 알겠어."

덕상은 자신을 걱정해주는 사람들을 향해 누런 이를 드러내며 웃었다. 예산시장에서 장사를 해도 충분했다. 근교에 사는 친척들이 모두 고추 농사를 짓는 바람에 고추는 쌓이고, 더 큰시장이 필요했다. 신례원에는 아내와 어머니가 장날마다 고추를 내다 팔았다. 그곳 역시 점포 없이 장날마다 노점에서 하는 장사라 큰 수익이 나지는 않았다. 다른 농사를 짓는 것도 아니고 할아버지 때부터 고추 농사만 지어 고추에 대해서는 자신이 있었다. 신품이 쏟아지고 중국산 고추가 넘쳐난다는 것을 모르지 않았다. 점포를 가지고 장사를 하는 고추 도매 집에서도 중국산 고추를 내놓고 팔았다. 표기만 해주면 법에 걸리지 않았다. 아무리 좋은 고추를 내놓아도 시장에선 비싸다는 이유로 중국산보다 못한 취급을 받기 일쑤였다.

농약값과 비룟값, 인건비를 제외하면 겨우 일 년 버틸 정도의 수입이 전부였다. 덕상이가 모란시장까지 진출한 이유였다. 혹시라도 덕상이의 태양초를 알아보는 고객들이 있을 거라는 기대 때문이었다. 그의 예상은 틀리지 않았다. 모란시장을 찾은 고객들은 비싸도 진짜 태양초를 원했고 덕상이의 고추를 알아본 단골들이 늘어나기 시작했다. 그러나 덕상을 반기는 고객들과 다르게 그의 복병은 따로 있었다. 대도축산 박 사장이었다.

번듯한 가게에서 장사한다면 당연히 정기적인 회비를 내야 옳지만, 오일장에서만 포장 하나 없이 하천 옆에서 장사하는데도 박 사장은 덕상의 시장 출입을 막았다.

상인들 역시 박 사장에 대한 불만을 품고 있었지만, 드러내 놓고 따지지는 않았다. 당장 팔아야 할 물건이 더 급한 터라 시비할 틈이 없었다.

덕상 역시 박 사장한테 밀려 대거리를 피한 것이 아니었다. 오늘 가져온 고추를 다 팔지 못하면 다음 장날까지 기다려야 했다. 엊그제 딴 물고추는 제때 팔아넘기지 않으면 물러서 상품성이 떨어졌다.

그날 나는 모란시장에서 처음으로 대도축산 박 사장보다 센 사람이 있다는 것을 알았다. 덕상에게서 보이지 않는 어떤 힘을 느꼈다. 얼핏 보기에는 박 사장이 가진 힘이 훨씬 센 것 같지만, 무지해 보이는 덕상에게서 느껴지는 카리스마에는 뭔가 양심을 찌르는 힘이 있었다. 어쨌든 주변 상인들은 덕상을 더 걱정하는 눈치였다.

그러거나 말거나 덕상은 전보다 더 능청스럽게 행동했다.

"걱정 말유, 사람을 설마 개처럼 죽이지는 않것쥬."

빈 고추 포대를 정리하며 덕상은 너스레를 떨었다. 그날도 덕상의 고추는 모두 팔려나갔다. 그의 문제는 박 사장이 아니라 고추였다. 고추밭에서 하루를 시작해 고추를 따고 말리고 포대에 담아 시장에 내다 팔아야 끝나는 일이었다. 맵고도 단 것이 인생이라면 고추 농사로 살아가는 자신이 딱 고추 같은 인생이었다. 고추밭이 붉게 물들 무렵이면 그는 도망치지 않고 살아온 자신이 대견스러웠다. 사람을 상대로 싸우지 않고 고추밭을 상대한 것이 뿌듯해서 공연히 입꼬리가 실룩거렸다. 덕상은 다음 장날을 기약하며 부지런히 장사를 마무리했다.

고추 장사와 박 사장을 생각하느라 시간을 너무 오래 지체했다. 나는 불안한 마음을 수습하며 빠르게 탄천 쪽으로 달렸다. 덕상은 오일장이 열리는 모레 다시 볼 수 있을 것이었다. 한 번도 그의 눈에 띈 적은 없지만, 설령 그랬더라도 그는 박 사장이나 나 사장처럼 나를 험하게 다루지 않을 것이었다. 그는 살아 있는 것들을 함부로 대하는 사람이 아니었다. 고추를 팔아 생계를 이어가는 사람이지만, 돈보다 예의와 의리를 소중히 여기는 사람이었다.

덕상에 대한 나의 믿음이 지체된 시간에 대한 불안감을 조금이나마 덜어주었다. 나는 고추 냄새가 덜한 바닥을 찾아 머리카락 한 올 없는 새카맣게 탄 덕상의 머리와 얼굴을 떠올리며 애써 오줌 한 방울을 누었다.

고추 시장을 벗어나 조금만 더 가면 바로 탄천이 나타났다. 잠에서 깨어났을지도 모를 아빠를 생각하면 곧바로 집으로 가야 했지만, 가까이서 들려오는 물소리를 등질 수가 없었다.

탄천에서 송이와 경숙이를 만나지 못하더라도 그쪽으로 가고 싶었다.

탄천은 낮보다 밤이 더 아름다웠다. 풀숲 사이로 흐르는 개울물 소리와 풀벌레 소리, 불빛과 별빛이 하천으로 쏟아졌다. 마치 시장의 모든 패악을 식히고 가라앉히려는 듯 하천은 밤새 불빛을 꺼트리지 않았다. 경숙과 송이도 어쩌면 나와 같은 이유로 탄천을 찾을지도 몰랐다. 한 번도 물어보지는 않았지만, 경숙이 매일같이 탄천을 찾아와 몸을 씻는 것도, 송이가 밤마다 탄천으로 와 배고픔을 채우고 가는 것도 한낮이라면 불가능한 일이었다. 탄천의 낮과 밤이 다른 모습을 하고 있기에 가능했다.

밤공기는 진하고 무거웠다. 아빠와 함께하던 산책 코스와는 조금 다르지만, 탄천을 중심으로 시장을 한 바퀴 도는 것은 같았다. 아빠는 능평꽃집을 마지막으로 집으로 돌아가지만 나는 고씨 할머니와 덕상이의 고추 판매 지점, 그리고 탄천을 마지막으로 집으로 돌아갔다. 아빠는 경숙을 보기 위해서 능평꽃집을 빼놓지 않고 들르지만, 나는 송이를 만나기 위해서 탄천을 빼놓지 않았다. 아빠와 내가 겹치는 동선은 능평꽃집이었고, 그 동선은 우리에게 언제나 말 없는 슬픔을 공유하게 만들었다. 능평꽃집은 그러니까 경숙을 만날지도 모른다는 기대를 가지고 꼭 들러야만 하는 그런 곳이었다.

탄천의 물살은 매일 달랐다. 풀숲의 키 높이에 따라 다르고 날씨에 따라 다르고 시장의 변화에 따라 물살의 세기가 달라졌다. 그 물살에 몸을 맡기는 사람은 경숙이뿐이었고, 그 물살을 반기는 사람도 경숙이와 송이뿐이었다. 한낮의 탄천은 송사리 한 마리 살 수 없을 정도로 탁하지만, 밤이 되면 별들이 속살거렸다. 사람들이 죽었다고 말하는 탄천은 밤마다 경숙이와 송이를 통해서 살아 있음을 알렸다. 가끔은 풀숲 사이로 물새도 날아가고 오리알도 숨어 있었다. 흐르고 있는 이상 탄천이 죽을 리는 없었다. 탄천은 죽은 것이 아니라 사람들에 의해서 서서히 죽임을 당하고 있었다. 내가 아주 어릴 때는 한낮에도 사람들이 탄천을 건너다녔다. 이쪽과 저쪽의 지름길이 탄천이었다. 그러나 기꺼이 바지를 걷어붙이고 건너던 탄천의 물빛은 조금씩 어두워졌고, 쓸모를 다한 것들의 종착지인 쓰레기장으로 변해버렸다. 그렇다고 탄천이 아주 죽은 것은 아니었다. 탄천에는 아직 아빠와 나만 알고 있는 비밀이 많았다.

나는 잠시 멈추고 귀를 기울였다. 어디선가 물살을 가르며 들려오는 경숙의 노랫소리를 들어야 했다. 그녀가 무사한지 직접 보아야만 안심할 수 있었다. 한낮을 버틴 벌레들이 풀숲을 들썩거렸다. 나는 한 발 한 발 조심스럽게 물가로 발을 내디뎠다. 이슬을 흠뻑 맞은 풀들은 미끄러웠다. 자칫 미끄러져 물속으로 풍덩 빠지기라도 한다면 경숙이 놀라 도망칠 수도 있었다. 다행히 물가 가까이 자릴 잡은 나는 숨을 죽이고 하천의 물소리에 집중했다.

경숙의 콧노래는 멀지 않은 곳에서 들려왔다. 내가 있는 지점에서 더 아래쪽으로 탄천의 폭이 좁고 풀들이 더 우거진 곳이었다. 그녀가 노래를 부르고 있었다. 노래를 부르고 있다는 것은 그녀의 하루를 씻어내고 있다는 뜻이었다. 자신이 종일 흘려보냈을 피로 물든 하천에서 그녀는 몸을 닦아내고 있었다. 그것도 아주 즐거운 노래를 부르며.

나는 어둠 속에서 들려오는 그녀의 노래를 들었다. 희미하게 장미 향기도 전해졌다. 능평꽃집에서 주워온 장미로 몸을 씻고 있는 그녀가 잡힐 듯 보였다.

하마터면 앞으로 고꾸라질 뻔한 순간, 송이가 앞발을 들어서 날 막아주었다.

"저쪽으로 가서 살펴보자?"

송이가 나직하게 말했다. 놀란 몸을 가눈 뒤 송이를 따라갔다.

"내가 여기 있는 줄 어떻게 알았어?"

"나는 늘 여기 있었어."

"근데, 왜 만나지 못했지?"

"너는 매번 다른 곳에 서 있었어. 오늘처럼 다가갈 수 있는 거리가 아니어서 그냥 모른 체했던 거야."

"그래도 그렇지. 어떻게 모른 체할 수가 있지?"

솔직히 송이한테 서운했다. 매번 송이를 만나려고 시장을 돌고 돌아서 탄천에 이르렀는데, 송이는 정작 나를 발견하고도 모른 체 가버렸다니, 이젠 송이의 마음을 제대로 읽어야 할 때가 온 것 같았다. 송이가 경숙을 의식하며 나직하게 말했다.

"널 잠깐 본다고 뭐가 달라지냐……"

송이의 마음을 이해하지 못하는 것은 아니지만, 그래도 나는 송이가 지나치게 나를 멀리한다는 생각밖에는 들지 않았다. 모란시장에서 살아남은 유일한 개와 고양이라는 사실 말고는 무엇 하나 같은 것이 없지만, 그 사실 하나만으로도 우리는 가까이할 충분한 이유가 되었다.

송이는 그녀의 노랫소리가 들려오는 쪽으로 나를 이끌었다. 풀숲과 큰 바위 뒤에 숨어 있기에 맞춤한 곳이었다. 경숙이 정말로 우리 바로 앞에서 노래를 부르며 몸을 씻고 있었다. 이처럼 가까이에서 그녀를 지켜보기는 처음이었다. 그녀는 한 묶음의 붉은 장미꽃으로 몸과 머리를 쓸어내렸다. 물속으로 몸을 풍덩 담갔다가 별빛 총총한 하늘을 향해 솟구쳐 오르기도 했고, 춤을 추듯 빙그르르 돌기도 했다. 노래를 부르며 장미 꽃다발에 입을 맞추기도 하고 자신의 몸을 반쯤 잠기게 한 물살을 툭툭 내려치기도 했다.

달빛에 드러난 그녀는 젊지도 늙지도 않은 몸이었다. 처음으로 그녀의 눈과 입술, 피부를 보았다. 그녀가 살아가는 유일한 공간은 대도축산 뒤꼍이고 그녀의 몸은 한여름에조차 두껍고 긴 가죽으로 된 멜빵바지 속에 감금되어 있었다. 그녀의 머리카락은 길었다. 눈은 크고 피부는 하였다. 모란시장 최고의 도축녀 경숙이 두 손을 뻗어 물살을 두드릴 때마다 작은 생명들이 탄천의 숲을 뒤흔들었다.

"노래 참 애절하게 부른다."

경숙의 노래가 물살을 가르며 상류로 오르는 연어 같았다. 사력을 다하는 그녀의 목소리에 탄천의 밤공기마저 서늘해졌다.

애절하다고 말한 나를 툭 치며 송이가 말했다.

"저건 노래가 아니라 절규야."

"왜 그렇게 생각해?"

"저 여자는 자신을 정당화하기 위해서 몸을 씻는 거라고.
나쁜 년이야!"

송이가 앞발을 세차게 흔들었다.

"그렇게 말하면 안 되지? 너하고 나를 살려준 사람이잖아."

"살려준 것이 아니라, 자신의 죄책감을 조금 덜어냈을 뿐이
야. 그녀는 박 사장 때문에 할 수 없어서, 아니 가족들 때문에
어쩔 수 없어서 도살하는 것이라고 지금 자신에게 소리치며
변명하고 있는 거야."

내가 송이보다 경숙에 대해 더 모른다고 할 수 없었다. 송
이와 비슷한 시기에 태어났고 시장에서 절체절명의 순간에
살아남아 지금까지 살고 있었다. 그래서 그녀에 관한 생각이
나와 같을 거라고 기대했는데, 송이는 전혀 달랐다.

"피할 수 없는 운명이라는 것도 있잖아?"

"삽교야, 사람들은 자주 그런 말을 하더라. 어쩔 수 없었
어, 그럴 생각은 추호도 없었어, 실수할 수도 있잖아, 라고.
사람들은 자신이 만들어내는 좋지 않은 일들은 모두 제 뜻과
는 상관없이 벌어졌다고 말하지."

"송이야, 사람들을 너무 나쁘게만 생각하지 마! 좋은 사람

도 많아."

"삽교야, 대도빌딩에 갇혀 살더니 너 사람이 다 된 것 같다."

송이가 비웃으며 말했다. 전에는 그렇지 않았는데, 송이의 변화가 보였다. 그게 아니라면 송이 말대로 내가 사람이 다 되어 송이를 오해하고 있는 것인지도 몰랐다.

"그동안 어떻게 지냈니?"

송이가 시장을 떠나 떠돌며 살아가고 있는 것은 알고 있었지만, 전과 다른 분위기에 살짝 당황스러웠다. 송이에게서 단단하면서도 거친 용기가 느껴졌다. 송이 스스로 자유롭게 살겠다며 시장을 떠났는데, 자유로운 영혼의 냄새보다는 왠지 살기 위해 애쓴 투지의 냄새가 더 강하게 풍겼다. 한때는 나도 송이처럼 살고 싶기도 했다. 대도빌딩에 갇혀 사는 것도 위험한 시장에서 가슴 졸이며 사는 것도 지겨웠다. 그런데 송이가 말하는 자유로운 것들이 무엇인지 확신이 서지 않았다. 자유가 배고픔과 폭력의 위험을 견딜 수 있을 만큼 값진 것인지 경험해볼 용기가 생기지 않았다.

시장에서 유일하게 만든 친구 송이를 만나 더없이 반갑기는 한데, 처음으로 송이와 거리감이 느껴지는 것도 사실이었다.

"그렇게 나쁘지는 않아. 가끔 나 같은 친구들에게 밥을 가져다주는 사람도 있고. 그런 사람을 일컬어 좋은 사람이라면 그건 인정해. 하지만 그런 사람들도 자신이 위험에 처하면 바로 변하더라. 우리를 위해서 진짜 용기를 가지고 혁명에 앞장

설 사람은 아마 없을 거야. 지난주에도 우리에게 밥을 주던 아주머니가 누군가의 협박을 받더니 일주일째 나타나지 않았어. 물론 그 아주머니한테만 기대서 산 것은 아니야. 가끔은 사냥을 하러 탄천에 뛰어들기도 해. 그러나 너도 알겠지만 여기 탄천은 개구리 한 마리 살 수 없을 정도로 더럽잖아. 저 위쪽으로 가면 한낮에 시뻘건 물이 쉴 새 없이 흘러. 그래서 나는 경숙이 싫어. 그녀가 사람이기도 하지만 어쩔 수 없다는 듯 잡혀 살며 도살을 멈추지 않는 그녀를 안타깝게 바라볼 필요는 없다는 뜻이야."

경숙의 목소리가 차츰 가라앉았다. 송이 말대로 분노의 악다구니를 끝낸 그녀의 몸은 어느 순간 탄천 속으로 가라앉았다 올라오기를 반복했다. 물속으로 가라앉은 그녀가 영영 떠오르지 않을 수도 있다는 생각이 들었다. 용기 없는 자신을 발견하는 순간 그녀는 하천 바닥에 처박혀버릴 수도 있었다. 그녀가 아무것도 깨닫지 말기를 바랐다. 그녀가 그냥 비겁함과 변명을 핑계 삼으며 시장으로 돌아왔으면 싶었다. 비겁해도 한 생을 주무르는 것은 그분의 섭리라고 체념하며 아빠의 시선에서 벗어나지 말았으면 싶었다.

"송이야, 나하고 대도빌딩으로 가자?"

무엇이 옳든 홀쭉해진 송이의 뱃가죽부터 채워주고 싶었다. 아빠도 송이를 싫어하지 않을 테고, 얼마 남지 않았을 송이의 생을 가까이서 지켜주고 싶었다.

"그곳은 싫어. 너랑 너의 아빠야말로 가장 비겁한 것들이잖아. 매일같이 눈앞에서 벌어지는 죽음을 지켜보기만 하잖아. 물론 네 아빠가 아무 힘이 없다는 거 알고 있어. 하지만 두려움을 이기는 것은 용기가 아니라 양심이야."

솔직히 송이의 말이 맞는 것도 같고 그렇지 않은 것도 같았다. 송이의 배고픔이 사람의 양심 탓이라면 맞는 것도 같은데, 그것이 또 용기와 상관있다면 어딘가 불편한 구석이 생기는 것이 사실이었다. 나를 빤히 바라보며 따지듯 묻는 송이에게서 나는 고달픈 자유의 냄새를 맡지 않을 수 없었다.

"송이야, 우린 친구잖아. 용기와 양심 같은 세상의 불편함을 늘어놓기 전에 우린 친구니까 함께 집으로 가자."

"삽교야, 넌 끝까지 날 이해하지 못할 수도 있어. 우리가 친구는 맞지만, 함께하기는 어려워. 사람들이 말하는 끼리끼리에 속하지 않잖아. 물론 배고파 죽을 지경이야. 그래도 대도축산이 빤히 내려다보이는 대도빌딩에서 살 수는 없어."

송이가 바르르 떨며 말했다. 목소리는 갈수록 기어 들어갔고 달빛은 서서히 탄천을 지나갔다. 잠수를 반복하던 경숙은 쥐고 있던 장미 다발을 물살이 흘러가는 방향으로 힘껏 집어던졌다. 그녀의 노래 아닌 분노도 가라앉은 듯 풀벌레 소리만 탄천을 거슬렀다. 경숙과 송이를 만나고 싶어 시장을 한 바퀴 돌아왔는데, 송이는 세상으로부터 몇 걸음 더 멀어져 있었다. 그렇다고 송이를 이해한다고 말하기는 싫었다. 이해는 하지만 이해한다고 말하면 송이와 영영 헤어져야 할지도 몰랐다.

"사랑하는 고양이는 있니?"

느닷없는 질문에 송이가 웃었다.

"사랑하는 고양이? 먹을 거 찾아다니기도 바쁜데, 무슨 사랑 타령…… 저기 부령산 들개들이 날 보면 죽자 살자 쫓아다니긴 해."

"어머! 그건 말이 안 되잖아."

내가 깜짝 놀라자 송이가 피식 웃었다. 부령산 개들에 대한 소문은 진즉부터 알고 있었다. 아빠는 그 개들 역시 경숙이 도망치도록 슬쩍 놓아준 것들이라고 했다. 서너 마리 정도였던 개들은 자연스럽게 번식되었고 지금은 수십 마리로 불어나 떼를 지어 돌아다녔다. 사람들은 부령산 개들을 모두 포획해 잡아야 한다고 했다. 마을로 내려와서 위협을 가한다고, 누군가는 자신의 귀여운 강아지를 물어 죽였고 또 누군가는 갑자기 떼로 달려들어 공격했다고도 했다. 부령산 개들은 영달이 같은 개장수들한테 붙들려와 벌벌 떨던 작은 강아지가 아니었다. 사람한테 밥을 얻어먹고 사랑받던 애완견이 아니라 사람과 대적해서 이겨야만 살아남을 수 있는 짐승이 되었다.

내가 정색을 하자 송이가 다시 웃으며 말했다.

"내가 종을 초월할 정도로 워낙 매력 있잖아. 너도 그래서 나 좋아하는 거 아니야?"

송이가 순하게 웃었다. 맨 처음 만났을 때 보았던 새끼 고양이 송이 웃음이었다. 밤마다 무서워 울던 송이의 모습은 보이지 않고, 송이의 눈빛과 은빛 나던 털에는 딱딱하게 굳은 배고픔과 외로움이 진하게 묻어 있었다. 송이의 여유로운 농담을 어떻게 받아들여야 하나 싶어 픽 소릴 내며 웃긴 했지만, 예전처럼 짓궂은 답은 떠오르지 않았다.

"송이야, 종을 초월한 사랑도 있긴 해. 내가 아는 어떤 사람도 그런 사랑을 하는데, 이루어질 가능성은 없어 보여. 그러니까 너도 단정적으로 말하지 마. 문제는 그놈의 들개들이 나 같지 않고 거칠고 교양이 없다는 거지. 송이 너는 그런 애들 싫어하잖아."

"삽교야, 들개들이 너보다 거칠고 교양은 없지만, 나쁜 애들은 아니야. 사람이 주던 밥을 먹다가 스스로 밥을 찾아 먹으러 다니다 보니 공격적으로 변한 거야. 그래도 길든 채로 살아가는 너보다는 똑똑해."

송이는 분명 나를 한심하게 생각했다. 송이가 들개들로부터 안전하기를 바라서 한 말인데, 송이는 오히려 아빠한테 길들어 사는 나를 질책하고 있었다.

"사람한테 길들어 사는 게 아니라, 함께 공존하는 거야. 아빠가 나를 지배하고 구속하면 나도 송이 너처럼 집을 나갔을 거야. 하지만 자유라는 것이 꼭 안락한 생을 포기해야만 얻을 수 있는 것은 아니잖니. 네 꼴 좀 봐? 곧 죽을 것처럼 기운이 없어 보여."

"언젠가는 다 죽어. 나를 너무 불쌍하게 생각하지 마. 밖에서 살아보니 죽음이야말로 가장 자연스러운 일이더라. 갇혀 살면서 죽음을 유예하긴 싫어."

송이가 홀쭉한 배를 웅크렸다. 추운 듯 몸을 동그랗게 말더니 별빛으로 반짝이는 탄천을 보았다. 갑자기 늙어버린 송이 모습이 안타깝기보다 대단해 보인 것은 배부르고 안전하게 사는 것의 반대가 꼭 불행은 아니라는 것이었다. 내가 행복하다고 말할 수 없는 이유와 같았다. 그래도 당장은 밤이슬에 떨고 있는 송이를 감싸주고 싶었다. 송이와 내게 당장 필요한 것은 담론이 아니라 닥친 추위와 배고픔이었다.

나는 송이 곁으로 한 걸음 더 다가갔다. 송이는 가만히 있었다. 나는 더 바짝, 송이가 내 온기를 느낄 수 있도록 몸을 붙이고 다리를 올렸다. 그리고 어색해서 입을 열었다.

"송이야, 다시 태어난다면 무엇으로 태어나고 싶냐?"

다리 사이에 얼굴을 묻은 채 송이가 말했다.

"나는 눈과 입이 없는, 사람도 아니고 짐승도 아닌 무엇으로 태어나고 싶어."

"왜?"

"눈이 있으면 계속 보아야 하고, 입이 있으면 계속 먹어야 하잖아."

"세상에 눈이 없고 입이 없는 생명이 있을까?"

"있겠지. 지구의 생명체는 별보다 많대. 눈이 없고 입이 없어도 행복하게 사는 방법이 있을 거야."

"송이야, 눈 코 입 달린 사람들 모두 불행하진 않아. 너무 많이 먹고 너무 크게 바라보는 욕심만 부리지 않는다면 이 별도 나쁘지 않은데 말이야……"

나는 변심한 애인의 마음을 돌리려 애쓰는 모양새였다. 송이는 조용히 듣기만 할 뿐 더는 대꾸하지 않았다. 나와 다른 상황에서 살아온 송이를 다 이해하기는 어려웠다.

밤은 축축한 한기를 내렸다. 어쩔 수 없는 일이었다. 함께하고 싶지만, 송이를 이해시키는 일이 더 어리석었다. 송이가 불행하다고 말하지 않아 다행이었다. 구원자가 되고 싶었던 것이 아니었으니 송이에 대해 미안해할 필요도 없었다. 나는 입에 물고 왔던 장미꽃 한 송이를 송이에게 주었다.

"네가 불행하지 않다니 다행이야. 나도 마찬가지야. 무엇에 길들어 어떤 모습으로 살아가든지 구원자를 필요로만 하지 않는다면 나쁜 생은 아닐 거야. 우리가 서로 다른 생에 대해서 쓸데없는 걱정이 너무 많다는 게 문제겠지. 네 생이 불행하게 끝나지 않길 바랄게."

장미꽃을 받아 든 송이가 꼬리를 흔들었다. 긴 수염을 경쾌하게 흔들며 눈까지 동그랗게 떴다. 덕분에 나는 오랜만에 큰 소리로 웃었다. 그러나 이빨이 사라진 송이의 입과 눈동자는 금세 닫히고 말았다. 잠깐, 탄천의 물소리조차 들리지 않는 정적이 흘렀다. 답답하고 캄캄한 밤이었다. 송이가 닫힌 입을 벌려 내가 준 장미꽃을 물었다.

나는 서둘러 말했다.

"송이야, 아프면 언제든지 날 찾아와."

송이는 대답 대신 꼬리를 흔들었다. 좀 전의 경쾌했던 모습은 사라지고 힘에 겨운 모습이었다.

경숙도 탄천을 떠난 것인지 보이지 않았다. 별빛을 받아 반짝이던 하천도 고요하게 흘렀고 사위는 안개로 뒤덮여 희미했다. 정확한 것은 아무것도 없었다. 시뻘겋게 흐르던 물도 썩은 냄새도 안개 속에 묻혔다. 모든 것이 제자리를 찾아간 듯했다.

나도 그만 집으로 돌아가야 했다. 경숙을 보고 송이를 만났지만 그뿐이었다. 안타까움과 그리움만으로는 그들과 함께할 수 없었다. 시장을 떠나지 않으면 아무것도 달라질 것이 없었고, 시장을 떠나 송이처럼 산다고 해도 지금의 내 모습은 달라질 것 같지 않았다.

나는 젖은 엉덩이를 일으켰다. 다시 이곳으로 와 경숙이와 송이를 한 번 더 만날 수만 있다면, 그들을 만나기 위해서 한 번 더 용기를 내야 한다면 그건 할 수 있었다. 그 정도의 용기라면 내일 다시 이곳으로 올 수 있지만, 경숙이와 송이처럼 살아갈 용기는 없었다. 어쩌면 나는 지금처럼 살아가는 것이 내 운명이라고 생각하는지도 몰랐다.

나는 서둘러 대도빌딩으로 향했다. 시장을 한 바퀴 돌아 나온 일이 지구 한 바퀴를 돌아 나온 일만 같았다. 나와 상관있거나 상관없는 사람들 모두 지구라는 작은 시장 안에서 살고 있었다. 사이가 좋든 싫든, 전쟁을 원하든 평화를 원하든, 시장을 벗어날 수는 없었다. 대도빌딩 앞으로 돌아온 나는 깊은 어둠 속에 잠긴 시장을 보았다. 그 모든 소란이 밤이라는 휘장에 뒤덮여 있었다. 꿈쩍하지 않을 것 같은 어둠이 좀 더 오래가기를 바라며, 나는 대도빌딩 현관문을 온몸으로 빌었다. 죽을힘을 다해 문을 열지 않으면 지구라는 이 모란시장에서 살아남을 수 없을 것 같아 내 보금자리로 가기 위한 밤의 정적을 깨트려야만 했다.

문이 열렸다. 나는 단숨에 삼층으로 내달았다. 불빛이 나를 맞았다. 비겁하게 살아가고 있는 나를 받아줄 곳은 시장 속 섬 같은 대도빌딩뿐이었다. 약을 먹어야만 하루를 견딜 수 있는 아빠와 내가 하나뿐인 가족이라고 믿으며 함께 살아가야 하는 곳이었다. 나는 이 불안정하면서도 따뜻한 불빛 속으로 조심스럽게 기어 들어갔다.

2

새벽부터 밖이 시끄러웠다. 오일장이 열리는 날이었다. 아빠는 해가 뜨지 않은 창가에 서 있었다. 나는 눈은 떴지만 몸이 무거워 벌떡 일어나질 못했다. 요즘 들어 더 몸이 좋지 않았다. 입맛도 없고 눈은 흐리고 온몸이 자꾸 늘어졌다. 전 같았으면 창가에 서 있는 아빠에게로 당장 달려가 안겼을 텐데, 아빠도 내 몸 상태를 아는지 날 자주 부르지 않았다.

아빠가 동트기 전부터 창밖을 주시하고 있다는 것은 바깥에서 심상치 않은 일이 일어나고 있다는 뜻이었다. 나는 가물거리는 눈으로 창가에 서 있는 아빠를 바라보았다.

보나 마나 아빠가 응시하고 있는 곳은 대도축산이었다. 아빠가 간이 책장에 몸을 비스듬히 기대고 밖을 바라본다면 그건 시장의 풍경을 감상하기 위한 모습이지만 나에게 등을 보이며 정면으로 꼿꼿이 선 자세로 밖을 본다는 것은 정확히 대도축산을 향한 것이었다. 그런 아빠의 뒷모습은 밖을 보기 위해서 창가에 서 있는 것이 아니라 갇혀 있는 자신을 구원해줄 누군가를 찾는 사람 같았다. 삐쩍 마른 아빠의 몸이 파자마 속에서 부들부들 떨었다.

유리창을 움켜쥐고 있는 손도 손톱이 부러질 듯 힘을 주고 있었다. 공복의 아빠가 얼마나 오래 창가에 서 있을 수 있을지 장담하기 어려웠다. 감정을 주체 못하면 그대로 기절해 넘어갈 수도 있고, 자신을 챙길 여력이 조금이라도 남아 있다면 창문을 두들기며 고래고래 소리칠 것이었다.

아빠를 그대로 두고 볼 수는 없었다. 아빠한테는 내가 필요했다. 밖에서 어떠한 일이 벌어지고 있는지는 보지 않아도 알았다. 창밖을 가릴 수도 없고 아빠를 창가에서 떼어낼 수도 없었다. 아빠의 관심을 밖이 아니라 안에 있는 나에게로 쏠릴 수 있도록 해야 했다. 자주 있는 일이고 어렵지 않은 일인데, 내 건강이 안 좋아지면서 아빠를 챙기는 일이 소홀해졌다.

나는 시큰거리는 다리를 일으켜 아빠에게로 갔다. 잠옷 자락을 잡고 매달리며 소리를 내자 그제야 아빠가 나를 발견하고는 번쩍 들어 품에 안았다. 아빠의 심장에서 창문을 두들기는 소리가 들렸다. 나는 아빠의 심장을 안정시키려 품 깊숙이 파고들었다.

"왜 벌써 일어났어?"

아빠가 날 쓰다듬으며 물었다.

"그쪽은 쳐다보지 말아요."

나의 애교 같은 호소의 몸짓에 아빠가 반응했다.

"알았어! 알았어!"

"어쩔 수 없는 일이잖아요. 아빠 책임이 아니에요."

"그래 알았어, 네 마음 다 알아."

나를 이해한 것일까. 불규칙하게 뛰던 아빠의 심장이 조금씩 잦아들었다. 나를 쓰다듬는 손길도 한결 안정적이었고 목소리도 떨리지 않았다. 그러나 그건 아주 잠깐이었다. 박 사장의 목소리가 대도빌딩 창을 뚫고 날아와 아빠와 내 가슴에 꽂혔다. 반사적으로 몸을 일으킨 아빠가 나를 부둥켜안고는 다시 창문에 붙어 섰다. 말리려던 나까지 창문에 코를 박은 채로 밖에서 벌어지고 있는 일을 지켜봐야 했다.

이번 장날이라고 조용히 넘어갈 리 없었다. 장날마다 박 사장의 목소리가 커지는 것은 예사였다. 장이 서지 않는 날에도 그는 자신의 기분에 따라 경숙에게 주먹질을 했다. 아직은 한산한 축산물 구역에서 대도축산만 살기 가득한 고성이 울렸다.

오늘은 아빠의 상황이 더 안 좋을 것 같은 느낌이었다. 매일 지켜보는 바깥 풍경인데, 대도축산의 분위기도 다른 날보다 더 심각해 보였다. 박 사장 앞에 영달이가 서 있었다. 두 사람 사이에 작고 깡마른 검은 개 한 마리가 바닥에 주저앉아 있었다. 이미 다리를 못 쓰게 된 듯 검은 개는 꼼짝하지 못했다. 한눈에 보아도 영달이 모습이 불리해 보였다. 오토바이에 주렁주렁 매달고 왔어야 할 개들이 오늘은 달랑 한 마리뿐이었다. 박 사장은 몹시 화가 나 있었다.

박 사장이 화가 났다는 것은 경숙에게도 곧 위험이 닥친다는 신호였다.

"이 새끼가 어디서 반항하고 지랄이야!"

박 사장이 영달에게 소릴 질렀다.

"아니, 개가 씨 말랐는데 나라고 별수 있대유? 이것두 잠 안 자고 보초 서다가 간신히 잡아 온 거유. 저라고 돈 벌기 싫겠슈? 개들을 죄다 안방에 들여놨는지, 팔아먹었는지 없어요. 덕산, 신례원, 온양, 아산까지 다 뒤졌다니까요."

영달의 말이 끝나기 무섭게 박 사장이 그의 따귀를 때렸다. 영달이 휘청하며 흔들렸다. 지금까지 자신에게 이토록 매섭게 손찌검을 한 사람은 없었다. 술만 먹으면 행패를 부리던 영달의 아버지도 무언가를 집어 던지기는 했어도 자신의 몸에 손을 대지는 않았다. 영달은 피가 거꾸로 솟는 기분이었다. 박 사장의 성질머리를 모르는 바는 아니지만, 여태 자신이 잡아다준 개들로 대도축산을 운영해 돈을 벌었으면서 갈수록 무시당한다고 생각하니 가만히 있을 수가 없었다.

"이런 개새끼! 이때껏 내가 잡아다준 개 때문에 처먹고 산 주제에 뭐라고!"

영달이도 밀리지 않았다. 영달이 균형을 잡기 위해 불편한 다리를 움직이려는가 싶었는데 순간 그의 한 다리가 번쩍 들려 공중돌기를 하더니 박 사장의 가슴팍에 내리꽂혔다. 박 사장이 헉 소릴 내며 땅바닥으로 나자빠졌다. 누가 봐도 박 사장이 이기는 싸움인데, 반전이었다. 영달은 나자빠진 박 사장 목을 공중돌기 한 발로 짓눌렀다.

"이 새끼야, 내가 도둑질해서 먹고는 살지만, 너처럼 멀쩡한 생명 도살해서 처먹고 살지는 않는다. 저 쌍년하고 너, 도살 죄가 얼마나 무서운지 모르지, 아마 삼대가 망할 것이다."

박 사장은 버둥거릴 뿐 꼼짝하지 못했다. 영달이 정도는 얼마든지 상대할 수 있다고 믿었던 그는 영달의 발길질에 꼼짝없이 당하고 말았다. 몸도 시원찮은 놈한테 당했다고 생각하니 분해서 견딜 수가 없었다. 박 사장은 정신을 가다듬고 공격 기회를 노렸다. 그러나 영달의 발이 자신의 목을 누르고 있어 쉽지 않았다.

영달이 박 사장을 향한 마지막 경고인 듯 비웃으며 말했다.

"야 새끼야, 저기 저 도살 년하고 평생 개고기나 팔면서 살아라. 저년도 자세히 보니까 이쁘더라……"

영달이 목을 더 세게 짓밟자, 박 사장이 숨넘어가는 소릴 내며 두 손을 휘저었다. 그제야 박 사장의 목에서 발을 뗀 영달은 오토바이가 세워져 있는 곳으로 발길을 돌렸다. 박 사장이 캑캑거리며 몸을 추스르다가 영달을 향해 욕을 했다.

"저 병신새끼! 가다가 오토바이나 뒤집혀라."

나는 박 사장의 말이 영달에게 들리지 않길 바랐다. 순간, 영달이 뒤돌아보았다. 잠깐 뒤돌아보고 그냥 갈 줄 알았던 영달이 무술영화의 한 장면처럼 날아와서는 다시 한 번 박 사장의 가슴팍에 발차기를 날렸다. 간신히 일어나 앉으려던 박 사장은 또다시 픽 하고 쓰러졌다.

영달은 그제야 시원한 표정을 지으며 오토바이를 타고 사라졌다. 문제는 지금부터였다. 영달은 사라졌고, 영달에게 뿜어져야 할 박 사장의 분노가 시위를 당겼다. 아빠와 나는 떨고 있었다. 영달이 경숙에 대해 내뱉은 말이 목에 가시처럼 걸렸다. 박 사장의 패악에 결정적으로 기름을 부은 말이었다. 영달이 경숙에 대해 언급을 하지 않았더라도 박 사장은 오늘 경숙을 잡을 충분한 빌미가 생겼는데, 영달의 입에서 해서는 안 될 말이 튀어나왔다.

영달은 이미 가버렸고, 박 사장은 처음부터 경숙과의 싸움이었던 양 몸을 일으키자마자 대도축산 뒤꼍으로 달려갔다. 영달의 발길질 충격으로 아직 숨 고르기도 힘든 박 사장을 일으킨 것은 자신의 자존심 회복과 영달에 대한 복수, 경숙에 대한 응징의 마음이었다.

아빠가 깊은 신음 소리를 냈다. 무기력한 몸이 보내는 애절함이었다. 아빠는 벌써 무너지기 시작했다. 할 수만 있다면 아빠를 창문에서 떼어내고 싶었다. 가능하다면 대도축산 뒤

곁이 보이지 않도록 창문에 가림막이라도 치고 싶었다. 불가능한 일이었다. 나는 아빠의 심장 박동수를 느끼며 품에 안겨 있을 수밖에 없었다.

경숙은 어제 들어온 개들을 도축하려는 중이었다. 그녀는 함석으로 가려진 수십 개의 개집 중 한 군데를 열어 갇혀 있던 개 한 마리를 꺼내 들었다. 네 살 된 우주였다. 며칠 전 우주는 영달이 손에 의해서 평택의 한 농가에서 이곳까지 오게 되었다. 우주는 오일장을 기다리는 동안 아무것도 먹지 않았다. 이번에도 종구가 자신을 찾아올 거라는 믿음이 있었다. 그러나 하루 이틀이 지나도 종구는 찾아오지 않았다. 우주는 생각했다. 초등학생인 종구가 모란시장을 찾아오기는 힘들 거라고. 아니, 종구와 종구네 엄마 아버지는 우주가 영달의 손에 모란시장까지 끌려온 줄은 꿈에도 생각지 못할 것이라고. 그래도 우주는 포기하지 않았다. 종구라면 어떻게든지 자신을 찾아낼지도 모른다고. 우주는 좁은 케이지 안에 갇혀 있는 며칠 동안 자신을 부르던 종구의 목소리와 그 아이의 따뜻한 손길을 그리워하며 버텼다.

우주는 그녀의 발소리를 듣는 순간부터 바닥을 긁었다. 우주는 자신을 향해 다가오고 있는 죽음의 발소리를 정확히 눈치챘다. 우주는 그녀의 손길을 피하려고 구석으로 가 몸을 동그랗게 말았다. 그녀의 그림자가 먼저 동그랗게 말린 우주의 몸에 드리웠다. 우주는 두려워 눈이 뒤집혔다. 바닥을 긁던

앞다리가 들린 채로 벌벌 떨었다. 뱃가죽이 살과 분리된 듯 출렁거렸고 말린 혓바닥과 드러난 이빨 사이로 우주의 마지막 생이 줄줄 흘러내렸다. 이토록 생생한 죽음이라니, 우주는 잠깐 다른 개들을 바라보았다. 자신보다 더 겁에 질려 사납게 우는 개들, 우주는 자신을 구원할 이가 아무도 없음을 서러워했다.

그녀의 손에 들린 우주가 발버둥 치자 다른 개들이 악을 썼다. 개들은 곧 자신의 차례가 온다는 걸 알았고, 그녀는 오늘 많은 개를 도살해야 한다는 걸 알았다. 모두 오일장에 소비될 개들이었다. 누군가는 특별히 좋아해서 먹고, 또 누군가는 여름을 잘 나기 위해서 먹어야 한다며, 좀 더 실하고 싱싱한 고기를 달라고 아우성쳤다.

경숙은 개들의 아우성보다 개고기를 달라고 아우성치는 사람들이 더 무서웠다. 개들은 그녀에게 죽임을 당하지만, 사람들은 고기를 사기 위해 그녀를 죽이려 하고 있었다. 죽이거나 죽임을 당하지 않으면 살 수 없는 이곳에서 그녀는 자주 귀를 틀어막았다.

박 사장이 헐떡거리며 달려와 경숙의 뒷덜미를 잡았다. 아빠가 소리쳤다.

"도망쳐! 어서!"

아빠의 입김이 유리창에 하얗게 서렸다. 숨이 막혔다. 나는 몸을 비틀었다. 아빠의 몸이 뜨거워 견딜 수가 없었다. 뒷덜미를 잡힌 경숙이 박 사장을 향해 돌아섰다.

"영달이 새끼랑 무슨 짓 했냐?"

경숙의 손에는 검은 바탕에 흰 점이 박힌 우주가 들려 있었다. 박 사장의 소리에 경숙보다 우주가 더 놀라 바르르 떨었다. 경숙은 변함없이 입을 열지 않았다. 그녀가 박 사장 앞에서 할 수 있는 말은 '예'밖에 없었다. 그녀는 바들바들 떠는 우주를 품에 꼭 끌어안았다. 한 번도 해보지 않은 행동이었다. 개는 꺼내자마자 도축해 고기로 만들었다. 그녀는 자신이 왜 우주를 끌어안게 되었는지 생각지 않았다.

"야, 영달이 새끼랑 짜고 나 엿 먹이려는 거지? 네년이 그 새끼한테 개 가져오지 말라고 했냐?"

경숙이 아니라고 고개를 흔들었다.

"근데 왜 그 새끼가 개를 안 가져오냐구!"

박 사장이 고함을 지르며 그녀의 품에 안겨 있던 우주를 빼앗았다. 그녀가 놀라 박 사장에게 손을 내밀며 입을 열었다.

"이리 주세요, 제가 할게요."

아빠가 한 손으로 유리창을 닦으며 소리쳤다.

"바보야, 얼른 도망치라고!"

그녀가 마지막 절규처럼 말했다.

"내가 잘 죽일게요! 할 수 있어요!"

그녀가 왜 그토록 절규하고, 아빠는 왜 그리 그녀에게 도망치라고 하는 것인지, 처음에는 이해하기 어려웠다. 대도축산의 개 도살은 당연히 그녀 담당인데, 박 사장은 무슨 의미로 경숙이 해야 할 일을 방해하고 나선 것일까. 개 처지에선 누구에 의해 죽임을 당하든 마찬가지 아닌가. 자신이 죽이겠다고 매달리는 경숙의 태도를 의심하려는 순간, 박 사장이 그녀에게서 빼앗은 우주를 거꾸로 쳐들었다. 그의 큰 키와 긴 팔의 높이에 거꾸로 매달린 점박이 개 우주. 경숙이 울부짖으며 다시 한번 박 사장에게 매달렸다. 매달린 것들의 공포와 절규가 아빠와 나에게 고스란히 전해졌다.

그녀를 무섭게 노려보던 박 사장이 그녀를 대차게 밀쳤다. 그녀는 꽃잎 한 장보다 가볍게 바닥으로 내려앉았다. 무수한 생이 자신에 의해서 꽃잎 한 장보다 못한 생을 마감했다. 오늘은 왠지 그 꽃잎들에 대한 복수의 시작일지도 몰랐다. 더는 누군가를 위해서 자신을 축낼 자신이 없었다. 더는 자신의 손으로 날려 보낸 무수한 꽃잎들의 의미를 다른 생을 위한 일이라고 덮어줄 자신이 없었다.

그녀는 주저앉은 채로 개들의 막사 위로 하얗게 떨어지고 있는 아카시아 꽃잎들을 보았다. 그녀는 처음으로 살포시 내려앉는 꽃잎을 받았다. 피 묻은 손바닥 위로 하얀 아카시아 꽃잎이 그녀가 날려 보낸 무수한 생을 증명이라도 하듯 하나둘 수북이 내려앉았다.

그녀는 소리 내어 울었다. 모란시장이 떠나가도록 서럽게 울었다. 한 생이 또 박 사장의 손에 의해서 처참하게 부서지고 있었다. 그녀는 보지 않았다. 볼 수 있음에도 보지 않는 것은 볼 양심조차 남아 있지 않기 때문이었다.

박 사장은 높게 쳐든 우주를 아카시아 나무 옆 뾰족하게 솟구친 바위에 힘껏 내려쳤다. 우주의 비명이 새벽 모란시장을 뒤흔들었다. 지켜보던 개들도 사납게 울부짖었다. 그러나 그는 내려치기를 멈추지 않았다. 우주의 생의 파편들이 조각조각 부서져 흩어졌다. 하얀 아카시아 꽃잎을 붉게 물들이며 사방으로 흩날렸다. 그는 한 조각의 흔적조차 남기지 않으려는 듯 아직 손아귀에 남아 있는 생에 제 온몸의 무게를 실어 산산이 부서뜨렸다.

거기서 끝이 아니었다. 우주의 죽음을 마무리한 박 사장은 곧바로 그녀에게 달려들었다. 그는 바닥에 널브러져 있는 그녀의 멱살을 움켜쥐더니 일으켜 세웠다. 그녀는 일어나지 않으려고 버텼다. 그러나 그의 힘을 당하기는 어려웠다. 박 사장이 그녀의 멱살을 움켜쥐고선 세차게 흔들었다. 그녀는 숨이 넘어갈 듯 캑캑거리다 결국 일어섰다.

"이게 어디서 머릴 굴리고 지랄이야! 너도 이 개새끼처럼 당해봐야 정신 차릴래?"

그녀는 힘없이 늘어졌다. 그녀는 곧 도살될 개처럼 박 사장의 손아귀에서 꼼짝하지 못했다. 그만 끝났으면 싶었다. 개들도 죽음과의 거리가 한 뼘쯤 남으면 온몸에서 힘을 빼버렸다. 버둥거려봤자 이길 수 없다는 걸 받아들였다. 그녀는 박 사장이 아닌 삶이라는 의지를 놓아버리고 싶었다. 대도축산에서 벗어날 기회였다.

그녀는 그가 자신을 개처럼 도살해주길 기다렸다. 사람으로 살지 못했으니 개처럼 죽임을 당하는 것이 옳았다. 그녀는 분분한 아카시아 꽃잎보다 더 가벼이 사라지길 바라며 눈을 감았다.

그녀를 일으킨 박 사장은 그녀가 사용하던 여러 도구 중 하나를 집어 들었다. 전깃줄이 연결된 긴 전기봉이었다. 그녀는 그 긴 전기봉으로 종일 개들을 도살했다. 스위치만 누르면 아주 간단하게 생명을 끊어주는 최고의 도구였다. 그가 전기봉을 들어 그녀의 입으로 가져갔다. 그녀는 그의 손에 의해서 입이 벌려지기는 싫었다. 그녀는 입을 크게 벌렸다. 이제 그의 의지대로 긴 전기봉을 그녀의 입안에 쑤셔 넣고 스위치만 누르면 끝이었다. 붉은 전기봉이 그녀의 몸을 관통하며 살과 피를 태울 것이었다. 그녀는 자신이 무수한 개들을 그렇게 했듯 박 사장이 자신을 그렇게 도살해주길 바랐다. 입안으로 들어온 전기봉이 부디 치욕스럽게 살아온 자신의 생을 단번에 태워 없애주길 바라며 그녀는 두 눈을 꼭 감았다.

그러나 어느 순간, 박 사장은 그녀의 입에 물렸던 전기봉을 빼냈다. 대도식당 금자가 그의 팔 하나를 붙들고 있었다. 미쳐 날뛰는 그를 금자가 말렸다.

"애 죽이면, 우리 장사는 어떻게 해! 당신이 매일 개 잡을 거야? 그냥 몇 대 때리고 말아."

그가 전기봉의 스위치를 누르려던 찰나였는데, 그녀는 자신의 생이 지나치게 끈질기다는 걸 저주했다. 찰나의 순간조차 신은 그녀 편이 아닌 박 사장 편이었다. 그녀는 태워지지 않은 자신의 몸이 구차스러워 다시 바닥으로 무너져내렸다. 갈기갈기 찢기고 부서진 우주의 살과 뼛조각들이 그녀의 몸에 들러붙었다. 그녀는 두려웠다. 모든 일이 자신 때문에 벌어진 것만 같았다. 박 사장을 만나지 않았더라면 아니, 박 사장의 요구를 들어주지 않았더라면 아니, 다른 일은 몰라도 개들만 죽이지 않았더라면, 그녀의 몸을 물들이는 우주의 시뻘건 핏물을 보며 두려움에 떨지 않았을 것이다. 그녀는 흩어져 있는 우주의 살과 뼈를 두 손으로 끌어모았다. 아직 단단한 우주의 턱뼈와 말랑말랑한 머리뼈가 두 손 가득 모아졌다. 점박이 우주의 온기가 그녀의 손바닥에 전해졌다.

박 사장은 긴 전기봉으로 그녀의 등짝을 내려치기 시작했다.

"이년아, 중풍 걸려 나자빠진 니 아비랑 니 에미, 니 동생들까지 거둬줬더니 고마운 줄 모르고 서방질하냐! 명진이도 모자라 이젠 영달이까지 붙어먹어! 이 개만도 못한 년아!"

그녀는 피하지 않았다. 박 사장의 말이 억지라는 걸 알지만, 그를 이해시키고 싶지 않았다. 그에게 누군가를 이해할 수 있는 능력이 있었다면, 그녀의 도살은 벌써 멈추어졌을지도 모른다. 그는 사람의 형상을 하고는 있지만, 개도 사람도 아닌 어떤 괴물체였다.

그녀는 그의 매질을 피하지 않았다. 피할 수도 없었지만, 뼛속까지 배어들었을 도살의 흔적을 매질의 고통으로 조금이나마 속죄하고 싶었다. 그녀는 이를 악물었다. 그녀의 얇은 옷은 금세 핏물로 젖었다. 찢어진 머리에서 머리카락을 타고 핏물이 흘러내렸다. 비릿한 냄새가 입안 가득 고였다. 금자가 전기봉을 쥔 박 사장의 팔을 끌어내렸다.

"그 정도면 됐어."

그녀에게 매질한 것은 박 사장인데, 정작 그를 조종하는 것은 금자였다. 아무런 연관도 없는 경숙에게 금자는 처음부터 적대감을 드러냈다. 그녀가 하는 일이라고는 개 도살뿐인데, 금자는 그녀가 박 사장의 숨겨놓은 여자라도 되는 양 질투를 드러냈다. 박 사장이 그녀보다 자신을 더 찾고 자신의 집에서 더 많은 잠을 자는데도 금자는 박 사장 마음속 어딘가에 그녀에 대한 마음이 조금은 있을 거라고 의심했다. 그 의심이 박 사장으로 하여금 그녀를 더 혹독하게 다루도록 부추겼다.

시장의 새벽은 장사 준비를 하려는 상인들의 발길로 분주했다. 대도축산 앞으로도 오가는 상인들이 늘어나고 있었지만, 세 사람을 향하는 발길이나 시선은 잡히지 않았다. 사람들은 그저 그들의 폭력과 고성을 시장의 흔한 풍경이라고 지나쳤다. 흔해 빠진 풍경에 호기심을 보이는 사람도 없었고, 세 사람 역시 오가는 사람들을 전혀 신경 쓰지 않았다.

내내 지켜보던 아빠가 표정을 일그러뜨리며 창가에서 떨어졌다. 심심치 않게 벌어지는 창밖 풍경이지만 오늘은 뭔가 참을 수 없다는 태도였다. 나 역시 아빠가 지켜보기만 해서는 안 될 것 같았다.

"빨리 가요! 어서요!"

"그래, 그냥 두면 안 되겠지? 저러다 경숙이 죽겠다."

우리는 빠르게 대도빌딩 계단을 내려갔다. 아빠가 한쪽 발엔 운동화를 또 한쪽 발엔 슬리퍼를 신고 있었다는 사실도 모른 채 우리는 대도빌딩 현관까지 달려 내려왔다. 우리의 앞을 가로막는 누군가가 없었다면 그대로 현관문을 박차고 대도축산으로 곧장 달려갔을 것이다.

"안 돼요! 제발 모른 척해주세요……"

지하실에 사는 할머니였다. 아빠에게 정성스레 밥을 해다 주고 좀처럼 지하실에서 나오지 않는 경숙의 엄마였다. 할머니가 문을 가로막고서 애원하듯 말했다.

"어떻게 그런 말을 할 수가 있는 거죠? 딸이 죽어가고 있잖아요!"

아빠가 할머니에게 소리친 것은 처음이었다. 언제나 공손하고 미안한 마음으로 할머니를 대하던 아빠는 몹시 화가 나 소리쳤다. 딸의 희생으로 살아가는 할머니 가족을 이해할 수가 없었다. 할머니가 경숙의 엄마라는 사실은 진즉부터 알고 있었지만, 지하실에 얼마나 많은 또 다른 가족이 경숙의 등골을 빼먹으면서 살아가고 있는지는 파악하지 못했다. 아무리 그래도 자신의 딸을 사람 같지 않은 박 사장에게 맡긴 채 모른 체하라는 것은 말이 안 되었다. 만일 경숙이 친딸이 아니라서 그런 것이라면, 아빠와 나는 할머니에 대해 생각을 바꿔야 했다.

"조금만 더 참으면 돼요. 제발 모른 체해주세요……"

"저대로 그냥 두면 맞아 죽는단 말이에요. 딸이 죽어도 괜찮아요?"

할머니도 아빠도 서로 팽팽하게 맞섰다. 분노한 아빠는 현관문을 박차고 나가려 하고 있었고, 할머니는 현관문을 지키려 애원의 눈물을 뚝뚝 흘리며 사정했다. 박 사장으로부터 경숙을 지키려는 아빠와 지킬 수 없어 바라만 보는 할머니. 확실한 것은 대도축산에서 벌어지고 있는 잔인한 폭력을 막아야 한다는 것이었다.

아빠는 자신의 바짓가랑이를 붙들고 매달리는 할머니를 차마 떨쳐버리지 못했다. 할머니의 절박함이 아빠의 분노를 가라앉힌 것은 아니었다. 그녀를 더 위험에 빠트릴 수도 있었다. 아빠가 그녀에게 뛰어가는 순간 박 사장에게 두 사람의 관계를 인정하게 하는 꼴이었다. 할머니도 어쩌면 그걸 염려하고 있는지도 몰랐다. 박 사장은 그동안 그녀와 아빠의 관계를 억측으로만 몰아붙였다. 아빠가 만일 대놓고 경숙을 보호하려 든다면, 결과는 뻔했다.

아빠는 흥분한 몸을 가라앉히려 숨을 크게 쉬었다. 자신이 비겁한 것인지 할머니의 판단이 맞는 것인지는 아직 명확하지 않았다. 다만 할머니의 울부짖음에서 경숙에 대한 사랑이 자신보다 깊다는 것을 느꼈다. 아빠는 또다시 까마득한 나락으로 추락하는 기분이었다. 단정할 수 없는 것들에 대한 판단은 틀리기 쉬웠다. 아빠는 창밖으로만 바라본 세상의 문제가 어쩌면 자신의 잘못된 판단이 만들어낸 오류일지도 모른다고 생각했다.

아빠는 밖으로 나갈 수 없는 현관문에 머리를 세차게 부딪쳤다. 대도빌딩이 쿵쿵 울렸다. 바닥으로 풀썩 주저앉은 할머니는 손으로 콘크리트 바닥을 내리쳤다.

"미안합니다! 미안합니다! 다 내 탓입니다. 내 죄가 커서 이 꼴이 되었습니다."

할머니는 울면서 연신 아빠에게 머리를 조아렸다. 대도빌딩 현관으로 들이친 햇살이 콘크리트 바닥을 내리치는 할머니 손등을 비추었다. 할머니 손은 가뭄에 비틀린 나뭇가지처럼 보였다. 사탕 한 알 제대로 쥘 수 없을 것 같은 휘어지고 뭉그러진 손으로 할머니는 그동안 아빠를 위해 매일 밥상을 차렸다. 현관문에 머리를 부딪치던 아빠가 문득 환하게 드러난 할머니 손을 보고는 하던 짓을 멈추었다. 다리에 힘이 풀린 듯 휘청거리며 계단의 난간을 붙들고 서 있는가 싶더니 곧바로 삼층으로 뛰어 올라갔다.

경숙이 문제로 대결하던 아빠와 할머니는 그쯤에서 멈추었다. 누가 이기고 지고의 문제였다면 아빠는 할머니를 밀치고 현관문 밖으로 뛰쳐나가 대도축산으로 달려갔을 것이었다. 할머니가 죽을힘을 다해 아빠를 말리지 않았다면 대도축산으로 달려간 아빠가 박 사장을 상대로 무슨 짓을 했을지도 몰랐다. 오늘 아빠의 모습은 분명 전처럼 구경으로만 끝낼 것 같지 않았다. 나도 아빠가 무슨 짓이든 해주길 바랐다. 언젠가는 누군가 해야 할 일이었고, 그게 바로 아빠와 나라고 믿었다. 아빠의 결단을 포기하게 한 것이 할머니의 비틀린 손가락이라면, 경숙이 당하는 폭행보다 할머니의 비틀리고 일그러진 초상이 아빠의 마음을 더 고통스럽게 만든 게 확실했다.

사는 거보다 복잡한 것이 사람의 마음이라더니, 계단에 앉아 그 광경을 지켜본 나는 현관문을 포기하고 다시 삼층으로 올라가 스스로 갇히는 아빠를 보면서 조금은 사람의 마음을 이해할 수 있게 되었다.

우리가 대도빌딩 현관문을 두고 소란을 피우는 동안에도 박 사장은 경숙에 대한 매질을 멈추지 않았다. 금자가 슬쩍슬쩍 말리는 시늉을 했다. 경숙은 얼굴을 감싼 채 이리저리 굴렀다. 아득하게 자신을 괴롭히던 것들이 하나씩 떠나가고 있었다. 엄마가 죽고 나서 그녀는 주정뱅이 아버지 대신 가장 노릇을 해야 했다. 서른 살의 그녀는 모란시장에서 채소 장사를 시작했다. 결혼 같은 것은 기대하지 않았다. 박 사장이 가끔 자신에게 관심을 보였지만, 그녀는 응하지 않았다. 그녀는 시장에서 셈이 밝고 싹싹하기로 소문이 났었다. 일은 고되지만 장사도 잘되었다. 그러던 어느 날 정신 차리고 새 출발 하려나 싶었던 아버지가 불쑥 새어머니를 들였다. 새어머니와 함께 그녀 밑에 딸린 세 명의 백수 자식들도 함께 경숙의 집으로 들어왔다. 그녀의 짐은 갈수록 무거워졌다. 다행히 새어머니는 상식이 있는 사람이었지만, 기생충 같은 세 명의 자식들은 제대로 관리하지 못했다. 모두 그녀의 몫이었다. 그녀는 그래도 가족이라는 생각으로 그들 모두를 건사했다. 아버지가 쓰러져 자리에 눕기까지는 삐걱거리긴 해도 먹고살 만했다.

그러나 아버지의 자리보전이 오래가면서 엉성했던 가족 구성원들이 하나둘 집을 등지기 시작했다. 그냥 떠나는 것이 아니라 아버지와 새어머니의 이름을 빌려 엄청난 빚을 지고 사라졌다. 그녀에게는 감당하기 어려운 빚이었다. 모든 걸 포기하려던 순간, 박 사장이 또다시 그녀에게 접근했다. 박 사장하고의 결혼은 그 모든 걸 해결할 수 있는 방법이었다. 그녀는 그의 욕망에 손을 얹었다.

그녀는 대가를 치르는 중이라고 여겼다. 박 사장의 욕망에 동참한 대가, 가족에 대해 감당 못할 책임을 진 죄, 그 책임을 다하느라 매일같이 수십 마리의 생명을 거둔 죄였다.

그녀는 자신의 몸 구석구석에 배어 있는 감당 못할 책임을 박 사장의 발길질이 걷어내주길 바랐다. 그녀는 자꾸만 눈이 감겼다. 물살에 몸을 누인 듯 더없이 아늑했다. 별빛이 쏟아지는 탄천에 몸을 담근 듯 나른했다. 그녀는 두 눈을 감고 가까이 풀벌레 소리를 들었다.

천막 속의 개들이 짖어댔다. 이상한 일이었다. 그녀만 보면 겁먹어 벌벌 떨던 개들이 널브러져 있는 그녀를 보며 사납게 울부짖었다. 덩치 큰 개들은 당장이라도 간이 천막을 뚫고 나올 듯 위협적이었다. 박 사장은 개들의 반란에 짐짓 발길질을 멈췄다.

"별꼴이네! 저것들이 이년 편을 드나? 왜들 지랄이래."

금자가 박 사장의 팔을 잡아당기며 말했다. 오가던 상인들도 개 소리에 놀라 도망쳤다.

"저 쌍놈의 개새끼들! 오늘 다 죽여버릴 거야. 너, 이것들 한 마리도 남기지 말고 싹 다 죽여버려!"

박 사장이 시뻘건 눈으로 그녀를 노려보며 말했다.

그녀는 따뜻한 물살에 몸을 맡긴 채 눈을 감고 있었다. 이대로 끝없이 흘러가고 싶었다. 멈추지 않고 영원히 어딘가로 흘러갈 수만 있다면, 눈을 뜨지 않아도 괜찮았다. 그녀는 입 안 가득 고이는 따뜻한 피를 달게 삼켰다. 수없이 맡아온 비릿한 피 맛, 쓰지도 달지도 않은 절망 앞에서 맡는 구원의 맛이었다.

경숙은 개들 소리에 깨어났다. 그녀가 깨어났을 때, 박 사장과 금자는 보이지 않았다. 그녀 옆에 있는 사람은 능평꽃집 여자였다. 대도축산 앞을 지나던 능평꽃집 여자가 경숙을 번쩍 안아서 자신의 꽃집으로 데려왔다. 경숙은 붉은 장미꽃으로 가득한 가판 한가운데 누워 있다가 정신이 들었다.

"이봐, 왜 그러고 사는데?"

능평꽃집 여자가 경숙의 입에 묻은 피를 닦아주었다. 그녀가 눈을 감고 있는 동안 여자는 그녀의 몸 구석구석을 뒤져 파스를 붙여주었다.

"죽으려고 작정한 거 맞지? 죽고 싶으면 그런 놈한테 맞아 죽을 것이 아니라, 조용히 혼자 죽어야지. 너 죽어서 그 새끼한테 복수하려는 거지? 니 아버지랑 계모한테 복수하려는 거 맞지? 니가 죽어야만 그것들이 죄책감 느낄 거라고 생각하는 거지? 멍청한 생각 하지도 마. 그것들은 니가 열 번을 죽어도 죄책감 느끼지 않아. 사람 같아야 그런 기대를 하지. 그것들은 가장 잔인한 기생충일 뿐이야."

매는 숱하게 맞아봤지만, 욕을 해준 사람은 능평꽃집 여자가 처음이라 여자의 말이 욕인지 자신을 걱정하는 잔소리인지 헷갈렸다. 그녀는 여자의 손길이 따뜻했다. 여기저기 터지고 갈라진 몸을 닦아주며 약을 발라주는 여자의 손길이 닿는 곳마다 따뜻한 전류가 흐르는 것만 같았다. 그녀는 여자가 잔소리를 계속해주길 바랐다. 박 사장한테 맞은 일이 먼 과거처럼 느껴졌다. 능평꽃집에 누워 여자의 보호를 받고 있다는 사실이 우습게도 기분 좋았다.

"고마워요!"

그 말밖에는 달리 할 말이 없었다.

"고마워요!"

그녀가 한 번 더 고맙다고 말하자 여자가 피식 웃었다.

"자기 참 미련하고 어리석다. 닦아놓고 보니까 인물도 좋구만. 왜 그 지옥에서 빠져나갈 생각을 안 하고 살았대. 가족 때문에?"

"글쎄요……"

"가족 때문이 아니라면 왜 그런 짓을 해가며 살았대?"

경숙은 대답 대신 편안한 눈길로 여자를 바라보았다. 엄마가 죽은 후 자신에게는 이제 보호자가 없다고 생각했다. 혼절한 자신을 번쩍 들고 와 상처를 치료해주는 여자가 든든한 보호자처럼 생각되었다. 드러내놓고 그녀를 걱정해주는 여자가 자신의 마지막 보루처럼 느껴졌다. 경숙은 여자가 마침내 도달한 인생의 목표처럼 스스로가 대견하고 후련했다. 신이 자신을 여자에게 이르게 하려고 그토록 가혹한 시련을 겪게 했나 싶을 정도로 자신의 손을 잡은 여자의 손은 따뜻했다.

"내가 없는 세상은 존재하지 않아. 자기가 잘못 생각한 거야."

능평꽃집 여자가 경숙에 대해 아는 것이라고는 시장에서 떠도는 소문 정도였다. 그것도 경숙은 늦은 밤 꽃을 주우러 살며시 꽃집을 왔다 갔을 뿐이고 지나치다 마주친 게 다였다. 그런데도 여자는 경숙에 대해 모든 걸 알고 있는 듯 말했다. 경숙은 여자의 말이 누추하기 그지없는 자신의 생을 관통하는 것만 같아서 아프고 서러웠다. 그녀는 여자가 건네는 장미꽃 한 송이를 받아 들고는 마침내 참았던 울음을 터트렸다. 몸이 부서지도록 매질을 당할 때도 울지 않던 그녀는 여자가 내민 장미꽃 한 송이에 그만 참고 참았던 상처를 토해냈다.

"울 용기 있으면 살 용기도 있대, 그러니까 이제는 그 미친 놈한테서 도망쳐."

능평꽃집 여자가 씩씩하게 말했다. 그녀는 장미 가시를 거침없이 훑어내는 여자를 우러렀다. 손의 상처를 무릅쓰며 자신의 장미를 가꾸는 여자가 새삼 대단해 보였다. 경숙이 몸을 일으키며 여자에게 물었다.

"장미 가시가 아플 텐데, 괜찮으세요?"

손님이 들기 시작하면서 오일장이 본격적으로 열렸다. 그사이 능평꽃집 단골이 찾아와 색깔별로 장미를 사 갔고, 근처 여학교에서 온 학생들이 분홍색 장미 다발을 사 갔다. 여자는 손님들에게 그다지 친절하지 않았다. 손님들이 건네는 인사를 받아주거나 고개를 끄덕거리는 것으로 주문받은 장미꽃을 신문지에 둘둘 말아 건넬 뿐이었다. 여학생들이 시끄럽게 수다를 떨어도 모른 체했고, 오랜 단골이 찾아와 반갑게 인사를 건네도 그저 고개를 끄덕이는 정도였다. 자신의 장미꽃에 위해를 가하거나 쓸데없는 시비만 걸지 않으면 여자는 더없이 순박하고 조용하게 장사를 했다.

손님들이 뜸하자, 여자가 그녀를 돌아보며 말했다.

"아프지만, 나를 위한 일이니까 괜찮아요."

"……"

"그놈한테 아무리 맞아도 자기가 죽인 개들에 대한 죄책감은 줄지 않을 거야. 불가능한 용서도 있거든."

또 한 무리의 손님들이 능평꽃집으로 들어섰다. 경숙은 그만 여자의 꽃집에서 나가야 했다. 똑바로 걸을 수 있을 정도의 몸은 아니지만, 자신 같은 사람이 꽃집에 있다는 사실이 왠지 어울리지 않는 것 같았다. 그녀는 절룩거리며 능평꽃집을 나왔다. 여자는 손님을 상대하며 잠깐 그녀를 돌아보았을 뿐, 아무 말도 하지 않았다.

꽃집에서 나온 그녀는 어디론가 하염없이 걸었다. 장미 향기가 오래도록 그녀를 따라왔다. 그녀는 모처럼 설렜다. 여자의 말이 풀어보지 않은 선물처럼 가슴 한구석에 꼭 안겨 있었다. 그녀는 발길이 끝나는 지점에서 여자가 준 선물을 풀어볼 참이었다. 그리고 여자가 준 선물의 의미가 무엇인지 다시 한번 확인하고 자신만을 위한 결단을 내릴 작정이었다.

그녀는 전과 다른 시장의 공기를 느꼈다. 더럽고 시끄러운 시장이 달리 보였다.

할머니의 제지로 대도축산으로 가지 못한 아빠는 집으로

들어와 소파에 깊이 파묻혔다.

아빠가 창가 반대쪽 구석 자리에 놓인 소파에 앉은 것은 아주 오랜만이었다. 대부분의 시간을 창가에서 대도축산을 바라보던 아빠가 창가에서 멀리 떨어졌다는 것은 심상치 않은 일이었다. 숨쉬기가 불편한 듯 아빠는 한참 동안 숨을 안정시키느라 힘들어했다. 불안한 표정으로 사방을 둘러보며 숨을 깊이 들이마시다가 그도 힘이 들면 소파에서 일어나 빙빙 돌기를 반복했다.

나는 아빠가 빨리 약을 먹고 잠들기를 바랐다. 아빠는 흥분 시간이 길어질수록 위험했다. 나 역시 안절부절못하며 아빠의 주위를 맴돌았다. 방 안 공기가 팽팽해졌다. 참을 수 없는 표정으로 불안한 태도를 보이던 아빠가 문득 음악을 틀었다. 자주 듣던 곡이었다. 그 음악이 아빠의 흥분을 가라앉힐 수 있을지도 모른다는 생각이 들자 한숨 돌린 것만 같았다. 세르게이 트로파노프(Sergei Trofanov)의 바이올린 연주곡 「몰도바」가 팽팽하게 부풀었던 방 안 공기를 조금씩 바닥으로 끌어내렸다. 더 깊고 무거운 슬픔이 아빠와 나를 내려앉도록 만들었다. 위험한 흥분은 가라앉은 셈이었다. 존재를 잃어버린 슬픈 리듬이 방 안을 채우자 바닥으로 내려앉은 아빠는 두 손으로 머리를 감쌌다. 눈물을 보이지는 않았는데, 그녀의 존재가 아빠를 살게 하고 지탱하는 힘이었다.

그녀와 아빠의 관계가 규정할 수 없고 단정할 수 없는 관계라고는 해도, 시끄럽고 무서운 시장의 경고와 감시에도 두 사람은 우리가 범접할 수 없는 방법으로 서로 연결되어 있는 것이 분명했다. 둘이 만나 데이트를 즐기는 것도 아니고, 추억 따위 과거가 있는 것도 아닌데, 두 사람은 서로를 보호해주려고 애쓰며 살고 있었다.

음악이 끝나갈 무렵 나는 아빠에게 약봉지를 물어다 주었다. 아빠도 그럴 생각이었던 듯 나를 끌어안고 일어나더니 약봉지 하나를 찢어 입안에 털어 넣었다. 그러고는 급격한 피로가 몰려온 듯 급하게 물 한 모금을 마시고는 나를 데리고 침대로 올라갔다. 어쨌든 나는 아빠가 잠들 때까지 이불 속에 있어야 했다.

수십 번 뒤척이던 아빠는 약 기운이 돌면서 잠이 들었다.

나를 안고 있던 아빠의 팔에 힘이 빠지면서 나는 이불 속에서 빠져나올 수가 있었다.

나는 아빠와 늘 그랬던 것처럼 창가에 있는 의자로 올라갔다. 시장 구경하는 것 말고는 다른 할 일이 없었고 아직은 한낮이라 밖으로 나갈 수도 없었다.

나는 창가에 턱을 괸 채로 자다 깨다 하면서 사람들로 붐비는 시장을 내다보았다. 대도축산에서는 경숙도 박 사장도 보이지 않았다. 한바탕 난리를 친 박 사장은 대도식당으로 가해장을 하고 있었고, 능평꽃집에서 몸을 추스르고 나온 경숙은 그 어디에서도 모습을 보이지 않았다. 어쩌면 능평꽃집 여자의 조언에 따라 어디론가 사라졌거나 탄천에 가 있을지도 몰랐다. 웬만해선 대도축산을 떠나지 않는 그녀와 박 사장이 보이지 않자, 고기를 사러 왔던 사람들도 대도축산 앞에서 한참을 기다리다가 발길을 돌렸다.

그녀가 영원히 대도축산으로 돌아오지 않기를 바랐다. 그러나 다른 한편으로는 그녀가 그대로 멀리 가버렸으면 어쩌나 하는 서운한 마음도 들었다. 만일 그런 일이 생기면 잠에서 깨어난 아빠가 어떤 태도를 보일지도 걱정되었다.

내 걱정은 쓸데없었다. 잠시 후 능평꽃집 쪽에서 힘없이 걸어오는 그녀의 모습이 눈에 들어왔다. 꽃집 여자가 그토록 자신을 위해 살라고 걱정을 해주었건만, 그녀는 대도축산 뒤꼍으로 들어갔다. 좀 전에 난리를 치던 천막 속 개들이 그녀를 보고 반응했다. 배가 고프다는 것인지 그녀가 반갑다는 것인지, 좁은 케이지 안에서 뱅뱅 돌거나 철창에 주둥이를 넣고는 작은 소리를 내었다. 박 사장이 바닥으로 개를 내리칠 때랑 그녀에게 전기봉을 휘두를 때는 미친 듯이 날뛰더니, 자신들의 저승사자나 다름없는 그녀에게는 한껏 약한 모습을 보였다. 곧 죽을 것을 안다면 벌벌 떨며 오줌을 싸거나 탈출하기 위해서 길길이 뛰어야 맞는데, 개들은 마치 평온한 죽음을 기다리고 있는 것처럼 행동했다.

그녀 역시 오랜만에 집으로 돌아온 개들의 주인처럼 쓰레기 더미 속에 감춰놓은 사료 포대를 꺼내왔다. 사료 포대를 열기 전 그녀는 뒤쪽을 한번 살폈다. 박 사장은 보이지 않았다. 그녀는 큰 바가지 가득 사료를 퍼 개들에게 주었다.

"검둥아, 아무 생각하지 말고 맛있게 먹어."

"테리야, 무서워하지 마."

"쫑쫑아, 다음에는 장미꽃이 활짝 피어 있는 집에서 만나자."

"덕구야, 누구나 별이 되는 거야."

"점박아, 그래도 사람으로 태어나지는 마. 사람보다는 너희가 나아."

"행복아, 미안해! 아무도 널 건드리지 못하는 존재로 다시 태어나렴."

"백구야, 네 할머니 만나면 정말 죄송하다고 전해줘. 너 찾으러 왔을 때 무슨 방법을 써서라도 돌려드렸어야 했는데……"

"뽀삐야, 다음 생에는 지구 말고 다른 별에서 태어나렴."

"순둥아, 하늘나라에 가면 옥황상제한테 꼭 일러라, 나랑 박 사장 같은 사람들 좀 빨리 잡아가라고, 미안하다 순둥아……"

경숙은 철창 속 개들의 이름을 하나하나 불러주며 주문을 외듯 나직하게 속삭였다. 그녀의 손길은 부드럽고 따듯했다. 불안하게 행동하던 개들이 그녀의 손길에 안정을 되찾으며 사료를 먹기 시작했다. 그녀는 개들이 사료를 다 먹을 때까지 한 마리씩 계속 쓰다듬어주었다. 그녀는 잠깐 몸을 일으켜 주변을 둘러보았다. 흐린 하늘은 금방이라도 비를 뿌릴 듯했고 바람이 세찼다. 아카시아 꽃잎이 바람을 타고 흩날렸다. 그녀는 터지고 갈라진 얼굴을 만지며 옅은 미소를 지었다. 저만치 대도빌딩이 보였다. 가깝고도 먼 닿을 수 없는 곳이었다. 그녀는 그곳에 딱 한 번 가보았을 뿐이었다. 대도빌딩을, 아니 인연이라고 할 수도 없는 명진과 자신이 평생 열어볼 수 없는 판도라의 상자를 끌어안고 말았다. 작은 생명 하나 때문에 생긴 일이었다. 하지만 그녀는 후회하지 않았다. 대도빌딩이 지켜보고 있는 덕분에 그녀는 박 사장의 매질을 견딜 수 있었고, 명진 때문에 항상 자신의 죄와 직면할 수 있었다.

그즈음 대도식당에서 해장하던 박 사장과 금자는 지나가는 그녀를 보았다.

"봐, 절대 도망가지 않는다고 했지. 쟤는 절대 대도축산을 떠날 수 없을 거야. 지하실에 자기 아버지 있지, 그리고 명진이가 지켜보고 있는데 어딜 도망가겠어."

금자가 호기롭게 말했다. 금자의 추측은 언제나 박 사장으로 하여금 경숙을 단속하도록 만들었다. 개장국을 먹던 박 사장은 금자의 말에 피식하고 웃었다.

"내가 언젠가는 그 연놈들이 만나는 거 꼭 잡고 말 거야. 심증은 있는데 물증이 없단 말이야⋯⋯"

박 사장은 소주 한 잔을 급하게 마시고 일어섰다.

"왜? 그년 또 무슨 짓 할까 봐 감시하러 가는 거야! 그년 백날 기다려봤자, 네 마누라 안 된다. 지금처럼 그냥 나랑 살자."

"알았어, 알았다고."

따라 일어선 금자가 박 사장의 입가를 훑어주며 애교를 떨었다.

"나만큼 당신 잘 아는 사람도 없잖아."

금자의 손길을 달랜 박 사장은 바로 대도식당을 나섰다. 걸음을 재촉하는 그에게 금자가 소리쳤다.

"장날인데, 얼른 가봐. 그년이 지난번처럼 개새끼들 다 풀어줄지도 모르잖아. 그러니까 아까 살살 좀 때리지……"

대도식당에서 대도축산까지는 백여 미터 정도의 거리였다. 그는 금자 말이 신경 쓰여 숨이 턱에 차도록 뛰었다. 오늘 찾아오겠다는 단골만 해도 넷이었다. 고기를 통째로 사가겠다는 단골이 둘이고, 둘은 삶아서 달라고 했다. 삶은 고기를 부위별로 토막 내서 파는 것이 훨씬 이문이 크지만, 의심이 많은 사람은 생고기를 그대로 사가기도 했다. 반면에 아예 전골을 해서 달라고 하는 단골도 있었다. 그럴 때는 대도식당에서 도맡아 했다. 금자의 전골 솜씨가 좋아 수십인분씩 팔릴 때도 많았다.

박 사장은 대도축산에 도착할 때까지 불안했다. 금자 말대로 대목인 오일장에 고기가 없으면 큰일이었다. 그는 개 막사가 있는 뒤꼍으로 뛰어갔다. 그를 본 경숙은 사료 포대부터 뒤로 슬쩍 밀어놓았다. 그녀가 개들에게 사료를 준 걸 알면 가만히 있지 않을 것이었다. 문제는 개들이었다. 사료를 미처다 먹지 못한 개들이 있었다. 흥분한 박 사장은 개들 숫자부터 세기 시작했다. 아까 자신이 죽인 개들까지 열 마리였으니까, 아홉 마리가 남아 있어야 했다.

아홉 마리의 개를 확인한 박 사장은 한숨 돌린 듯 경숙에게 말했다.

"야! 손님들 곧 닥칠 텐데, 언제 잡을 거야!"

박 사장이 그녀에게 소리치자 개들이 다시 술렁거렸다. 아니, 박 사장이 뒤꼍으로 들어서는 순간부터 개들은 공격적으로 변했다. 철장을 뚫고 나올 듯 으르렁거리며 박 사장을 노려보았다. 뒤에 사료 포대를 감춘 그녀는 흥분한 개들을 안타깝게 바라보았다. 개들이 날뛰자 박 사장의 성질이 더 포악하게 변했다.

"이것들이 죽으려고 아주 환장을 했지!"

박 사장이 전기봉을 들어 철창 속 개들을 위협했다. 개들은 쉽게 가라앉지 않았다. 박 사장을 향해 이빨을 드러내는가 하면 자위 없는 눈을 무섭게 뜨고 짖어댔다. 그러나 개들에게 질 박 사장이 아니었다. 그는 개들 중 덩치가 가장 작은 덕구를 꺼내더니 다른 개들이 보는 앞에서 거꾸로 처들었다. 경숙이 나섰다. 아까처럼 그렇게 죽임을 당하게 놔둘 수 없었다.

"제가 할 테니까, 이리 주세요."

때마침 대도축산에서 누군가 부르는 소리가 들렸고, 그 소리에 박 사장은 손님이 찾아왔음을 직감하고는 덕구를 던지

듯 경숙에게 넘겼다.

"너, 죽기 싫으면 이것들 빨리 잡아."

그가 목소리를 낮춰 말했다. 박 사장으로부터 수없이 들어온 말이었다. 그는 그녀가 자신의 역할에 조금이라도 소홀해진다 싶으면 죽이겠다고 겁박했다.

박 사장이 가게로 나가자 경숙은 덕구를 안고 가만히 서 있었다. 방향감각을 잃어버린 표정이었다. 전 같으면 박 사장의 말이 떨어지기 무섭게 전기봉에 전기를 넣었을 텐데, 그녀는 그냥 서 있기만 했다.

박 사장이 나가자 개들은 조용해졌다. 너무 조용해서 아카시아 꽃잎 떨어지는 소리가 시끄러울 지경이었다. 그녀는 보고만 있었다. 붉은 땅바닥으로 내려앉는 꽃잎들, 그녀의 발등 위로 사뿐히 날아온 꽃잎들, 겁먹은 덕구와 덕구를 끌어안고 있는 그녀에게로 날아드는 꽃잎들을. 때늦은 봄꽃, 그녀에게 갈등이나 망설임 따위는 부질없었다. 찾아온 계절을 밀어낼 수는 없지만 덥고 춥고 싱그러운 계절도 그녀에게 변화를 가져다주지는 못했다. 지금 서 있는 어둡고 축축하고 냄새나는 이곳이 그녀의 사계절이었다.

그녀가 책임질 수 있는 생명이 아니었다. 네발 달린 생명에게 그녀가 해줄 수 있는 것은 고작 사료 한 바가지와 나쁜 세상을 떠나는 데 필요한 용기 정도였다. 그녀도 결국 무책임하고 잔인한 사람일 뿐이었다.

그녀는 덕구를 꼭 껴안았다. 애들을 그만 시장에서 떠나도록 해야 했다. 새삼스러운 일도 아니었다. 늘 하던 일이고 망설일 이유가 없었다. 시장에 들어온 이상 개들은 절대 무사하지 못했다. 죽어야만 자유로울 수 있었다. 박 사장의 손에 죽임을 당하는 것보다는 그녀의 손을 빌리는 것이 더 나을지도 몰랐다. 아니, 그건 그녀의 생각이지 개들의 바람은 아니었다. 그녀는 머리를 흔들었다. 그녀는 모란시장 최고의 도살자였다. 눈 한번 까닥하지 않고 감쪽같이 목숨을 끊어놓는 최고의 도축 기술자였다. 애당초 박 사장과 한 약속을 어길 수는 없었다.

박 사장이 다시 뛰어 들어오기 전에 그녀의 품에 안겨 있는 덕구부터 시작해야 했다. 그다음에는 점박이, 백구, 순둥이 순이었다. 개들도 알고 있었다. 그녀가 당장 해야 할 일이 무엇인지, 그녀가 그 일을 수행하지 않으면 어떤 일이 벌어지는지 잘 알기에 개들은 더는 시끄럽게 굴지 않았다. 그녀의 손길이 마지막 인사였다는 걸 이미 짐작하고 있었다.

덕구는 그녀의 품에 안겨 있었다. 덕구의 심장과 그녀의 심장이 맞닿아 쿵쿵 뛰었다. 덕구의 심장이 하도 크게 울려서 그녀는 숨이 막혔다. 그녀의 품을 파고드는 덕구의 네발과 머리, 꼬리가 지나치게 따뜻해서 이상할 지경이었다. 따뜻함이 당연한데, 그 따뜻함이 그녀는 당황스러웠다. 그처럼 따뜻한 느낌은 처음이었다. 수없이 많은 개에게 손을 대고, 엄마와 아버지, 형제들이 있었지만, 그녀의 심장이 닿도록 안거나 느껴본 것은 덕구뿐이었다.

그녀는 품 안에서 덕구를 쉽게 떼어내지 못했다. 덕구의 심장이 그녀의 심장과 붙어버린 듯 떨어지지 않았다. 덕구는 잠투정하는 소릴 내며 점점 그녀의 품을 파고들었다. 제 어미인 양 그녀의 심장을 파고들며 나른한 숨소리를 내었다.

그녀는 아이를 품고 있는 어미의 모습이었다. 좀 전 박 사장의 욕설과 겁박은 까마득히 잊어버린 듯 평온한 얼굴로 덕구의 숨소리에만 집중했다. 박 사장이 나간 지는 채 오 분이 안 되었고, 그녀가 덕구한테 정신이 팔려 가만히 서 있었던 시간도 채 오 분이 안 되었다. 그러나 그 짧은 시간에도 시장의 열기는 서서히 달아올랐다. 그녀가 잠시 덕구를 품에 안고 평화로운 얼굴을 하는 동안 대도축산 박 사장은 다섯 명의 고객들로부터 주문을 받았다. 그들은 하나같이 박 사장에 대한 믿음이 컸고 박 사장은 그 믿음에 철저히 보답하려 노력했다. 특히 정기적으로 박 사장을 찾아오는 한 단골의 까다로운 주문이 대도축산의 경쟁력을 만들었다.

"내가 주문한 대로 고기 확실한 거 맞죠?"

중년의 한 여자가 인상을 찌푸리며 물었다.

"당연하죠, 사모님! 우리 고기는 저어기 공장에서 막 살다 온 애들이 아닙니다. 시골에서 들로 산으로 뛰어다니던 애들이라 아주 건강해서 비계도 별로 없어요. 이따가 보시면 알겠지만, 이빨이 호랭이처럼 튼튼하다니까요. 이런 고기는 대도 축산에서만 팔아요."

여자의 걱정에 박 사장은 큰 소리로 장담했다. 그의 장담에 여자는 그제야 안심한 얼굴로 가방을 열어 돈을 꺼냈다. 이제 물건만 건네주면 되었다. 현금을 받아 든 박 사장은 기분 좋은 표정으로 여자에게 말했다.

"사모님, 이번 고기 갖다 드시면 사장님 수술 후유증이 말 끔해지실 겁니다."

여자가 기분 좋게 웃었다. 여자 옆에서 자신의 차례를 기다리고 있던 또 한 명의 여자도 돈을 받아 세는 박 사장에게 물었다.

"내가 주문한 고기도 확실한 거 맞죠? 근수도 넉넉하게 해 줘요."

"아이고 사모님, 이십 년째 여기서 장사하는데, 설마 속이 겠어요. 산에서 키운 흑염소보다 우리 고기가 맛있다고 난리 예요. 저만 믿고 갖다 드세요."

박 사장은 어느 때보다 자신감이 넘쳤다. 그는 여자들이 원하는 물건에 대해 정확하게 알고 있었다. 그들은 자신들이 원하는 물건만 구할 수 있다면 돈은 신경을 쓰지 않았다. 아무리 싸도 다른 물건과 차이가 없으면 지갑을 닫았기 때문에, 그는 어떻게든 좋은 물건을 구해야 했다. 시장에만 수십 개의 개고기 판매점과 음식점이 있었다. 대부분이 서울 근교에서

운영하는 공장에서 물건을 받아 파는 경우였다. 대도축산만 영달이 같은 고정 거래처를 두고 건강한 물건을 공급받았다. 박 사장이 단골들에게 자신만만한 것도 그래서였다.

두번째 단골이라는 여자 역시 물건도 받지 않고 돈부터 건 넸다. 다섯 명의 손님들로부터 돈을 건네받은 그는 잠깐만 기 다리라는 말을 남기고는 기분 좋은 얼굴로 뒤꼍을 향해 달려 갔다.

경숙은 여전히 덕구를 안은 채 서 있었다. 젖을 물리고 있 는 양 흐뭇하게 내려다보며 덕구의 머리와 다리를 만지작거 렸다. 덕구는 잠이 들어 있었다. 그녀는 덕구의 편안한 잠을 깨우고 싶지 않았다. 아니, 덕구의 따뜻한 온기와 떨어지기 싫었다. 그 순간은 아무 생각이 나지 않았다. 자신이 서 있는 곳이 어디인지 무엇을 해야 하는지도 잊어버렸다. 뒤꼍으로 달려온 박 사장이 소리치지 않았다면, 그녀는 계속 덕구를 품 에 안고 있었을 것이다.

그녀를 본 박 사장은 처음으로 절망에 빠졌다. 전에는 개를 빼돌리는 정도의 문제만 만들었는데, 요즘은 뭔가 달랐다. 빼 돌린 개는 찾아오거나 다시 주문하면 되었지만, 개들을 대하 는 그녀의 태도가 달라진 것은 심각한 일이었다. 그는 오랜 시간 매질과 겁박으로 그녀를 모란시장 최고의 도축자로 만 들었다. 그는 그녀가 심상치 않다는 걸 알았다. 그녀는 좀 전과 전혀 다른 모습이었다. 박 사장은 허둥거렸다. 그에게 돈을 주고 고기가 나오길 기다리는 단골들이 기다리고 있었다. 그녀를 정신 차리도록 만들어 개들을 잡게 해야 하는데, 시간이 너무 촉박했다. 그는 뿌드득 소리가 나도록 이를 갈았다. 눈을 부릅뜨고 두 주먹을 불끈 쥐어가며 그녀에게 말했다.

"두고 보자. 네년이 사람인지 개인지 분명히 알려줄 테니."

기다리는 단골만 없다면 그녀와 끝장을 볼 수 있는데, 당장은 개를 잡는 것이 먼저였다. 그는 덕구한테 정신이 팔려 있는 그녀를 노려보며 전기 스위치를 올렸다. 전기선이 연결된 전기봉을 집어 들고선 자신을 향해 가장 사납게 짖어대는 순둥이를 향해 무섭게 돌진했다. 이를 본 다른 개들도 죽을힘을 다해 짖었다. 개들의 울부짖음에 정신이 든 경숙은 박 사장이 순둥이 입에 전기봉을 집어넣고 있는 것을 보았다. 그녀에게 도살 기술을 가르친 것은 박 사장이었고, 그녀보다 박 사장 손이 빠른 것은 당연했다.

순둥이에게 다가가는 박 사장을 본 순간 경숙은 안고 있던 덕구를 사료 포대를 덮어놓은 포장 속으로 집어넣었다. 순둥이한테 가봐야 했다. 그러나 순둥이는 이미 바닥에 널브러져 있었다. 그녀가 돌아서기 무섭게 순둥이는 죽어 있었고, 그는 다른 철창의 뚜껑을 열어 손을 집어넣고 있었다. 개들이 아무리 발버둥 치며 그의 손을 피하려 해보지만 소용없었다.

그는 순식간에 목덜미를 움켜잡아 밖으로 빼낸 뒤 전기봉을 정확하게 입안으로 쑤셔 넣었다. 지직하는 소리와 외마디 비명이 들리면 끝이었다. 따뜻한 심장과 팔딱거리던 네발, 소리를 읽는 눈망울과 폭신한 발바닥에서 한 생이 툭 소릴 내며 빠져나갔다.

다음 차례는 행복이었다. 굳어버린 순둥이를 바닥으로 내던진 박 사장은 행복이가 있는 철창문을 열었다. 행복이가 이빨을 드러내며 으르렁거렸다. 겁먹을 박 사장이 아니었다. 개들이 무서워 그녀에게 도살을 시킨 것이 아니었다. 자신의 말로가 좋지 않다는 어느 스님의 말 한마디 때문이었다. 언젠가 대도축산 앞을 지나던 한 스님이 그에게 시주를 부탁했다. 그는 그냥 시주할 수는 없고, 자신의 사주팔자가 어떤지 말해달라고 했다. 그러자 스님은 시주만 넉넉하게 해준다면 사주풀이를 자세하게 해주겠다고 했다. 때마침 손님도 없던 터라 그는 스님을 가게로 들어오게 해 자신의 사주풀이를 하게 했다.

스님은 타고난 사주는 나쁘지 않은데, 살면서 업을 많이 지어 말년이 좋지 않다고 했다. 생명을 함부로 대하면 본인에게도 살이 끼어 좋지 않은 죽음을 맞게 될 거라며, 스님의 말을 들은 박 사장은 기분이 좋지 않았다. 술기운이 있었다면 스님을 그대로 돌려보내지 않았을 것이었다. 그따위 사주풀이를 해주고 시주를 하라니, 그는 인상을 찌푸리며 천 원짜리 한 장만 스님 바랑에 찔러주고 말았다.

박 사장은 이후부터 개 도살하는 것이 마음에 걸렸다. 대도축산만 잘 유지한다면 돈 걱정은 안 하고 살 수 있었다. 닭 장사로 시작해서 대도축산과 대도식당, 모란시장 번영회 회장이 되기까지 그는 시장에서 살아남을 수 있는 온갖 술수와 방법을 터득한 끝에 돈을 벌기 시작했다. 그는 당시 재혼한 경숙에게 도살을 맡기기로 했다. 삽교까지 빼돌려 명진에게 갖다주었으니 빌미도 충분했다. 그날부터 박 사장은 도살은 그녀에게 맡기고 고기만 팔았다.

그러나 오늘은 어쩔 수 없었다. 그녀만 믿고 있다가는 단골 손님들한테 원성을 들을 처지였다. 개고기는 거의 단골 장사였다. 소매도 그렇지만 도매도 마찬가지였다. 대도축산의 개고기 반 이상이 서울과 경기도의 개고기 전문 식당으로 판매되었고, 나머지는 정기적으로 찾아오는 단골들이 사 갔다. 거래처는 마음이 바뀌면 언제든 떠나지만, 고기가 좋다고 소문을 듣고 찾아온 개인들은 대부분 오래된 단골들이었다. 그들을 실망하게 한다면 대도축산이 휘청할 수도 있었다.

그녀는 달려가 박 사장을 밀쳐냈다.

"하지 마! 애들 죽이지 말라고!"

그녀의 몸에 순간적으로 밀려난 박 사장은 잠깐 어이없는 얼굴을 하더니 이내 들고 있던 전기봉을 휘젓기 시작했다.

"그럼, 네가 대신 죽을래? 너, 왜 자꾸 인간적인 척하냐!"

그가 그녀의 몸 가까이 전기가 통하는 전기봉을 휘둘렀다. 그녀는 주춤거리며 뒤로 물러났다. 도망치려는 것이 아니라 행복이와 뽀삐, 다른 개들을 살려야 했다. 그녀는 개들이 갇혀 있는 철창의 문을 하나씩 열어야 했다. 조금 더 일찍 서둘렀더라면 순둥이도 무사할 수 있었을 것이다. 그녀는 온 힘을 다해서 손을 뻗었다. 그러나 그녀의 손은 철창문에 가닿기도 전에 박 사장이 휘두르는 전기봉을 피하지 못했다. 손뿐만이 아니라 어깨와 등짝이 퍽퍽 소릴 내었지만, 그녀는 울부짖으며 행복이와 뽀삐의 철창문을 열고 난 뒤 순둥이 옆으로 쓰러졌다.

그는 잡히지 않으려는 개들한테만 혈안이었다.

철창 안의 개들이 날뛰었다. 이빨을 드러내며 좁은 철창 안을 이리저리 피해 다녔고, 겁먹은 개는 허옇게 거품을 물었다. 문은 열려 있었지만, 갈고리 같은 박 사장의 손이 뻗치고 있었다. 박 사장의 손에 먼저 모가지가 잡혀 밖으로 나온 뽀삐가 쓰러져 있는 그녀를 보며 울었다. 소리를 들을 것일까. 그녀가 정신을 수습하며 다시 기어와 박 사장의 바짓단을 붙들고 늘어졌다.

"안 돼! 죽이지 마!"

그녀가 비명을 지르자 개들도 일제히 울부짖었다. 간절한 그들의 소리는 걷잡을 수 없이 울려 퍼졌고, 대도축산 앞에서 고기를 기다리던 손님들 귀를 시끄럽게 했다.

가장 먼저 박 사장한테 고깃값을 건넸던 여자가 조심스럽게 뒤꼍으로 향하자, 다른 이들도 여자의 뒤를 따랐다. 뒤꼍의 광경을 본 여자들이 입을 막고 소리쳤다.

"어머! 어머……"

"아니, 이렇게 잔인할 수가!"

"어쩜, 개를 이렇게 죽일 수가 있어요!"

여자들은 죽어 있는 순둥이와 그녀를 보았다. 허옇게 거품을 물고 울부짖는 행복이와 뽀삐, 점박이를 보았다. 펄펄 끓는 가마솥과 털과 재로 뒤덮여 있는 새카만 화덕을 보았다. 꼬챙이와 전기봉, 야구방망이 같은 도구들도 보았다. 그리고 박 사장 손에 모가지가 잡혀 버르적거리고 있는 생명을 보았다.

자신의 단골들이 뒤꼍에까지 온 것을 본 박 사장이 쥐고 있던 뽀삐의 모가지를 흔들며 말했다.

"아이고 사모님, 조금만 기다리세요. 제가 빨리 잡아가지고 나갈게요."

"잡는 거 보니까 좀 그렇다……"

"사모님도 별 소릴 다하시네요. 개보다 큰 소나 돼지도 잡아먹는데, 이깟 게 무슨 대수라고 그러세요. 만물의 제왕이 사람인데, 먹지 못할 게 뭐가 있대요."

여자들에게 그는 부드럽고 자상했다. 눈살 한 번 찌푸리지 않고 자신만 믿고 기다리라고 말했다. 박 사장이 여자들한테 정신이 팔려 있는 사이, 경숙은 이때다 싶었다. 기다시피 몸을 끌고 철창으로 다가간 그녀는 빠르게 철창문을 열어 개들을 하나씩 밖으로 내보냈다.

당황한 개들은 잠깐 주춤거리다 그녀의 의도를 눈치챈 듯 뒤껼 탄천으로 나가는 개구멍으로 하나씩 빠져나갔다. 박 사장의 손에 모가지가 잡혀 있다 바닥으로 떨어진 뽀삐가 맨 늦게 빠져나가려다 뒤돌아본 박 사장 눈에 딱 걸렸다.

그런데 박 사장보다 더 놀란 쪽은 좀 전까지 잔인하다고 했던 여자들이었다.

"어머나! 개들이 도망치잖아요."

"빨리 가서 잡아요. 돈 받아놓고 이러시면 안 되죠?"

다행히 뽀삐도 무사히 개구멍을 빠져나갔다. 박 사장이 아무리 빠르게 쫓아간다고 해도 탄천으로 통하는 길을 찾아내 개들을 잡기는 어려웠다. 철창이 모두 비어 있는 것을 확인한 박 사장의 눈에서 불이 솟구쳤다. 단골인 여자들과 그녀를 번갈아 보던 그는 마침내 뭔가 결심한 듯 여자들에게 말했다.

"사모님들, 이번엔 제가 실수를 했으니까 고기를 그냥 드릴게요. 대신 이따 두시쯤 와서 찾아가시면 어떨까요? 제가 최고 좋은 고기로 준비하겠습니다."

박 사장은 아까 받은 돈을 여자들에게 돌려주었다. 여자들도 별 불만이 없는 듯 돈을 받아 챙기고는 좋은 고기에 대한 약속을 믿겠다고 하며 돌아섰다. 여자들이 뒤껼에서 나가자 그는 서둘러 어딘가로 전화를 걸었다.

"나 박 사장이야. 물건 있지?"

"아이고, 별일이네! 박 사장이 나한테 물건을 달라고 하고.

박 사장은 시골 사는 똥개만 취급하잖아? 박 사장 때문에 시골 똥개들이 씨가 말랐다고 하던데."

"시끄럽고, 나한테 물건 줄 거야 말 거야? 값은 달라는 대로 줄게."

"다른 사람은 몰라도 형님이 달라면 줘야지. 몇 마리 필요해요?"

"우선, 근수 나가는 걸로 열 마리만 보내."

단골들을 달래려면 당장 급했다. 박 사장은 하남에서 크게 개 사육장을 하는 도 사장에게 물건을 주문했다. 도 사장은 야트막한 산에다 임시 건물 서너 동을 지어놓고 개 사육을 했다. 모든 종류의 개들이 다 있어 주문만 하면 언제든지 살 수 있었다. 박 사장은 그동안 단골들의 입맛을 사로잡기 위해서 되도록 시골 개만 취급했고, 손님이 많거나 특별한 경우에만 도 사장에게 연락했다. 도 사장은 박 사장이 자신에게 물건을 전적으로 의뢰하지 않는 것에 대해 불만이 있기도 했지만, 박 사장은 급할 때는 개값을 따지지 않고 사가는 통이 큰 손님이기도 했다.

그녀는 텅 빈 철창을 보았다. 개들이 모두 빠져나간 것은 처음이었다. 아무리 장사가 잘되어도 한두 마리씩은 꼭 철창에 남아 있었다. 그녀는 큰 숙제를 해낸 기분이었다. 기가 다 빠져 손가락 하나 까딱하기 어려웠지만, 비어 있는 철창을 보니 비로소 자신이 조금은 사람처럼 여겨졌다. 그녀는 몸을 일으키려 두 손을 땅바닥에 짚었다. 이른 시간이지만 탄천으로 가 몸을 씻고 싶었다.

그러나 그녀의 바람은 박 사장에 의해 짓밟히고 말았다. 그녀가 일어나려 하자, 박 사장이 그녀의 팔을 발길로 걷어찼다. 팔이 꺾이며 그녀는 힘없이 쓰러졌다. 다음엔 그녀의 얼굴과 옆구리로 그의 발길이 날아왔다. 그녀는 억 소릴 내며 동그랗게 몸을 말았다. 얼굴을 감싸고 배는 감쌀 수 있었지만, 등과 허리는 감쌀 수가 없었다. 그녀는 점점 의식을 잃어 갔다.

박 사장은 그녀가 의식을 잃은 뒤에도 한동안 발길질을 멈추지 않았다. 그녀가 죽었는지 안 죽었는지는 관심이 없었다. 그녀가 더는 자신의 말을 듣지 않는다는 것이 문제였다. 그녀가 말을 듣지 않는다면 대도축산의 손해도 불가피했다. 개 도살에 대한 사회적 분위기도 갈수록 싸늘하게 변하고 있었고, 되도록 자신의 손에 피를 묻히지 않으려 했던 애초의 계획도 어렵게 되었다. 앞으로가 걱정이었다. 이십 년 넘도록 자신을 찾아오는 대도축산 단골들을 놓칠 수는 없었다.

그들은 물건만 좋으면 죽을 때까지 고기를 먹으려고 할 것이었다. 고기는 곧 돈이었다. 돈이 없으면 고기를 사 먹을 수 없었다. 사람들은 고기를 사 먹기 위해서 돈을 벌고, 돈을 벌면 고기를 사 먹으려고 아우성이었다. 그는 그러니까 고기를 파는 사람이지 개를 죽이는 사람은 아니었다. 목적은 고기이지 죽이는 데 있는 것이 아니었다. 그에게 동물보호나 생명윤리 따위는 웃기는 얘기였다. 그는 고기를 먹으며 생명윤리를 따지는 사람들이 더 역겨웠다.

대도축산은 조용해졌다. 개업한 이래 팔 고기가 없기는 처음이었다. 박 사장은 텅 빈 철창을 바라보며 줄담배를 피웠다. 주문한 고기가 도착하길 기다려보지만, 시간은 더디게만 흘러갔다. 그러다 그는 문득 생각이 난 듯 쓰러져 있는 그녀를 보았다.

한참이 지나도록 그녀는 꿈쩍하지 않았다. 쓰러진 채로 간신히 숨만 쉬고 있었다. 당황한 그는 천천히 일어나 그녀에게로 갔다. 경숙의 상태가 심상치 않았다. 퉁퉁 부푼 얼굴은 피범벅이었고, 코에선 피가 흘렀다. 지금쯤 꾸물꾸물 일어나 그의 성질을 더 돋워야 하는데, 그녀는 마치 시체 같았다. 당황한 그는 피우던 담뱃불을 바닥으로 집어 던졌다. 불안한 걸음으로 서성이던 그는 어디론가 전화를 걸었다. 순식간에 금자가 달려왔다.

"죽었어? 죽었냐고!"

"아직 죽지는 않은 것 같아. 어쩌지?"

"119 불러야지, 살인자 되고 싶어!"

금자의 말에 박 사장은 고분고분하게 굴었다.

"그냥 부부 싸움 한 거라고 말해. 이년이 고소하지 않는 이상 당신은 별일 없을 거야."

"알았어. 자기가 시키는 대로 할게."

대도축산 앞으로 응급차가 도착하자 근처 상인들이 모여들었다. 아까와는 다른 풍경이었다. 경숙이 악다구니를 쓰며 박 사장에게 달려들고 개들이 울부짖을 때는 조용하더니, 그녀가 응급차에 실려 갈 때는 하나둘 모여들었다. 그러나 그뿐이었다. 응급차가 시장 골목을 빠져나가자 상인들은 아무 일 없었다는 듯 이내 흩어졌다. 누구 하나 박 사장과 금자를 향해 무슨 일이냐고 묻지 않았다. 옆집 손님을 배웅한 뒤 총총히 흩어지는 모양새였다.

나 역시 구경꾼에 불과한 상인들과 다를 것이 없었다. 오늘은 그녀의 병원행이 가벼이 보이지 않았다. 그녀가 왠지 무사할 것 같지 않았다. 박 사장의 일상화된 폭력도 어쩌면 오늘이 마지막일지도 모른다는 불길한 예감이 들었다. 오늘 그녀의 도발이 계획된 것인지 아닌지는 알 수 없지만, 그녀가 박 사장의 폭력을 짐작 못하고 그런 짓을 벌이지는 않았을 것이었다.

다행인 것은 아빠가 그 폭행의 마지막 장면을 보지 못하고 계속 잠들어 있다는 것이었다. 만일 할머니의 간곡한 부탁에도 불구하고 아빠가 대도축산으로 달려갔더라면 그녀의 병원행은 막았을지도 모른다. 하지만 그녀 대신 아빠가 무사했을지는 또 장담할 수 없는 일이었다.

그러나 아빠는 머지않아 잠에서 깨어날 것이다. 깨어나면 가장 먼저 대도축산을 관찰할 것이고 대도축산의 심상치 않은 상황을 눈치챘다면 어떻게든 좀 전의 사태를 알아낼 것이다. 아빠는 경숙이 병원에 실려 가도록 박 사장한테 맞은 걸 알게 되면 어떤 반응을 보일까. 전처럼 몸부림치다가 약을 먹고 다시 잠이 들까, 아니면 박 사장을 죽이겠다고 뛰쳐나갈까.

아빠와 나는 오랜 세월 동안 그녀의 관찰자에 불과했다. 그녀를 도와줄 수도 없고 가까이 다가갈 수도 없었다. 그러나 나는 막연하게나마 아빠가 끝까지 비겁한 관찰자로만 살아가지 않을 것이라고 믿었다. 아빠의 복잡한 속내를 다 알 수는 없지만, 아빠가 적어도 자신의 목숨을 챙기느라 누군가의 희생을 계속 지켜보지는 않을 것이라 믿었다.

몹시 피곤했다. 어느 순간 나도 창가에 놓인 의자에서 잠이 들고 말았다. 얼마나 잔 것일까. 깨어나 보니 저녁이었다. 아빠는 여전히 기척이 없었다. 수면제를 정량보다 많이 먹은 탓이었다. 그래도 너무 오래 자는 것 같았다. 가까이 다가가 몸을 대보니 다행히 따뜻했다.

사람이 만든 물건 중에서 수면제만큼 좋은 약이 있을까. 이겨내야 하는 고통도 잠재우고 참아야 하는 슬픔도 한 알이면 고요해질 수 있으니, 약 먹을 의지만 있다면 아무 걱정할 필요가 없었다. 그러나 수면제가 없었다면 사람은 더 강해지고 더 용감해질 수도 있었다. 물론 엄청난 고통과 싸워 이겨야

하고 어려움을 스스로 극복해야 할 테지만, 나약함과 비겁함이라는 굴욕은 당하지 않고 살 수도 있었을 것이다. 설령 수면제를 먹어야 하는 그런 상황이 닥치더라도 사람들에게는 어쩔 수 없다는, 합리적이고 이기적인 명분이 있어 다행이지만 말이다. 나한테도 그러한 명분이 있다면, 이렇게 이상한 존재감을 가지고 살아가지는 않았을 텐데 말이다.

아빠가 잠에서 깨어나길 마냥 기다릴 수는 없었다. 같은 양의 수면제를 먹었는데도 아빠의 수면 시간이 길어진다는 것은 그만큼 건강 상태가 좋지 않다는 뜻이었다. 수면제가 아빠를 영원히 잠들 수 있게 하는 것도 아니고 시간이 지나 깨어나면 매번 똑같은 현실과 마주할 텐데, 아빠는 왜 다른 현실을 생각지 못하는 것인지 이해하기 어려웠다.

나의 밤 산책도 어쩌면 얼마 남지 않았을지도 모른다. 아빠의 건강 상태가 좋지 않으면 나 역시 함께 사는 의미가 없었다. 만일 아빠가 죽기라도 한다면 내 생도 보장하기 어려웠다. 시장에서 보호자 없는 나 같은 개는 그야말로 누구나 거저 주워 먹을 수 있는 고기에 불과했다.

아빠가 조금만 더 버텨주거나 다른 결단을 내린 뒤 나와 함께 시장을 떠나주었으면 싶었다. 대도빌딩 같은 깨끗하고 아늑한 집은 아니어도 아빠와 내가 함께 뛰어다닐 수 있는 곳이라면 나쁘지 않았다. 박 사장을 생각하면 당장이라도 시장에서, 아니 대도빌딩에서 아빠와 도망쳐야 맞는데, 어둠이 들어

차는 방 안은 한없이 고요하기만 했다.

북적거리던 시장은 한산해졌다. 마음이 울적했다. 종일 방 안에 있자니 답답해 죽을 지경이었다. 책상 위에 놓인 수면제를 먹어볼까도 생각했다. 약을 먹으면 정말로 편안한 잠을 잘 수 있는지 궁금했다. 차마 약봉지를 뜯을 수 없었던 것은 아빠가 나를 부둥켜안고 울게 하고 싶지 않아서였다. 내 온기 하나로 겨우 버티고 있는 아빠를 더 빨리 죽음으로 내몰 수는 없었다.

대도축산과 대도식당은 문이 닫혀 있었다. 경숙에 대한 죄책감으로 가게 문을 일찍 닫은 건 아닐 것이었다. 박 사장과 금자는 다른 궁리를 하느라 머리를 맞대고 있을 게 분명했다. 불 꺼진 대도축산과 대도식당 앞을 여유롭게 지나친 나는 음식 냄새를 풍기는 식당 골목으로 들어섰다. 선지해장국집 옆으로 농산물 구역으로 가는 지름길이 있었다. 그 지름길은 언젠가 송이와 내가 자주 만나던 곳이었다. 마음이 쓸쓸할 때는 나도 모르게 발길이 그쪽으로 향했다. 지름길 중간쯤에 모란시장 번영회 사무실이 있고, 사무실 뒤쪽으로 사무실을 지을 때 쓰고 남은 건축자재들이 쌓여 있는 조그마한 공터가 있었다. 벽돌과 목재, 철근들이 아무렇게나 쌓여 있는 곳에 작은 공간이 있었는데, 송이와 내가 머물기에 충분히 안락한 곳이었다. 당시만 해도 시장은 우리에게 숨바꼭질하기 좋았다. 물론 어딜 가나 위험해서 항상 긴장감을 달고 살긴 했지만, 가끔은 우리가 사람을 상대로 숨바꼭질을 하고 있다는 사실이 기분 좋을 때도 있었다. 우리는 언제라도 사람들의 사냥감이 될 수 있는 처지였지만, 반대로 우리도 언제든지 사람들을 골탕 먹일 수 있는 정도의 머리는 굴릴 줄 알았고, 우리도 연대하면 사람들이 할 수 없는 어떤 힘을 발휘할 수도 있었다.

선지해장국집은 얼핏 봐도 시장 상인들이 대부분이었다. 서울이나 경기도 일대에서 시장을 찾아온 손님들은 장터에 있는 음식점을 그리 반기지 않았다. 원재료가 필요해서 시장을 찾아온 사람들이지 음식을 먹기 위해서 오는 경우는 드물었다. 그래도 해장국집이 잘되는 것은 그만큼 상인들 숫자가 많기 때문이었다.

사실 배가 고팠다. 선지해장국집 문 앞에는 방금 삶아놓은 듯 머릿고기와 내장이 커다란 플라스틱 바구니에 담겨 김을 뿜었다. 해장국을 팔아서 명동에 건물까지 샀다고 소문난 할머니의 연세는 구십이 다 되었다. 그 말이 사실이라면 할머니는 그만 장사를 접어야 맞았다. 할머니 허리는 땅에 닿을 정도로 굽어 손님과 눈을 맞추기도 힘든 지경이었다. 그런 몸으로 계속 돈을 벌고 있다는 것은 어딘가 맞지 않았다. 시장에서 떠도는 소문의 실체 대부분은 바다의 거품 같아서 파도가 밀려올 때마다 또 다른 거품이 만들어졌다가 사라지곤 했다.

송이가 그리웠다. 예전에는 송이가 바구니에 담겨 있는 소의 양과 위를 가져와 먹을 수 있었다. 나더러 숨어서 망을 보라고 해놓고는 눈 깜짝할 사이에 해장국집으로 달려가 소의 양과 위를 가져왔다. 송이 행동이 얼마나 빠른지 시선이 위보다 아래로 향해 있는 해장국집 할머니도 고깃덩어리가 사라지는 걸 막지 못했다. 덕분에 우리는 한 번도 걸리지 않고 할머니가 삶아놓은 고기를 먹을 수 있었다.

무엇보다 송이와 나만의 아지트에서 먹는 양 맛은 최고였다. 송이가 시장을 떠난 뒤로는 한 번도 할머니의 양 맛을 본 적이 없었다. 다행히 할머니는 그리 위험한 사람은 아니었다. 송이와의 추억을 그대로 지나치기 싫었던 나는 해장국집 매대 주변을 잠시 맴돌았다. 고기 생각이 간절해서가 아니라 혹시 챙기지 못한 기억이 있나 확인하기 위해서였다.

그때 해장국집 문이 열리면서 전보다 더 허리가 굽은 할머니가 밖으로 나왔다. 할머니 손에는 커다란 접시가 들려 있었다. 할머니는 플라스틱 바구니에 담겨 있는 머릿고기와 내장을 접시에 골고루 담았다. 순대는 크고 윤기가 흘렀다. 할머니가 직접 선지와 당면을 넣어 만든 것이었다. 머릿고기 역시 할머니가 삶고 양념해 누른 것으로 주로 공사 현장 인부들이 많이 사 갔다. 소 양과 위는 생긴 모양보다 쫄깃한 식감이 좋아 씹는 맛이 그만이었다. 해장국집에서는 양과 위를 서비스로 내어주었는데, 특히 위를 좋아하는 사람들은 누린내 없이 고소한 맛을 보고는 할머니 손맛에 감탄했다.

그만 달아나야 맞는데, 나는 경이로운 풍경에 매료된 듯 고기를 담는 할머니를 바라보았다. 고기 냄새와 뜨거운 김만으로도 배가 부를 것 같은 착각이 들었다. 한참을 그렇게 넋 놓고 바라보던 나는 어느 순간 바닥을 향해 있던 할머니 시선이 나에게로 향해 있다는 걸 알았다.

"삽교야, 먹고 싶냐? 이리 와."

나를 향해 뻗은 할머니 손에는 부속 고기가 한주먹 쥐어져 있었다. 눈치를 볼 틈이 없었다. 배가 고팠고 고기가 너무 먹고 싶던 순간이었다. 그대로 할머니에게 달려갔다.

"왜 혼자야, 송이는 어디 갔니?"

송이까지 알고 있다는 것은 전에 우리가 무슨 짓을 했는지도 다 알고 있다는 뜻이었다. 허리는 굽었고 굽은 허리 때문에 늘 아래로 향해 있는 흐린 눈을 가지고 있다고 생각한 할머니는 그러니까 우리의 소행을 다 알고 있었다. 대구 머리를 파는 고씨 할머니도 그렇고, 현명한 노인은 그냥 늙는 것이 아니라 퇴행을 스스로 조절할 줄 알아야 하는 모양이었다. 보지도 듣지도 못하는 척 살아야만 늙은 몸을 지킬 수 있고, 쌓여가는 먼지를 닦아내지 않아야만 세상의 욕으로부터 안전할 수 있는 모양이었다. 그래도 속았다는 기분은 가시지 않았다. 알 길 없다는 사람의 속내에 한 방 더 얻어맞은 셈이었다.

"할머니, 송이를 어떻게 아세요?"

"우리 집에 자주 왔었는데, 내가 왜 몰라……"

할머니가 바닥에 떨어진 무엇을 찾기라도 하는 양 굽은 몸을 내 쪽으로 돌리며 말했다. 나는 부속 고기를 덥석 먹을 수가 없었다. 한 번도 미안하게 생각하지 않았던 지난 일들이, 우리만 당하며 살 수 없다고 거리낌 없이 취했던 것들이 순간 불편한 기억이 되었다.

아무것도 모르고 아무것도 보이지 않는다고 생각한 우리의 판단이 잘못이었다. 할머니는 그동안 우리가 알고 있는 게 다가 아니라는 표정으로 나와 그리고 송이의 안부까지 물었다. "미안해할 거 읎다. 다 먹고살자고 하는 짓 아니냐. 나도 그렇고 너희들도 그렇고, 세상 사람 누군들 지 양심으로만 살겄냐. 그래도 우리가 사람이니까 너희들보다는 더 죄짓지 말아야 하는데, 그게 쉽지 않구나."

솔직히 송이가 할머니의 머릿고기를 훔쳐 와 먹을 때는 미안한 생각이 없지는 않았다. 그런데 오늘 할머니의 진짜 모습을 알고 나니 그럴 필요가 없었다. 잠깐은 너그러운 할머니가 고맙다는 생각이 들기도 했지만, 그 역시 할머니가 우리에게 베푼 눈곱만큼의 양심 정도였다. 가게 안의 손님이 부르자 할머니는 큰 소리로 대답했다.

"가요! 갑니다!"

할머니의 몸은 굽었지만 목소리는 곧고 힘이 있었다. 하마터면 입안에 넣으려던 머릿고기를 뱉어낼 뻔했다. 할머니는 목소리만 큰 게 아니라 문지방도 가볍게 넘어갔다. 아무리 몸이 익힌 시간이라지만 저러다 어느 순간 반듯하게 서 있는 할머니를 보게 되는 것은 아닌가 싶었다. 손님의 추가 주문을 받은 할머니가 다시 가게 밖으로 나오고 있었다. 나는 서둘러 자리를 떠났다.

바닥까지 핥으며 배부르게 먹었는데, 머릿속은 뭔가 개운치 않은 느낌이었다. 골목을 돌아 나올 때까지 갑니다, 라고 소리치는 할머니 목소리가 들려왔다.

오랜만에 찾은 공터는 꽃밭으로 변해 있었다. 시멘트와 나무 철근들이 뒤섞인 채로 쌓여 있어 버려진 땅처럼 보이는 곳인데, 색색의 야생화와 잡풀로 빽빽했다. 모란시장 번영회 사무실 불빛이 공터를 환히 밝혔다. 노랗고 하얗고 푸른 꽃들은 빛을 받아 눈부시게 아름다웠다. 송이와 놀던 곳이 정확히 어디인지는 찾을 수 없었지만, 우리의 추억이 이처럼 아름다운 공간 속에 숨어 있다는 것이 놀랍기만 했다. 숨 쉴 틈조차 없어 보이는 곳에서도 꽃과 풀들은 자라고 있었다. 우리의 추억은 가물가물한데, 시장의 온갖 쓰레기들이 불법으로 버려지는 땅에서 생명은 여름을 쑥쑥 키워내고 있었다.

급하게 오줌이 마려웠다. 똥도 다급해졌다. 나는 공터에서 가장 밝은 번영회 사무실로 올라가는 계단 바로 옆으로 뛰어갔다. 웃자란 쑥과 씀바귀, 토끼풀이 불빛을 받아 살랑이는 곳이었다. 민들레꽃씨가 당장이라도 흩어질 듯 숨 바람을 만드는 그곳에서 나는 모처럼 시원하게 오줌을 누었다. 배가 홀쭉해지도록 똥까지 싸고 나니 밤바람이 달게 느껴졌다. 그대로 공터를 떠나기 아쉬웠다. 나는 푹신한 토끼풀 밭에서 이리 저리 뒹굴었다.

이젠 기억이 가물가물한 삽교 할머니 집 텃밭이 떠올랐다. 더없이 평화롭고 아늑한 텃밭의 기억을 떠올리며 나는 구르고 뛰고 소리를 질렀다. 기운이 솟구치고 몸이 가벼워졌다.

한동안 풀밭을 헤매고 나서야 나는 숨을 골랐다. 우울했던 기분은 사라졌다. 공터의 추억은 송이가 나에게 선물한 최고의 기억이었다. 나는 공터를 떠나기 전에야 비로소 우리가 만났던 곳이 내가 방금 소리치며 뒹굴었던 토끼풀 밭이었다는 걸 알았다. 나는 토끼풀 밭 전체가 송이와 나의 것인 양 골고루 오줌을 뿌리고는 공터를 빠져나왔다.

얼마쯤 걸었을까. 문득, 다시 공터로 돌아가봐야 한다는 생각이 들었다. 공터가 아니라 환하게 불이 켜져 있던 번영회 사무실이 뭔가 이상했다. 여느 때하고는 다른 느낌이었다.

번영회 사무실은 대개 불이 일찍 꺼졌다. 상근직 여직원 둘은 여섯시가 되면 바로 퇴근했고, 정기 회의가 있는 둘째 넷째 주 저녁에만 불이 켜졌다. 지금까지 불이 켜져 있다는 것은 필시 사람들이 모여 있다는 것이고, 급한 회의라도 열리고 있다면 모란시장에 사는 나도 알아야 했다. 내가 알아야만 아빠에게도 알릴 수가 있었다.

뒤돌아선 나는 잰걸음으로 다시 공터 옆에 있는 번영회 사무실로 올라갔다. 그러나 상인도 아닌 내가 사무실 정문으로 들어갈 수는 없었다. 궁리 끝에 나는 사무실에 달린 주방 쪽으로 구멍 난 방충망이 있다는 사실을 기억해냈다. 여직원들이 커피도 타 마시고 회의가 있을 때는 간단한 음식을 해 먹는 곳이었다.

그곳이라면 담쟁이넝쿨을 밟고 올라갈 수 있을 듯싶었다.

사무실 북쪽에 있는 주방으로 간 나는 조심스럽게 담쟁이넝쿨을 밟고 올라가 안쪽을 살폈다. 예상대로 대여섯 명의 회원들이 모여 있었다. 모두 일반 상인들이 아니라 번영회 간부들로 회장인 대도축산 박 사장, 동해수산 나 사장, 모란축산 김정배 그리고 건어물 가게를 운영하는 구 사장이었다. 박 사장 옆에 바짝 붙어 있는 금자 씨도 보였다.

그들은 둥그런 원탁에 둘러앉아 배달한 음식인 듯 족발과 소주를 먹고 있었다. 동해수산 나 사장이 박 사장에게 소주를 권하며 말했다.

"형님, 이번이야말로 우리 모란시장이 크게 도약할 수 있는 기회입니다. 정부에서는 월드컵 개최 때문에 국가 이미지 개선한다고 떠들지만, 그것 때문에 새 시장으로 이전하게 생겼으니까 우리로서는 나쁠 거 없어요. 그 불란서 배우가 개고기 먹으면 야만인이라고 했다면서요. 지랄도 풍년일세! 지들은 거위 간 키워서 잡아먹는 주제에. 국가 이미지는 정치하는 것들이 깎아 먹으면서 먹는 거 가지고 지랄들이야. 안 그래요, 형님?"

나 사장의 말에 고개를 끄덕거린 박 사장은 소주잔을 들어 한 번에 털어 넣었다.

　"자네 말 한번 잘했네. 전에도 말했지만, 우리가 합심해야 그 기회를 잡을 수 있는 거야. 그러니까 다들 내 말 잘 들어. 시장이 저쪽으로 이사 가면 지금보다 두 배는 커질 거야. 새로 지은 상가 숫자만 삼백 개가 넘으니까 가판들 숫자까지 합하면 상인들 수가 족히 오백 명은 넘을 거라고 봐. 우리 번영회 규모가 상당해진다는 뜻이지. 자네들도 알겠지만 내가 회장 맡으면서 우리 시장이 얼마나 커지고 힘이 세졌어. 그러니까 내년에도 연임할 수 있게 밀어달란 말이야."

　막걸리를 마시던 건어물 가게 구 사장이 벌떡 일어나며 외쳤다.

　"아이고 형님, 그걸 말씀이라고! 당연히 형님이 또 해야지요. 우리가 누구 덕분에 이렇게 잘사는데요, 그걸 모르면 배신이지요."

　"그러니까 내가 하는 일만 잘 도와주면 너희들 다 건물주 만들어줄게."

　"당연하지요. 모란시장 번영회 회장은 영원히 형님이 맡아야 해요."

　"자네들이 밀어만 준다면 그렇게 해야지."

　박 사장은 구 사장이 건네는 막걸리 잔은 받지 않았다. 그는 소주 말고 다른 술은 입에 대지 않았다. 대신에 그는 자신의 소주잔에 술을 따르도록 했다. 구 사장은 막걸리 병을 내려놓고 그의 소주잔이 넘치도록 술을 따랐다. 기분이 오른 박 사장은 자신을 지지하는 그들에게 호기롭게 말했다.

"걱정하지 마. 시의원, 국회의원 모두 우리 집 개고기 먹고 당선된 애들이야. 지난주에도 그 의원 마누라 와서 통 개 한 마리 가져갔잖아. 그것들은 겉으로만 혐오식품이라고 떠들어대지, 그 마누라들은 우리 집에 중뿔나게 드나든다니까."

"그나저나 경숙이 없어서 개는 누가 잡는대요?"

얼큰하게 취한 나 사장이 물었다. 박 사장은 금세 표정이 바뀌었다. 순간 나 사장은 공연한 얘기를 꺼냈나 싶어 박 사장의 눈치를 보았다.

"죽지 않았으면 다시 여기로 오겠지. 그것이 왜 자꾸 지랄을 떠는지 골치 아파 죽겠어."

눈치를 살피던 금자가 박 사장의 팔짱을 끼며 분위기를 잡았다.

"그년 목숨 질겨서 안 죽어! 일만 잘하면 제 식구들도 살고 저도 배부르게 살 텐데, 무슨 불만이 있어 자꾸만 개들을 풀어주는지 알다가도 모르겠다니까. 이번에 아주 따끔하게 혼구녕을 냈으니까, 저도 생각이 있으면 맘 바뀌어 오겠지. 그러니까 당신은 걱정하지 말고 새 시장으로 이사 갈 준비나 해."

소주병은 빠르게 비워졌다. 빈 소주병이 늘어나면서 그들의 분위기는 무르익었고 어느 순간부터는 반말이 오갔다. 형님 소리가 사라지고 목소리가 높아진 지 얼마쯤 지났을까, 누군가 탁자를 치면서 벌떡 일어섰다. 막걸리에 취한 건어물 가게 구 사장이었다. 번영회 사무실 부엌 창가에 쪼그리고 앉아서 그들을 지켜보던 나는 그 소리에 그만 창가에서 떨어지고 말았다.

높지 않아 다행히 큰 부상은 입지 않았다. 시원찮은 뒷다리 하나가 담쟁이넝쿨에 걸리는 바람에 잠깐 거꾸로 매달려 있어야만 했다. 버둥거리다 간신히 빠져나오긴 했지만, 다시 올라가 그들의 최후를 지켜볼 자신은 없었다. 중요한 사실은 취하기 전에 다 토했을 테니, 남은 건 싸움뿐일 것이었다. 술 취한 사람들의 마지막 이야기는 언제나 상대가 자신을 무시한다는 쪽으로 흐르기 일쑤였다. 그래서 기분이 나빠졌고, 그래서 자존심이 상했고, 그래서 분노의 힘으로 주먹질을 하는 것이 일반적이었다. 조금 전에 나누었던 의리와 정과 상생의 협약이 한순간 물거품이 되는 순간이었다.

끝까지 본 것은 아니지만, 오늘 그들의 마무리는 본 것이나 다름없었다. 그들은 싸울지언정 모란시장에서의 인연을 끊어내거나 떠날 사람들은 아니었다. 그들은 함께해야만 얻을 수 있는 것들에 대해서 잘 알고 있었고, 술 취해 싸운 기억은 관계를 더 돈독하게 하기 위한 하나의 에피소드에 불과하다고 생각할 것이었다.

모란시장이 탄천 복개와 함께 바로 옆으로 이전한다는 계획은 이미 공표되어 공사도 거의 마무리 단계에 있었다. 나 사장 말대로 월드컵 개최를 대비한 도심 이미지 정비사업의 일환이었다. 사실 시장의 이미지 개선은 정비되지 않은 시장의 형태도 문제지만 잔인한 도축이 첫번째 이유였다.

시장이 이전하면 대도빌딩에서 바라보는 창밖 풍경도 달라질 것이었다. 나와 아빠한테는 좋은 일도 나쁜 일도 아니었다. 대도축산이 사라진다면 모를까, 시장의 이전은 아무 의미가 없었다. 박 사장은 새 시장으로 이전하여 더 크게 가게를 운영할 것이고 그리되면 더 많은 개가 대도축산으로 잡혀 와 도살될 것이었다.

나는 번영회 사무실을 내려와 수산물 구역이 있는 곳으로 걸었다. 왠지 시장을 떠나야 할 것 같은 예감이 들었다. 아빠도 이 사실을 알고 있으니 나와 같은 생각을 할 것이었다. 그나마 공터에 다녀온 것이 큰 위로가 되었다. 공터에 가지 않았더라면 송이하고의 추억조차 기억해내지 못했을 것이다. 송이가 떠났듯 경숙도 시장을 떠나는 게 맞았다. 대도빌딩의 창문이 폐쇄되는 한이 있어도 그녀는 대도축산을 떠나 자유로워져야 했다.

가까이 지고 있는 아카시아 꽃향기가 진했다. 여름이 깊어지고 있었다. 손님들과 상인들이 떠난 시장은 적막했다. 얼기설기 묶어놓은 가판들이 내버려진 죽음의 관처럼 괴기스러워 흐릿한 눈동자가 하릴없이 돌아갔다. 아무도 신경 쓰지 않는 밤인데, 내 발소리가 천둥소리처럼 느껴져 발바닥이 자꾸만 공중으로 치솟았다. 나는 달리듯 날 듯 걸어서 수산물 구역에 이르렀다. 버릇처럼 그냥 한 바퀴 돌아본 뒤에 집으로 돌아갈 생각이었다.

해장국집에서 배를 채워 고씨 할머니가 생각이 난 것은 아니었다. 배는 아직도 든든했다. 고씨 할머니도 지금쯤은 장사를 정리하고 집으로 갔을 테니 대구 머리 구이 생각은 하나 마나였다. 수산물 구역은 언제나 질척거려서 걷기가 불편했다. 그러고 보니 목욕을 한 지가 언제인지 기억이 나지 않았다. 아빠의 수면제 양이 늘어나면서 목욕은 진즉 포기했다. 발이라도 털라고 방문 앞에 놓아둔 매트는 모래밭이 된 지 오래였다. 우리 집에 왔던 송이는 저를 위해 준비한 모래인 줄 알고 매트에 똥까지 싸고 돌아갔다. 내 바깥나들이 횟수를 일주일에 닷새만 잡아도 묻혀 오는 흙의 양이 만만치 않았다. 지금은 매트에 쌓인 모래로 탑을 쌓아도 될 지경이었다.

수산물 구역의 몇몇 상인들이 골목을 개선하자고 여러 차례 번영회에 건의했지만, 자칫 선례를 남기게 되면 다른 구역의 불편함도 다 들어줘야 한다며 묵살했다. 앞장서서 수산물 구역 정비를 해야 할 동해수산 나 사장조차 새 시장 이전을 핑계로 계속 미뤘다. 다수의 상인들 역시 불편함은 감수할 수 있지만, 장사를 접을 수 없다는 입장을 보여 번영회 뜻에 더 이상 이의를 제기하지 못했다.

질척한 바닥의 느낌이 싫었다. 나는 되도록 빠르게 걸었다. 그러나 마음과 다르게 걸음은 점점 느려졌다. 좀 전 번영회 사무실에 올라갔다가 떨어진 후유증이 컸다. 꽤 깊은 웅덩이가 있어 조심조심 걸어야 하는데, 사실 내 걸음은 균형감각을 잃어버린 지 오래였다. 뒤에서 보면 비틀거리는 모양새일 것이었다.

동해수산이 운영하는 이층 가게도 장사를 마무리하는 듯 문이 닫혀 있었다. 가게 안의 희미한 불빛 사이로 나 사장의 아내가 보였다. 나 사장 아내는 굉장한 미인이었다. 한때 배우 생활을 한 그녀는 나 사장의 두번째 부인으로 딸 셋을 데리고 그와 재혼했다. 그녀의 딸들 역시 미모가 빼어나 어쩌다 시장에 나타나기라도 하면 수산물 구역이 들썩거릴 정도였다.

나 사장이 부인과 딸들하고 사이가 좋은 것은 튼튼한 경제력 덕분이었다. 돈을 쓸지언정 다시는 결혼 생활을 깨지 않겠다는 나 사장의 다짐 덕분에 부인과 딸들은 호화로운 생활을 즐겼다.

나 사장의 첫번째 아내는 생선만 팔다가 죽었는데, 두번째 아내는 식당 사장으로 카운터만 지켰다. 그녀의 딸들은 나 사장을 아버지라고 거침없이 불렀다. 나 사장은 부인과 딸들이 만족할 수 있도록 죽기 살기로 돈을 벌었다. 시장 사람들이 뭐라 수군거려도 신경 쓰지 않았다. 그는 세상은 어차피 더 많이 가진 사람들에게 유리하도록 돌아가기 마련이라며 남의 이목이나 체면 따위는 가지지 못한 사람들이 늘어놓는 변명에 불과하다고 생각했다.

동해수산 뒤쪽 냉동창고까지가 질척거리는 골목의 끝이었다. 냉동창고에서부터 건어물 가게로 이어지는 길은 질척거리지는 않았지만 한 사람 정도 겨우 비켜날 수 있을 정도로 좁았다.

동해수산 앞을 지나가려니 고씨 할머니 생각이 났다. 할머니는 당연히 집으로 돌아가고 없을 것인데, 그래도 나는 그 자리를 무심히 지나치지 못했다. 그쪽에서 볼일을 본 적도 없고 할머니와 그리 친한 사이도 아닌데, 그곳에 가면 왠지 긴장이 풀렸다.

동해수산 뒤쪽 냉동창고를 돌아 막다른 골목 어귀로 가면 할머니가 대구 머리 구이를 파는 곳이었다. 길이 하도 여럿이라 이쪽으로 가도 되고 저쪽으로 가도 되지만, 나는 동해수산을 중심으로 방향을 잡았고, 냉동창고 골목으로 이미 들어선 터였다.

할머니는 보지 못하더라도 코와 할머니가 나란히 앉아 장사하던 곳이 보고 싶었다. 왜 마지막이라는 생각이 드는 것인지는 알 수 없지만, 시장의 모든 풍경이 왠지 다르게 느껴졌다.

동해수산 냉동창고 실외기가 요란하게 돌아갔다. 비행기 프로펠러만큼이나 큰 실외기였다. 고씨 할머니 생각에 빠져 있던 나는 몸이 실외기 가까이에 가 있는 줄도 몰랐다. 놀라서 뒤로 물러나 바라보니 실외기 옆으로 냉동창고로 들어가는 작은 문이 보였다. 그 문틈으로 불빛이 새어 나왔다. 나는 덜 닫힌 문 가까이 다가갔다. 드라이아이스로 가득한 창고에는 네 명의 남자들이 모여 일하고 있었다. 동해수산 직원들이었다. 두 명은 천장까지 쌓여 있는 생선 상자를 바닥으로 내려놓았고, 두 명은 상자의 포장을 찢어 기존의 상표를 떼어내고 새 상표를 붙였다. 상표를 떼어내고 새 상표를 붙이는 작업의 속도가 얼마나 빠른지 손이 보이지 않을 정도였다.

동해수산에 대해 심심치 않게 떠돌던 소문의 진상은 바로 냉동창고에 있었다.

나 사장은 동해수산에서 취급하는 대구는 대부분 대만에서 들여온다고 자신했다. 자신은 결코 세상 사람들이 위험하다고 먹기를 거부한 지역, 즉 러시아와 일본의 특정 지역에서 물건을 들여오지 않는다고, 대만의 가장 큰 수산물도매시장에서 직거래로 대구를 들여온다고 큰소리쳤다. 사람들은 나 사장의 말을 믿었다. 어릴 적부터 장사를 시작한 나 사장의 안목과 능력이 동해수산을 크게 키운 것으로 생각했다.

생선 상자에서 뜯겨 나온 상표는 금세 수북하게 쌓였다. 한 남자가 비닐봉지에 상표를 담더니 발로 꾹꾹 밟았다. 상표 한 장이 드라이아이스에 날려 문 앞으로 떨어졌다. 한쪽 다리를 밀어 넣어 종이를 끌어당겼다. 상표에는 내가 봐도 알 수 있는 한글이 아니라 일본어가 찍혀 있었다. 그들조차 꺼린다는 지역의 대구였다.

동해수산에서 파는 대구가 상표를 바꿔치기할 정도로 위험한 것이라면, 나 사장은 시장 사람들이 아는 것보다 훨씬 나쁜 사람이었다. 고씨 할머니가 걱정된 것도 그 때문이었다. 나도 물론 고씨 할머니가 구워주는 대구 머리 구이를 가끔 얻어먹었지만, 할머니와 코, 대구 머리 구이를 먹겠다고 찾아온 일본 관광객들은 그럼, 괜찮은 걸까?

머리가 복잡해지는 순간 나는 창고로 들어가는 출입문에서 두 발짝 정도 떨어진 대형 실외기 옆에서 또 다른 것을 발견했다. 실외기와 실외기 소리에 가려져 자세히 보지 않으면 찾을 수 없는 것이었다. 덩굴장미와 라일락, 잡풀이 뒤엉켜 있는 곳에 웬 플라스틱 뚜껑이 버려진 듯 비스듬하게 세워져 있었다. 귀가 예민하게 반응했다. 냄새가 아니라 소리와 빛이 나를 그곳으로 이끈 것이었다. 냉동창고 환기구에서 새어 나오는 빛이라고 착각할 만큼 가늘어 눈에 쉽게 띄지는 않았다. 그곳을 수상하게 여긴 것은 어쩌면 고씨 할머니와 코에 대한 궁금증을 풀지 못한 데서 온 예감일 수 있었다.

막연하지만 전부터 두 사람의 정체가 궁금했던 나는 풀숲에 버려진 듯 보이는 플라스틱 뚜껑을 본 순간, 궁금증을 풀수 있을지도 모른다는 확신이 왔다.

플라스틱 뚜껑을 슬쩍 들춰보았다. 뚜껑을 들추자 실낱같던 빛이 여러 개로 솟구쳤다. 땅속에 있는 커다란 구멍에서 솟구치는 빛이었다. 빛만 솟구친 것이 아니라 전에 막다른 골목 외벽에서 들었던 그 소리도 들렸다.

나는 빛을 따라 내려갔다. 구멍은 무너져내린 계단을 따라 한참 내려갔다. 무엇에 홀린 듯 취한 듯 계단을 내려가자 믿기지 않을 정도의 큰 광장이 나타났다. 아주 크고 쾌적한 광장이었다. 한쪽 벽에는 고씨 할머니가 구워 파는 대구 상자가 차곡차곡 쌓여 있었다. 은은한 불빛이 광장을 밝혔고 광장 한편에는 붉은 소파가 길게 놓여 있었다. 그 붉은 소파에 편안히 누워 있는 사람은 고씨 할머니였다. 할머니는 깊은 단잠에 빠진 듯 평화로운 모습이었다. 할머니 옆 푸른색 의자에는 코가 반듯한 자세로 앉아 뭐라 말하는 중이었다.

코의 말을 경청하고 있는 이들은 광장을 가득 메우고 있는 쥐들이었다. 코와 다르기도 하고 비슷하게도 생긴, 코보다 작거나 비슷한 쥐들이 자신들을 향해 연설하고 있는 코에게 집중하고 있었다. 시장에서 심부름하던 코가 아니었다. 코는 진중하면서도 위엄이 있었다. 무슨 말을 쏟아내는지는 알 수 없었지만, 코의 짧은 팔 하나가 위로 들릴 적마다 쥐들은 환호했다. 생김새는 쥐에 가까웠지만, 소리는 사람 소리 같았다. 아니, 쥐 소리를 내는데 생김새는 사람에 가까운 것 같기도 했다. 아니, 사람인지 쥐인지 처음 보는 생명체들이 사람 흉내를 내고 있었다.

세상에 이런 일이! 어쩌면 내가 만들어낸 환상일 수도 있었다. 구멍에서 밖으로 나가는 순간, 내가 본 모든 것들이 헛것이었음을 깨달을지도 몰랐다. 그러나 구멍이 아닌 지상에서 본 코와 고씨 할머니를 환상이고 헛것이라고 단정할 수는 없었다. 고씨 할머니는 사람이고 코도 사람일 수 있었다. 둘 다 쥐가 사람이 된 것인지 사람이 쥐가 된 것인지는 모르겠지만, 내가 알고 있는 고씨 할머니와 코는 분명 사람들과 어울려 살았고, 시장 사람들도 코와 고씨 할머니를 사람이 아니라고 한 적이 없었다.

사람도 아닌 내가 그들을 평가한다는 것이 우습기는 하지만, 그들이 하는 짓은 정말이지 사람과 헷갈리게 했다. 오랜 시간 회의 비슷한 것을 한 그들은 코의 어설픈 박수로 끝을 냈다. 고씨 할머니는 그때까지 잠에서 깨어나지 않았다. 웅크리고 앉아서 대구 머리를 구워 팔던 할머니는 왠지 측은해 보였는데, 붉은 소파 위에서 잠을 자는 할머니는 여왕벌처럼 당당하고 편안해 보였다.

회의를 마친 코가 할머니에게 붉은 담요를 가져다 덮어주었다. 그들은 한쪽 벽에 쌓아 놓은 생선 상자를 옮기기 시작했다. 생선 상자는 순식간에 광장 가운데로 옮겨졌다. 만찬이었다. 코가 다시 손을 들어 신호했다. 생선 상자를 중심으로 둘러앉은 쥐들은 코의 손짓에 큰 대구 머리 하나씩을 공중으로 쳐들었다. 코가 선창하자 모두가 따라서 소리쳤다. 사람들이 술잔을 들고 '건배!'라고 외치는 소리 같았다.

지금까지 사람이 가장 무섭다고 생각했는데, 쥐들의 건배 소릴 들으니 소름이 돋았다. 그들은 사람들이 갈비를 먹듯 앞다리로 대구 머리를 맛있게 뜯어먹었다. 회의할 때와는 사뭇 다른 분위기였다. 즐거운 농담을 하는 표정이었고 최고의 음식을 먹는 양 씹는 소리마저 경쾌했다. 그들에게 대구 머리는 생존을 위해 필요한 음식이기도 하지만, 사람처럼 살아가기 위해 꼭 필요한 음식 같았다.

광장을 가득 채운 비린내가 마침내 빠져나갈 구멍을 찾아 내게로 달려들었다. 지독한 가스였다. 고씨 할머니가 구워주던 대구 머리는 그토록 고소하고 맛있었는데, 그들이 집단으로 먹는 날것의 대구 머리에서는 시체 썩는 냄새가 났다. 결코 다른 죽음의 냄새와 대체할 수 없는, 사람의 사체에서만 맡을 수 있는 그런 냄새였다.

그들이 그런 대구 머리를 먹어서 사람처럼 변해가고 있는 것이라면, 대구 머리를 먹은 사람은 그럼 어떤 모습으로 변해갈까? 쥐도 아니고 사람도 아닌 나 같은 개들은 또 어떤 흉측한 물건으로 변해 살아갈까?

불편하고 모호한 생각은 수산물 구역을 빠져나올 때까지 끊어지지 않았다. 사람만이 알 수 있는 답을 내가 구하려 하다니, 어리석은 일이었다. 하지만 코는 달랐다. 코가 이끄는 쥐들은 사람을 대적할 만한 수준이었다. 그들은 사람처럼 말하고 회의를 했다. 사람의 군대처럼 잘 훈련된 조직이었고,

코의 말 한마디에 일사불란하게 행동했다.

지상에 사는 내가 그들을 상대로 열등감을 느낄 줄은 몰랐다. 사람과 가장 친하게 살아온 결론이 진화가 아니라 퇴화라는 걸 깨달으며 나는 능평꽃집까지 걸었다. 경숙이 올 리도 없는데, 장미꽃을 팔았던 자리에는 누구를 위한 꽃인 듯 장미송이가 발길에 채도록 놓여 있었다. 나는 장미꽃을 지르밟으며 한 바퀴 두 바퀴 빙빙 돌았다. 코보다 나은 것이 있다면 장미 향을 맡을 수 있다는 것인데, 사람 덕분에 누린 최고의 호사였다. 어쩌면 내 생에 가장 아름다운 순간이 될지도 몰랐다. 한편으론 가련하기 짝이 없는 경숙이 더는 장미꽃을 주우러 나타나지 말기를, 능평꽃집 여자의 조언대로 그녀가 자신의 얼굴을 환하게 드러내며 살아주길 바랐다.

장미꽃 덕분에 기분이 한결 나아졌다. 사실 나도 누군가의 보호를 받아야 할 나이였다. 이빨도 거의 다 빠졌고 움직일 때마다 관절들이 소리를 질렀다. 밤 산책조차 안 다니고 방 안에만 갇혀 지낸다면 다리가 더 굳어버렸을 것이었다. 그래도 시장에 관한 관심과 애정이 있어 산책을 포기하지 않았으니 망정이지 안 그랬다면, 아빠처럼 매일 밤 약을 먹어야 잠들었을 것이다. 요즘 들어 기분이 더 들쑥날쑥한 것도 빨라진 노화 탓이었다. 물론 주변 상황이 나빠져 생긴 우울감의 영향도 컸다.

능평꽃집 여자는 내일도 트럭 가득 장미를 싣고 나타날 것이다. 박 사장과 나 사장 같은 사람들이 아무리 힘을 과시해도 꽃집 여자는 굴복하지 않고 장미를 좋아해주는 누군가를 위해서 자신의 인생을 시들지 않도록 가꿀 것이다.

시장의 비주류 사람들은 단합해서 능평꽃집 여자를 번영회 회장으로 만들어야 한다고 했다. 능평꽃집 여자라면 박 사장과 나 사장을 중심으로만 돌아가는 모란시장의 잘못된 구조를 바로잡을 수 있다고, 시장이 더는 몇 명의 주머니만 채워주는 부정과 부패의 온상이 되어서는 안 된다고들 했다.

그러나 쉽지 않은 일이었다. 능평꽃집 여자가 그들의 말대로 시장을 위해서 일할지는 아무도 몰랐다. 오로지 장미꽃에만 관심 있는 여자가 과연 다른 생각을 할지, 장미꽃 가꾸는 일을 줄이면서 시장을 위해 일하고 싶은 마음이 들지는 장담하기 어려웠다. 새 질서를 만든다는 것은 기존의 질서를 무너뜨려야 하는 일이기도 해서 오랜 시간 자기 일만 지켜온 사람들한테는 쉽지 않은 결정일 수 있었다.

모란시장에서 능평꽃집 여자 다음으로 배짱 있는 사람이 고추를 파는 덕상이었다. 회비 한 푼 내지 않고도 당당하게 장사하는 사람은 덕상뿐이었다. 번영회 사람들로부터 적잖은 괴롭힘을 당하면서도 그는 꿋꿋하게 장사를 했다. 농수산물 구역 안에서 장사하는 것도 아니고 탄천으로 가는 공터 한편에서 시작한 고추 장사는 시간이 지나면서 또 다른 고추 장사들이 모이도록 만들었다. 지금은 농수산물 구역 안보다 덕상이 자리 잡은 탄천의 공터가 더 고추 시장으로 이름이 났다. 농수산물 구역 상인들이 덕상 덕분에 손님들이 늘었다고 이구동성 말할 만도 했다. 어쨌거나 찾아오는 발길이 많아지면 고추든 마늘이든 팔리기 마련이었다. 처음에는 떠돌이 장사 취급을 하던 상인들조차 덕상에 대해 호의적으로 변하자 번영회 간부들도 조금씩 눈치를 보게 되었다.

그런 덕상이 시장에 모습을 드러내지 않은 지 한 달이 지났다. 옆자리 장사치들도 덕상이 오일장에조차 나오지 않자, 필시 큰일이 벌어진 것이라고 걱정했다. 그들 중 덕상의 신세를 가장 많이 졌고, 그를 형님이라 부르는 만중이 장사를 접고 덕상의 고향 신례원으로 달려갔다. 아무리 장사치라고 해도 바로 옆에서 형님, 형님 하면서 지낸 사인데 모른 체할 수는 없었다.

덕상이 주소를 알려준 것도 아니고, 만중은 신례원 읍으로 가 시장을 뒤졌다. 모란시장에 비하면 초라하기 짝이 없는 시장이었다. 기름집 옆을 지나 채소 가게를 돌아서니 건어물 가게 옆으로 간판도 없는 고추상회가 나타났다. 덕상의 아내가 장사한다는 고추상회가 맞는 것 같은데, 이상하게 가게 안이 휑했다. 고추 자루 하나 없는 가게 안을 계속 기웃거리고 있자니, 바로 옆 건어물 가게 여자가 밖으로 나오며 말했다.

"그 집, 아무도 없어요."

"어디 아픈가요?"

"그 집 아저씨가 엊그제 교통사고로 죽었어요."

가게 밖으로 나온 여자가 팔짱을 끼며 말했다. 만중은 가슴이 덜컥 내려앉았다.

"어쩌다가 그랬대요?"

만중이 당황한 목소리로 말하자, 여자가 가까이 다가와 덕상의 가게를 보며 말했다.

"요새 고추 팔아서 돈 생겼다고, 마누라랑 가족들 데리고 읍내로 자장면 먹으러 나왔다가 덤프트럭이랑 박았대요. 그 아저씨만 죽고 다른 가족들은 괜찮은 모양인데…… 죽은 놈만 불쌍하지, 지독스럽게 돈 벌어봤자 아무 소용없다니까요."

여자는 비어 있는 덕상의 가게를 쳐다보며 오랜 인연을 되새기듯 말했다. 누군가 급하게 치운 것처럼 가게는 깨끗했다. 붉은 고추 자루가 켜켜이 쌓여 있어야 할 허름한 가게 한편으로 둘둘 말아놓은 비닐봉지와 접힌 종이 상자 서너 개가 구겨진 채 한쪽 구석에 놓여 있었다. 마른 고추와 물고추를 담았던 흔적이라고는 바닥에 떨어진 고추씨들뿐이었다. 고추는 사라졌지만 매운 냄새는 여전히 가게 안을 떠돌았다.

덕상이 죽었다니 믿기지 않았다. 만중은 너무 늦게 찾아와 미안했다. 눈치를 보느라 시장 귀퉁이에서 쭈뼛거리던 자신을 발견한 덕상이 어느 날 말했다.

"왜 기죽어 있나, 물건값은 자네의 자존심이 정하는 걸세."

고추 농사를 짓기는 했지만 팔 자신이 없었던 그에게 덕상은 살아가는 방법을 가르쳐주었다. 만중은 그날부터 덕상을 형님이라 불렀다. 자신의 고추인 양 큰 소리로 손님들을 불러 모아 장날마다 몽땅 팔 수 있었다. 만중은 그제야 알게 되었다. 고추도 주인을 잘못 만나면 비겁해질 수밖에 없다는 것을. 사람이나 고추도 세상 눈치를 보기 시작하면 끝없이 비굴해질 수밖에 없다는 사실을 모란시장 최고의 고추 장사 덕상이 가르쳐주었다.

만중은 덕상의 빈 가게를 향해 절을 했다. 건어물 가게 여자가 그런 만중을 말끄러미 쳐다보다 자신의 가게로 들어갔다. 만중은 절을 마치고도 한참을 서성거리다가 시장을 벗어났다.

덕상이 고추를 팔던 자리에는 만중이 있었다. 덕상의 자리를 꼭 지켜줄 셈이었다. 혹시라도 덕상의 아내와 연락이 닿는다면, 만중의 고추를 가져다 팔아줄 생각이었다. 덕상이 만들어준 그 자리에서 전처럼 주눅 들지 않고 장사를 해낼 참이었다.

덕상의 죽음 소식은 나에게도 적잖은 충격을 주었다. 그는 시장 상인 중 나에게 위협적이지 않은 몇 사람 중 한 명이었다. 특별히 나를 예뻐해주었거나 먹을 것을 준 기억은 없지만, 박 사장과 맞서는 걸 보고 그가 얼마나 좋은 사람인지 알 수 있었다. 그는 적어도 생명을 함부로 하는 사람은 아니었다. 또 자신보다 강한 사람에게도 몸 사리지 않고 바른말을 할 줄 아는 사람이었다. 고추가 매워 그에게 다가갈 수는 없었지만, 덕상이 없는 모란시장은 왠지 전보다 더한 매운맛이 돌 것 같아 쌉쌀했다.

농수산물 구역을 빠져나온 나는 탄천 근처에 잠깐 서 있다가 집으로 향했다. 보름이 가까운데 흐린 날씨가 시장의 밤을 빠르게 빨아들였다. 어디선가 술 취한 이의 흥얼거리는 소리가 들렸다. 귀가 쫑긋해지는 건 어쩔 수 없었다. 낯설지 않은 목소리였다. 그냥 집으로 가야 하는데…… 순간, 복수라는 단어가 훅하고 올라왔다. 내 뱃가죽을 수시로 잡아당겨 공포감을 주었고, 상인들에게 내 출생의 비밀까지 까발린 동해수산 나 사장이었다. 확신이 드는 순간 나도 모르게 달려갔고, 대도축산으로 가는 골목 입구에서 나 사장을 발견했다.

물었다. 생애 처음으로 이빨을 드러내 누군가의 몸에 깊이 박았다. 내 이빨도 쓸모가 있었다.

"아얏!"

나 사장이 비명을 질렀다. 내친김에 한 번 더 그의 종아리를 물어뜯었다.

"이노무 개새끼가!"

나 사장이 종아리를 만지며 땅바닥으로 넘어졌다. 사람한테 한 처음이자 마지막 복수였다. 박 사장이 아닌 나 사장인 것이 아쉽지만, 내 시원찮은 이빨로 죽을힘을 다해 물어뜯어서 여한은 없었다. 이제 달아나야 했다. 아니, 나는 이미 달

리고 있었다. 내가 그토록 빨리 달릴 수 있다는 걸 증명이라
도 하듯 날듯 달렸다. 온몸에서 바람을 뚫는 소리가 났다. 귀
가 쌩쌩거렸고 뱃가죽이 나부꼈다. 나는 살아 있었다. 대도빌
딩에 갇혀 사는 늙은 개가 아니었다. 청년처럼 강하고 민첩한
개였다. 아니, 그런 개라는 착각을 잠깐 했다. 그래도 신이 났
다. 달리는 것이 이처럼 신명 나는 일인 줄 그제야 경험했다.
빠진 이빨 사이에서 바람이 노래를 부르고 혓바닥이 손뼉을
쳤지만, 나는 고통이 아닌 환희를 느꼈다.

3

아빠가 말했다.

"도대체 무슨 일이 있었니?"

눈이 안 떠져 아빠가 보이지 않았다. 몸이 산산이 부서진 느낌이었다. 몸은 부서져 사라지고 안 떠지는 눈만 남은 것 같았다. 내가 무슨 짓을 한 것인지, 무슨 일을 당한 것인지 기억나지 않았다.

"삽교야, 밤에 혼자 다니지 말라고 했잖아. 왜 자꾸 혼자 돌아다니는 거야? 아빠가 잠을 자서 그런 거야? 아니면, 송이를 만나러 나간 거야?"

아빠가 원하는 답을 해주려 애를 썼지만, 눈꺼풀은 끝내 열리지 않았다. 나는 아득한 나락으로 서서히 떨어졌다. 이게 죽음으로 가는 길이라고 해도 어쩔 수 없었다. 깊은 잠에 빠지는 것이라면 나쁘지 않았다. 희미한 기억 한 줄기가 신나게 달리고 있는 나를 잡았다. 아니, 나를 찾았다. 나는 사방이 확 트인 곳에서 신나게 달리는 것을 좋아하고 사람의 손길을 반기는, 그러나 사람에 의해서 갇혀 사는 것은 견디지 못하는 개였다. 나를 위협하는 사람들은 이빨로 공격을 하고 내 존재를 인정해주는 사람들에게는 정답게 꼬리를 칠 줄 아는 생명이었다. 나 사장이 그걸 깨닫게 해주었다.

아빠도 더는 나에게 말을 걸지 않았다.

"잘 자라."

여느 때처럼 아빠는 창밖을 내다보았다. 시장의 풍경은 별다른 것이 없었다. 오일장이 열리지 않아 사람 숫자만 적을 뿐, 낯익은 얼굴과 익숙한 골목은 매번 비슷했다. 아빠의 눈에 그런 시장의 모습은 정겹기보다 무섭고 잔인했다. 덫을 놓고 누군가 걸려들길 기다리는 것 같아서 사람들에 대한 경계심만 강해질 뿐이었다.

편안했던 아빠의 표정이 어느 순간부터 바뀌었다. 아빠는 까치발을 들거나 자세를 바꿔가며 창밖을 관찰했다. 아무리 찾아봐도 경숙은 눈에 잡히지 않았다. 아빠는 뭔가 심상치 않다는 걸 알아차렸다. 대도축산이 조용했다. 개 소리와 사람 소리로 시끄러워야 할 대도축산 주변은 적막하기만 했다. 장사를 시작한 이후 처음 있는 일이었다. 하지만 아빠는 전처럼 흥분해서 뛰어 내려가지 않았다. 그래봤자 아무 소용없다는 걸 뼈아프게 경험한 터였다.

아빠는 흥분하지 않으려고 애를 썼다. 몇 차례 깊게 숨을 다스린 아빠는 책상 위에 쌓여 있던 약봉지들을 모두 쓰레기통 속에 집어넣었다. 하루도 빼놓지 않고 먹어야 하는 약들이었다. 아빠는 침착하게 행동했다. 라이터를 켜 쓰레기통 속 약봉지에 불을 붙이고는 불길이 활활 타오르자 잠깐 불길을 감상했다.

그동안 아빠를 지탱해준 약들은 순식간에 불에 타버렸다. 아빠는 이제 자신을 책임져야만 했다. 약 없이 잠을 자야 하고, 약 없이 감정을 달래야 하고, 약 없이 당을 조절해야 하고, 약 없이 숨을 쉬어야 했다. 아빠는 불안하지 않다고 자신을 응원했다. 그따위 약이 없어도 충분히 살아갈 수 있다고, 이제는 두려움 때문에 갇혀 살지 않겠다고, 불에 타는 약봉지들을 보면서 다짐했다.

그리고 아빠는 죽은 듯 잠든 나를 놔두고 밖으로 나갔다.

오랜만의 바깥 풍경에 아빠는 잠시 눈을 가렸다. 울긋불긋한 시장 천막들 위로 햇살이 쨍쨍했다. 아빠는 다른 행성에 불시착한 사람처럼 한동안 시장을 바라보기만 했다. 시장은 어제와 다르지 않은 풍경이었다. 같은 모습의 상인들과 같거나 다른 손님들의 발길들이 끊임없이 이어졌다. 무수한 일개미들이 개미구멍 주변을 들락거리는 모습과 흡사했다. 번잡

한 소리와 소음이 천막과 파라솔 사이를 돌아다녔고, 섞이고 섞여 덩치를 만든 냄새들은 후끈한 바람을 만들어냈다.

사람들은 막힌 곳 없는 시장 골목에 갇혀 좀처럼 빠져나오려 하지 않았다. 사고 또 사야만, 먹고 또 먹어야만 시장에서 나갈 수 있다고, 사람들은 쉬지 않고 시장 골목을 돌고 돌았다. 시장은 밤이 되어야만 사람들을 내보냈다. 밤이 되어야만 비로소 빛의 대가를 지불하며 사람들의 선택을 존중했다. 그들은 어리석어 그런 것이 아니라, 사람만이 그처럼 위대한 삶을 살아갈 수 있는 것이라고 믿기 때문이었다.

아빠는 모처럼 편안한 모습이었다. 한참 동안 손으로 햇빛을 가리고 서 있던 아빠는 천천히 시장 골목으로 들어섰다. 여간해선 모습을 드러내지 않던 아빠가 시장에 나오자 알아본 상인들이 의아해서 쳐다보았다. 아빠는 개의치 않고 성큼성큼 대도축산 골목으로 향했다. 한 번도 보지 못한 씩씩한 걸음이었다. 그러나 골반까지 내려온 청바지는 땅바닥에 끌렸고, 단추를 잘못 끼운 셔츠는 아랫배를 드러냈다. 정수리가 훤하게 드러난 머리와 구겨 신은 검정 구두가 자신을 챙기지 못하고 살아가는 사람으로 보이기에 충분했다. 하지만, 아빠의 눈빛과 자세는 또렷하면서도 꼿꼿했다.

대도축산으로 들어간 아빠를 발견한 사람은 박 사장이 아니라 금자였다. 박 사장은 한 달 가까이 나타나지 않는 영달이를 만나러 삽교에 가고 없었다. 개장이 빈 지 너무 오래되었다. 경숙이 사고만 치지 않았더라면 개장이 텅 비어 있지는 않았을 것이었다. 박 사장은 새로운 단골을 만들어야 했다. 그러려면 건강한 시골 개가 필요했다. 단골들은 사육당한 고기와 시골 개의 차이를 잘 알았다. 고기 맛도 다르지만, 무엇보다 살아 있는 개를 자신들이 보는 앞에서 잡아주기를 원했다. 그래야만 안심할 수 있다고. 박 사장 역시 그래야만 그동안의 손해를 만회할 수 있었다. 경숙 탓에 떨어져 나간 단골들을 잡으려면, 어떤 방법을 써서라도 그들이 원하는 것을 들어줘야 했다.

산책을 나갈 때조차 피해 다니던 아빠가 금지구역인 대도축산 안으로 들어서자, 금자가 당황해서 소리쳤다.

"너 미쳤어! 여긴 왜 온 거야?"

금자가 두 팔을 벌려 아빠를 가로막았다. 아빠는 금자에게 눈길조차 주지 않았다. 두 팔을 벌려 자신을 가로막고 선 금자를 가볍게 밀친 아빠는 다른 볼일이 있는 양 뒤꼍으로 뛰어들어갔다. 뒤꼍은 텅 비어 있었다. 개들로 꽉 차 있어야 할 개장 안에는 개 한 마리 들어 있지 않았다. 경숙도 보이지 않았다. 가마솥과 전기봉, 큰 칼과 망치, 전깃줄과 수세미 같은 기구들만 어지럽게 널려 있었다. 아빠는 잠깐 길을 잃어버린 듯두리번거렸다.

"경숙 씨는?"

경숙이라는 말에 금자가 실소하며 긴장을 풀었다.

"왜 안 물어보나 했다…… 왜? 그년이 너를 두고 도망이라도 갔을까 봐. 그럴 줄 알고 네 형이 죽지 않을 만큼 팼다. 너 같으면 시동생이랑 눈 맞은 년을 그냥 두겠니. 자고로 머리 검은 짐승은 거두는 게 아닌데, 박 사장이 인정 많은 게 탈이지."

금자는 연신 아빠를 향해 손가락을 치켜올렸다. 아빠는 금자가 무슨 이야기를 하는 것인지 도통 이해 못하는 얼굴이었다. 아빠를 긴장시키는 것은 금자의 손가락질이 아니라 보이지 않는 그녀였다. 박 사장이 그녀를 죽을 만큼 두들겨 팼다니! 아빠는 그게 무슨 소린지 금방 알아듣지 못했다. 박 사장이 그녀를 때리는 것은 흔한 일이었고 대도빌딩 창을 통해서도 거의 매일 그녀가 맞는 것을 지켜보았다. 결코 있을 수 없는 일이 벌어진 것이 아니라 일상화된 폭력이었음을 모르지 않았다. 알면서도 막지 못하고 구경만 했다.

그런데도 아빠는 처음 듣는 이야기처럼 잠깐 금자의 말을 되씹어보았다. 경숙이 박 사장한테 죽을 만큼 맞았다고? 아빠는 얼굴색이 조금씩 변하기 시작했다. 숨이 가빠졌고 눈꺼풀이 떨렸다. 좀 전의 모습은 사라지고 눈동자에 힘이 들어갔다. 긴장이 지속되면 자신도 모르게 흥분한다는 사실을 아빠는 잊고 있었다. 아빠의 표정이 바뀌기 시작하자 금자도 뭔가 심상찮음을 알아차렸다. 금자는 아빠에게서 한 발씩 뒷걸음질했다. 박 사장도 없는 마당에 금자 혼자 아빠를 감당하기는 어려웠다.

먹던 약을 모두 불태워버린 아빠의 불안증은 이미 임계점을 지난 상태였다. 아빠의 목표는 오로지 경숙이었다. 눈앞에 없는 경숙을 당장 데려다 놔야 하는 것이 금자가 아빠의 위협에서 벗어나는 길이었다. 금자는 아빠의 살기 어린 눈빛을 보았다.

"경숙이 어딨어?"

아빠가 사냥감을 발견한 호랑이 소리를 냈다. 눈은 시뻘겋게 뒤집혔고, 손에는 알루미늄 야구방망이가 들려 있었다. 바로 앞에 있는 금자를 공격하는 것은 순식간이었다. 아빠는 모든 기운을 야구방망이에 실었다. 누구든 죽일 참이었다. 그동안 아빠의 의지를 꺾은 것은 약이었다. 약을 먹지 않았으니 의지대로 할 수 있었다. 아빠가 공격 자세를 취했다. 나약했던 몸의 신경이 일제히 한곳으로 쏠리며 누군가를 내려치라고 말했다.

놀란 금자가 두 손을 들어 방어와 항복의 자세를 취했다.

"알았어! 알았어! 경숙이 있는 데 알려줄게."

금자가 경숙이 있는 병원을 알려주었다. 모란시장에서 가까운 병원이었다. 아빠는 그제야 방망이 쥔 손을 부들부들 떨며 내렸다. 거친 숨을 내쉬었고, 하얀 셔츠는 이미 흥건히 젖어 있었다. 알루미늄 방망이를 한 번 쳐드는 일이 아빠 인생의 절대 목표이었던 양, 아빠는 그 한 번의 동작에 자신의 모든 걸 걸었다. 내치지도 내려칠 수도 없었던 삶의 무게를 오늘에

서야 방망이의 무게에 모두 실었다가 내려놓았다. 그러나 가벼워진 것이 아니라 몸이 중심을 잃어갔다. 아빠는 이를 악물었다. 경숙을 봐야만 했다. 그녀가 원하진 않았지만, 그녀 때문에 버티느라 망가진 자신을 지키려면 그녀를 가까이서 똑바로 봐야 했다.

대도축산을 나온 아빠는 경숙이 입원해 있는 병원을 향해 뛰었다. 아니, 뛰는 것이 아니라 술에 취해서 비틀거리는 모양새였다. 숨은 헐떡거렸고 두 다리는 제멋대로 놀았다. 눈앞이 뿌옇게 흐려졌고 혓바닥이 자꾸 말려 들어갔다.

사람들은 아빠를 피했다. 쓰러질 듯 비틀거리는 아빠를 피하거나 수군거렸다. 골목의 상인들도 골목을 오가는 손님들도 아빠의 상태를 걱정하기보다는 가까이 스칠까 두려워했다. 상인들에게 아빠는 그냥 미친놈이었고, 오가는 손님들에게는 피하거나 모른 척해야만 하는 불편한 존재일 뿐이었다. 당장이라도 자신의 발길에 걸려 넘어질 것 같은 아빠를 잡아당긴 것은 이번에도 능평꽃집 여자였다. 능평꽃집은 경숙이 있는 병원으로 가는 길목도 아니었다. 여자가 아빠를 발견하고 능평꽃집으로 데려간 것이었다.

아빠는 장미 향기를 맡으며 혼미했던 정신을 수습했다. 처음에는 자신이 왜 그곳에 와 있는지도 몰랐다. 희미한 점 하나를 따라 무조건 달렸다. 나풀거리는 나비를 따라간 것도 같고, 윙윙거리는 벌을 쫓아간 것도 같았다. 그러던 어느 순간 아빠는 장미 향기를 맡았다. 익숙하고도 슬픈 향기였다. 흔들리던 정신이 멈추며 기억이 났다.

아빠는 장미로 둘러싸여 있었다. 능평꽃집 여자가 커다란 유리컵에 음료를 담아 아빠에게 건넸다.

"고맙습니다!"

머뭇거리던 아빠는 이내 여자가 내민 음료를 마셨다. 차갑고 붉은 음료에서 달고 시큼한 장미 향이 났다. 흔들리던 아빠의 눈동자가 비로소 안정을 되찾았다. 늦은 밤 돌고 돌아 조심스럽게 찾아왔던 꽃집이었다. 아빠는 장미꽃을 줍던 그녀를 떠올렸다. 마당에 뿌려진 장미꽃을 주우며 노래를 부르던 그녀, 그녀가 환영처럼 꽃집 가득 장미 송이로 분해 있었다.

능평꽃집 여자는 여전히 어린 아들을 보듯 애잔한 눈길로 아빠를 바라보았다.

"경숙이 데리고 떠나세요."

아빠는 아무 말도 하지 못했다. 처음 본 능평꽃집 여자가 자신에게 호의를 베풀고 있다는 것은 알고 있었지만, 그 이유가 무엇인지는 알지 못했다. 사람들과 눈을 맞추며 대화한 게 언제쯤이었는지 기억나지 않았다. 시장 사람들하고는 더 거리를 두고 살았다. 입 다물고 사는 것이 처음에는 불편했지만, 말을 닫으니 생각이 더 크게 열려 불편하지 않았다.

오늘은 달랐다. 경숙을 위해 말이 절실하게 필요한 순간이었다. 아빠는 그녀를 만나야 한다는 생각뿐이었다. 그녀가 병원에 있다는 사실을 알고 나니 다른 소리는 들리지 않았다. 꽃집 여자의 호의까지 깊게 생각할 여유가 없었다.

절박하기는 능평꽃집 여자도 마찬가지였다. 병원으로 가 경숙을 보고 온 여자는 그녀가 더 이상 시장에 남아서는 안 된다는 걸 알았다. 그녀는 아직 죽지 않았지만, 살아 있다고 말하기도 어려운 상황이었다. 꽃집 여자는 그녀를 어떻게든 시장에서 탈출시켜야 한다고 결심했지만, 실행할 사람이 자 신은 아니었다. 상인들 대부분이 박 사장 편에서 그녀를 감시 하는 처지였다. 그녀를 감쪽같이 시장에서 나갈 수 있도록 할 수 있는 사람은 상인들이 미쳤다고 믿는 명진뿐이었다.

능평꽃집 여자는 그녀가 좋아하는 장미꽃 다발을 만들었 다. 그동안 목이 부러진 장미 송이만 주워 들었을 경숙에게 주는 선물이었다. 그동안 여자는 그녀를 위해 장미 송이만 일 부러 잘랐다. 그녀의 자존심을 지켜주고 싶었다. 멀쩡한 장미 는 절대 손대지 않는 그녀의 마음이 불편하지 않도록 저녁마 다 목이 부러졌거나 떨어진 장미꽃을 시장 바닥에 뿌려놓았 다. 하지만 오늘은 아니었다. 여자의 농원에서 가장 예쁘고 빛나는 장미를 골라 그녀에게 줄 꽃다발을 만들었다.

"경숙을 보면 왜 떠나야 하는지 알 거예요. 어쩌면 이번이 마지막 기회가 될지도 몰라요."

"고맙습니다!"

한 아름의 장미 꽃다발을 든 아빠는 다시 그녀가 있는 병원을 향해 달렸다. 꽃다발을 안겨준 여자의 호의를 제대로 생각할 여유가 없었다. 꽃집 여자가 좋은 사람인 것 같기는 하지만, 처음 본 사람이었다. 아빠는 누구를 믿고 의지하는 법을 알지 못했다. 누군가에게 도움을 요청하고 부탁해본 적이 없어서 그녀를 데리고 시장을 떠나라는 여자의 말을 따라야 할지 아니면 무시해야 할지도 판단이 서지 않았다.

경숙을 본 아빠는 어떤 선택을 할까? 경숙이 입원해 있는 병원이 가까워지면서 아빠의 숨소리는 다시 거칠어지기 시작했다. 아직 그녀를 보지도 않았는데, 아빠의 심장은 벌써 절벽 앞에 이르렀다. 그러나 마음과 다르게 몸은 점점 굳어갔다. 꽃집 여자가 만들어준 장미 꽃다발의 무게를 견디기 힘들어 가다 서기를 반복했다. 장미 꽃다발이 아빠를 끌고 가는 것만 같았다. 구겨 신은 구두와 뜨거운 햇빛이 아빠의 걸음을 방해했다. 하지만 아빠는 오래 멈춰 있지 않았다. 장미 꽃다발이 이끄는 대로 한 걸음 두 걸음 쉬지 않고 숨을 뱉어냈다.

드디어 아빠는 그녀가 있는 병원에 도착했다. 아빠는 병원 입구 유리문을 열어젖힌 뒤 잠깐 멈췄다. 어느 방향으로 가야 할지 눈빛이 흔들렸다. 한 남자가 아빠를 밀치며 뛰어갔다. 아빠는 그제야 능평꽃집 여자가 말해준 그녀의 입원실을 기억해냈다. 엘리베이터를 타고 오층으로 가야 했다. 달라붙는 시선 따위는 보이지도 들리지도 않았다. 엘리베이터로 향하는 아빠의 숨소리가 병원 로비를 쿵쿵쿵 울렸다. 질질 끌리는 구두는 죄인의 발목을 묶은 쇠사슬 소리를 냈다. 아빠는 정지된 모든 사물의 시선에 둘러싸였다. 움직임을 멈추지 않는 것은 아빠의 심장 소리와 엘리베이터로 향하는 발소리뿐이었다.

엘리베이터 안에는 아빠 혼자였다. 아빠는 장미 꽃다발을 꼭 끌어안았다. 엘리베이터 안은 장미 향기로 가득했다. 나를 끌어안듯 장미 꽃다발을 품에 안은 아빠는 흔들리는 눈동자를 진정시키려 팔뚝에 눈을 비볐다. 아빠는 마지막 목적지에 도착한 오랜 여행자 같았다. 마침내 그녀라는 마지막 여행지에 도착한 것이다. 아빠는 자신에게 물었다. 진정으로 원한 것인가? 그런 것도 같고 아닌 것도 같았다. 그녀의 안부를 확인해야만 견딜 수 있었던 지난날들의 최종 목적지가 그녀의 입원실이라니. 높고 대단해 보였던 그녀의 실체를 확인하는 순간 어떤 감정일지, 그것이 아빠가 원하던 것일지 자신이 없었다.

아빠는 입원실 문에 적힌 경숙이라는 이름을 확인했다. 바라만 보았던 그 거칠고 춥고 험준했던 여행지에 도착한 것이었다. 아빠는 설레고 두려웠다. 문만 열면 그녀가 있는데, 아빠는 빨개진 눈동자로 경숙이라는 이름만 바라보았다. 그녀에게 다가갈 수 있는데, 아빠는 선뜻 문을 열지 못했다.

아빠는 그녀의 입원실 문 앞에서 주춤거렸다. 어쩔 줄 몰라 복도를 왔다 갔다 했고, 비상계단으로 가 앉아 있기도 했다. 장미 꽃다발은 품에서 내려놓지 않았다. 꽃이 시들지 않았는지 수시로 확인하며 손을 바꿔 들기도 했다. 그러다 아빠는 계단에서 벌떡 일어나 그녀가 있는 입원실 문 앞으로 다시 갔다. 아빠의 결심을 도운 것은 약이었다. 약을 먹지 않아서 나타나는 몸의 변화가 느껴져 불안했다. 시간이 길어지면 그녀를 만날 수 없을지도 모른다고, 어쩌면 온전한 몸으로 그녀를 만날 수 있는 마지막 기회를 놓쳐버릴지도 모른다고 느낀 순간, 아빠는 병실 문을 밀었다.

경숙은 커튼이 쳐진 구석 자리에 앉아 있었다. 머리에 붕대를 감은 그녀의 얼굴은 누군가 밟고 지나간 장미 꽃잎 같았다. 짓이겨진 꽃잎 같기도 하고 부패해가는 작은 짐승 같기도 했다. 깡마른 노인 같기도 하고 병들어 죽어가는 강아지 같기도 했다. 사람 같기도 하고 짐승 같기도 하고 아스라한 꽃 같기도 했다. 처참한 전장에서 살아 돌아온 용사처럼 보이기도 했다.

아빠는 시선 둘 곳을 찾았다. 창가에 놓인 물컵을 바라보았고 바닥에 놓인 그녀의 슬리퍼를 보았다. 더는 갈 곳이 없어진 아빠의 시선은 이불 밖으로 빠져나온 그녀의 손에 가 멈췄다. 순간, 아빠는 자신도 모르게 다가가 그녀의 손을 잡았다. 끔찍한 모양으로 비틀리고 붉은 물이 든 그녀의 손을 잡고 말했다.

"왜 그렇게까지……"

그녀는 자신의 손을 잡은 아빠의 손을 내려다보았다. 무섭도록 회고 가느다란 중년 남자의 손이 그녀의 손등을 덮었다. 아카시아 꽃잎 같은 그 손이 그녀는 더 안타까웠다.

"나는 참은 것이 아니라 싸운 거예요."

맑은 목소리였다. 시장에서 한 번도 들어보지 못한 맑은 소리에 놀란 아빠는 처음으로 그녀를 똑바로 바라보았다. 검푸른 사막 한가운데에 그녀의 푸른 눈이 있었다. 아무도 짐작하지 못했을 그녀의 평화로운 눈을 보는 순간 아빠는 대도축산 뒤꼍의 그녀가 맞는지 의심했다. 더럽고 습하고 끔찍한 그곳에서 종일 칼을 들고 사는 그녀라고 믿기 어려웠다.

"도대체 누굴 위해서 싸운 겁니까?"

"저를 위해서였습니다."

아빠는 여전히 그녀의 말을 이해하지 못했다.

"그게 말이 된다고 생각합니까?"

그녀는 아빠에게서 손을 빼냈다.

"당신을 위해서 매일같이 그 많은 개를 죽였습니까?"

"내가 안 죽이면 박 사장이 더 처참하게 죽입니다."

"바보 같은 소리, 나는 적어도 당신이 가족들 때문에 그런 짓을 하는 거라고 생각했습니다. 가족들을 위해서 당신이 지옥에 사는 줄 알았는데, 만일 그렇다면 진즉에 시장에서 도망쳤어야 합니다. 변명처럼 들리는군요."

아빠는 그녀에게 화를 내고 있었다. 아니 창밖으로 본 세상을 잘못 이해한 자신에게 화가 났다. 상처투성이 얼굴에서 빛

나는 그녀의 맑은 눈빛을 이해할 수가 없었다.

"개들에게 생명 따위를 연관시키지 마세요. 우리가 매일 먹고 마시는 모든 것들이 다른 생명을 통해서 얻어졌다는 걸 모르진 않겠지요? 그렇다면 모든 생명은 존엄하다고 할 수 없습니다. 이 세상은 결코 평화로울 수 없습니다. 사람이 우월하다고 생각하는 순간부터 우리는 다른 생명을 죽여서 고기를 먹어왔으니까요."

아빠는 그쯤에서 그녀에게 묻지 않을 수 없었다. 사실 그녀의 이야기가 당혹스러워 무슨 말을 해야 할지 떠오르지 않았다.

"어떤 방법으로 죽임을 당하든 그게 무슨 의미가 있을까요? 어차피 죽잖아요."

"개들도 알아요. 자신을 죽이는 자가 누구인지, 그가 어떤 마음으로 자신의 생명을 끊어놓는지 다 알고 나서 눈을 감아요. 죽음을 막을 수는 없지만, 죽음을 함부로 대하고 싶지는 않아요."

그녀는 떨리는 목소리로 사뭇 진지하게 말했다. 그녀와 논쟁을 하러 온 것이 아니었다. 박 사장으로부터 그녀를 구출해내야 한다는 사명감으로 달려온 아빠는 그녀에 대한 자신의 이해가 얼마나 빗나갔는지 깨달았다. 그녀 말이 진실이라면 그녀는 한없이 가련하고 가엾은 사람이 아니라, 의지가 강하고 용감한 전사였다. 누군가의 동정이나 도움 따위는 필요치 않은 사람이었다. 아무리 그래도 아빠는 그녀의 말을 믿을 수가 없었다. 총과 칼을 들고 전쟁을 한 것도 아니고 오로지 신념과 의지만으로 박 사장의 폭력을 견디며 개들을 죽였다는 그녀의 말을 도저히 받아들이기 어려웠다. 아빠는 화가 나서 물었다.

"그렇다면, 왜 내게 삽교를 보낸 겁니까?"

그녀는 두 손을 이불 속으로 집어넣었다. 문득 명진 앞에 내놓은 손이 부끄러웠다. 아카시아 꽃잎 같은 명진의 손이 지나치게 비현실적이어서 그녀는 잠깐 자신이 누구인지 잊어버렸다. 자신이 방금 무슨 말을 한 것인지, 자신이 누군가에게 그토록 많은 말을 했다는 것이 믿기지 않았다. 하지만 아빠는 그녀의 답변을 기다렸다. 꼭 한 번은 들어보고 싶었다. 시장 사람들이 수군거리는 그녀와 아빠의 관계가 무엇인지 들어봐야 자기 자신을 위해서 살았다는 그녀의 말을 믿을 수 있을 것 같았다.

한동안 시선을 떨군 채로 있던 그녀가 입을 열었다.

"그날은 그냥 당신한테 삽교를 주고 싶었습니다. 어린 삽교의 생명을 끊어놓을 자신이 없어서가 아닙니다."

"저더러 그 말을 믿으라는 겁니까? 모란시장이 다 알고 있는 우리 소문을 알면서……"

그녀는 좀처럼 아빠와 눈을 맞추려 하지 않았다. 어쩌다 고개를 들어도 아빠를 보는 것이 아니라 아빠의 흰 손을 보았다. 잠깐이지만 자신의 부끄러운 손을 잡아준 그 손이 그리웠다. 너무 그리워서 이불 속에 있는 두 손이 불안했다. 두 손이 자신도 모르게 이불 밖으로 뛰쳐나가 명진의 손에 매달릴 것만 같았다. 그녀는 끓어오르는 눈물을 꿀꺽 삼켰다.

그녀는 다시 냉정을 되찾았다. 이불 속 꿈틀거리는 손가락들을 단속한 그녀는 마지막으로 아빠의 눈을 보았다.

"당신은 내 가족도 아니고 내 연인도 아닙니다. 우리는 아무 사이도 아닙니다. 삽교를 보낸 것은 삽교를 죽일 수 없어서 그랬던 것이 아니라, 그냥 당신에게 주고 싶어서 그랬습니다. 나를 보고 있는 당신이 불쌍해서 선물을 준 것뿐입니다."

"그럼, 마지막으로 묻겠습니다. 대도축산으로 다시 돌아갈 겁니까?"

그녀는 머뭇거리지 않고 대답했다.

"다시 돌아갈 겁니다."

그녀는 아무것도 보이지 않는 창밖으로 고개를 돌렸다. 하늘은 그사이 구름이 낮게 깔려 있었다. 흐린 대기를 가르며 날아가는 새 한 마리 보이지 않았다. 흐린 날씨 탓인지 밤이 금방 찾아올 것만 같았다. 닥쳐올 어둠을 생각하니 명진에게 뱉은 말이 후회되었다. 그녀에게 명진과의 소문은 절망이고 설렘이었다. 소문이 사실로 밝혀질 수 없는데도 나쁘지 않았다. 그가 언제나 자신을 바라보고 있어서 죽지 않고 살 수 있었고, 도축을 멈추지 않을 수 있었다. 흔들릴 때마다 그가 지켜보고 있어서 자신이 희생당한다는 생각을 끊어낼 수 있었다. 그걸로 충분했다. 장미 꽃다발이 그녀 삶에 충분한 보상과 위로가 되었다.

그녀의 시선이 창밖으로 향하고부터 아빠의 몸은 제동이 걸리지 않았다. 눈동자가 불안정해지기 시작했고 알 수 없는 곳에서 슬슬 분노가 솟구치기 시작했다. 발바닥에서 시작된 피로감 때문에 심장은 더 빨리 뛰었다. 사방에서 사람들 소리가 들려왔고 누군가는 욕을 하며 자신을 위협했다. 귀를 막고 병실 안을 서성거리던 아빠는 빨리 도망쳐야 한다는 걸 알았다.

아빠의 상태를 눈치챈 그녀가 침대 위에서 내려오려고 하자, 아빠는 그대로 병실을 나와버렸다. 시끄러운 사람들이 그녀의 병실로 들이닥치기 전에 병원에서 나가야 했다. 혹시라도 그들이 자신과 그녀를 혼동해서 행패를 부리면 큰일이었다. 아빠는 장미 꽃다발을 안고 있는 그녀를 한번 쳐다보고는 서둘러 병실을 나왔다.

아빠가 나가자 그녀는 장미꽃에 얼굴을 묻었다. 짙은 장미 향기가 그녀의 얼굴을 감쌌다. 그녀는 소리 내어 울었다. 아무 사이도 아닌, 결코 어떤 사이가 될 수 없는 그에게서 받은 장미 향이 진해서 서러웠다. 아무 말도 하지 말고 가만히 있을걸, 아니 그가 듣고 싶어 하는 말을 해줄걸, 하는 후회가 장미 꽃잎에 뚝뚝 떨어졌다.

골목을 오가던 그녀는 우연히 올려다본 대도빌딩 창가에

서 있는 그를 보았다. 커튼이 반쯤 쳐진 사이로 한 남자가 서 있었다. 얼핏 보면 커튼 자락의 실루엣처럼 보였다. 그의 시선이 시장의 어느 곳을 향하고 있는지는 알 수 없었지만, 그날부터 그녀는 축산물 구역을 지날 때마다 대도빌딩을 올려다보게 되었다. 아스라한 초승달처럼 보이는 그를 올려다보는 것이 그녀 일상의 설렘이 되었다. 그는 세상의 모든 것들이 다 펼쳐지고 드러난 시장에서 살 수 없는 은밀한 무엇이었다. 시끄러운 욕망이 봄날의 숭어 떼처럼 펄떡이는 시장에서 그는 푸른 달빛에 숨겨진 가늘고 여린 나무 같은 존재로 자리 잡았다.

그러던 어느 날 그녀는 그가 대도축산 박 사장의 배다른 동생이라는 사실을 알았다. 너무 늦게 알아버린 사실이었다. 그녀는 다시는 대도빌딩을 올려다보지 않았다. 사라진 달빛이고 잊어야 할 설렘이었다. 그러나 그녀는 어쩔 수 없이 그를 또 보게 되었다. 도축한 개들의 털과 부산물을 태우기 위해서 뒤꼍에 있는 소각장을 찾았다. 드럼통으로 만든 소각로는 바닥에 벽돌을 깔아 평지보다 높았고, 그곳에 올라서면 와글와글한 시장이 내려다보였다.

그녀는 하루에 한 번씩 그곳에서 대도축산에서 나오는 모든 쓰레기를 태웠고, 태워지지 않는 쓰레기는 땅속에 묻어버렸다. 바로 옆 아까시나무가 갈수록 무성해지는 이유도 그래서였다. 구덩이를 팔 적마다 그녀는 언젠가는 아카시아 꽃향기가 변할지도 모른다고 생각했다. 번식력이 왕성한 아까시나무가 쉬지 않고 뿌리를 뻗으면 시장은 어느 순간 아까시나무가 점령할 것이고, 아카시아꽃들은 향기 대신 썩은 내를 풍길 것이었다. 개들의 살과 털과 내장을 먹고 산 꽃들이 사람이 좋아하는 향기를 만들지는 않을 것이었다.

그녀는 소각로를 가득 채운 뒤 휘발유를 뿌리고 불을 붙였다. 드럼통에 꽂힌 연통에서 시커먼 연기가 솟구쳤다. 사람들이 빠져나간 시장의 저녁은 조용하면서도 섬뜩했다. 드러내면 안 되는 것들을 정리하는 시간이었고 없애거나 감추기에 편리한 시간이었다. 그녀 역시 드러나지 않는 존재로 살아가야 했다. 그녀의 도움으로 살아가는 가족들조차 그녀가 개를 잡는다는 사실을 드러내고 싶어 하지 않았다. 박 사장 역시 그녀를 돈벌이 수단으로만 취급했다. 그녀는 가끔 자신도 검은 연기와 같은 운명이라고 여겼다. 박 사장을 만나던 순간부터 그녀는 소각로에 태워질 운명이라는 걸 알았어야 했다.

소각로 뚜껑을 닫은 그녀는 문득 하늘을 올려다보았다. 흐린 하늘에 목성이 보였다. 별 중 가장 큰 별이었다. 그녀를 위한 행운의 별, 그녀는 창가에 서 있는 그를 다시 발견했다. 크고 환한 목성이 그를 비추고 있었다. 그녀는 그가 자신을 바라보고 있다는 걸 알았다.

그녀가 찾아낸 것이 아니라 그가 그녀를 찾아낸 것이었다. 그녀는 대도축산 뒤꼍에 숨어 살았고 자신의 잘못된 선택에 대한 죄라고 생각했다.

그날부터 그녀는 소각장 가는 일이 싫지 않았다. 무엇이 잘못되었고 무엇을 위한 일인지는 모르겠지만, 저녁마다 목성을 보는 일이 그녀의 유일한 위로였다.

그녀의 병실에서 나온 아빠는 병원 복도를 달렸다. 그러나 아무리 빨리 달려도 복도의 끝이 보이지 않았다. 걸을 적마다 복도가 쿵쿵 울려서 어지럼증이 일었다. 그래도 아빠는 앞만 보며 쉬지 않고 달렸다. 아빠는 구두 한쪽을 잃어버리고 나서야 엘리베이터에 혼자 올랐다. 엘리베이터는 끝없이 추락했다. 아빠는 덜커덩거리며 추락하는 엘리베이터를 멈추려고 계속해서 일층을 눌러댔다. 식은땀을 흘리며 튀어나올 것 같은 눈으로 위를 바라보았다. 구석에 바짝 붙어서 있기도 하고 웅크린 채로 앉아 있기도 했다. 아빠는 울부짖었다. 곧 죽임을 당할 개처럼 분노와 절망이 섞인 울음소리를 냈다. 그러나 아무도 엘리베이터를 누르지 않아서 아빠의 공포는 점점 더해만 갔다. 엘리베이터가 멈출 때까지 아빠는 혼자였다.

아빠는 장미 꽃다발을 들고 그녀를 찾아올 때보다 더 빠르고 불안정한 걸음으로 병원을 나왔다. 그러나 시장 골목에서 그만 길을 잃고 말았다. 어디로 가야 할지 판단이 서지 않았다. 아빠는 뒤쫓아오는 사람들을 피해 시장 골목으로 숨어들었다. 하지만, 셀 수 없는 골목들이 사방으로 나 있어 집으로 가는 방향을 잊어버렸다. 우왕좌왕하던 아빠는 어느 골목 끝에서 짐을 덮어놓은 푸른 천막을 발견하고는 그 안으로 들어갔다. 다행히 아빠가 천막 안으로 기어 들어가는 것을 본 사람은 없었다.

아빠는 아늑함을 느꼈다. 뒤쫓는 사람들 소리도 들리지 않았다. 아빠는 그제야 숨을 고르게 쉴 수 있게 되었다. 그처럼 아늑한 곳은 처음이었다. 아빠는 웅크린 채로 깊은 잠에 빠져들었다.

시장은 깊이 잠들었다. 골목에 갇혀 있던 열기가 빠져나가자 가까이에서 산비둘기 소리가 들려왔다. 고양이들의 짝짓기 소리와 배고픈 들개들의 울부짖음, 탄천의 벌레 소리와 개 울물 소리가 한여름 밤을 지나고 있었다. 아무리 어두워도 가려지지 않고 덮어지지 않는, 참을 수 없는 소리가 시장 안에서 또는 시장 밖에서 간절한 밤을 보내고 있었다.

얼마나 잤는지 알 수 없었다. 일어나 보니 아빠는 보이지 않았다. 약봉지를 버린 아빠의 외출이 길어지고 있다는 것은 그만큼 위험하다는 뜻이었다. 아빠를 찾아야 했다. 아빠가 여전히 시장 골목 한 귀퉁이에 있는 천막 안에서 잠들어 있다면 다행이지만, 일어나서 다른 곳으로 갔다면 찾아야 했다.

죽을 것만 같았던 몸은 다행히 움직일 만했다. 잠들기 전에는 이대로 죽을지도 모른다는, 혹시라도 그런 일이 생겨도 어쩔 수 없다는 심정으로 잠이 들었다. 죽고 사는 문제가 자신의 의지대로 되지 않는다는 걸 수도 없이 봐온 터였다. 아직은 할 일이 남은 듯 멀쩡했다. 축복인지 불행인지 따지기 전에 우선은 배가 몹시 고팠다.

나는 마지막 만찬인 양 아빠가 준비해놓은 밥과 물을 맘껏 먹었다. 잠을 잘 잔 탓인지 입맛도 나쁘지 않았다. 그래봤자 한주먹도 안되는 사료와 서너 모금의 물이지만 며칠 동안 먹은 양보다 훨씬 많은 양의 사료를 먹은 셈이었다. 한편으론 이상한 생각도 들었다. 사실 난 닭고기로 만든 사료를 입에 대지 않았다. 생선이나 채소로 만든 사료는 먹어도 동물성 사료는 몸에 맞지 않는 것인지 영 먹을 수가 없었다. 오늘 먹은 사료는 닭고기 사료였다. 아빠가 내 건강을 생각해서 항상 채소와 닭고기 두 가지 종류의 사료를 놓았는데, 오늘은 닭고기 사료가 입에 당겨 한 알도 남기지 않고 모두 먹어 치웠다. 입맛이 변한 것인지 허기 탓인지는 알 수 없지만, 닭고기로 만든 사료를 먹고 나니 기운이 돋았다. 고기를 끊어야 세상의 비극을 줄일 수 있다고 한 아빠의 말을 실천해보려고 애를 썼는데, 오늘 밤은 고기한테 지고 말았다.

아빠의 밥상은 보가 덮인 채 그대로 있었다. 그동안 세 번은 바뀌었을 밥상이었다. 지하실 할머니는 아빠가 밥을 먹든 안 먹든 끼니때마다 새로운 밥상을 차려와 바꿔놓고 갔다. 나는 들깻잎 냄새가 요란한 아빠의 밥상을 한번 쳐다보고는 집을 나왔다.

천막에서 잠이 든 아빠부터 찾아가야 했다. 열두시 가까운 시각이었다. 나는 평소에 다니지 않던 지름길을 지나 농수산물 구역을 가로지르는 골목으로 들어섰다. 고추 가게가 늘어서 있는 사잇길 막다른 골목 한쪽으로 물건을 덮고 있는 푸른 천막이 보였다. 마음이 급해진 나는 서둘러 천막 가까이 다가가 아빠를 불렀다.

내가 작은 소리만 내도 반응하는 아빠는 조용했다. 천막 속에 있다면 분명 내 소리를 들었을 텐데, 작은 기척조차 느껴지지 않았다. 이쪽이 아니고 저쪽인가 해서 그쪽으로 가 불러보았지만, 아빠는 대답하지 않았다. 천막 깊숙이 들어가 있어 못 듣는 것은 아닌가도 싶었다.

주둥이로 천막을 들추고 들어가보았지만, 아빠는 없었다. 아빠 냄새가 나긴 했다. 아빠한테서는 늘 젖은 건초 더미 냄새가 났다. 갈비뼈가 드러나도록 마른 몸에선 알 수 없는 열기가 느껴졌고, 셔츠는 항상 젖어 있었다. 쉽게 태워지지 않는 어떤 열망이 아빠를 분노하게 하거나 뜨겁게 만들었고, 견딜 수 없는 시간이 아빠를 잠들게 하거나 미치게 하기 때문이었다. 천막 안에는 아빠의 그 축축한 슬픔의 열기가 고스란히 남아 있었다.

정신이 든 아빠가 천막을 나간 것이라면 집으로 돌아갔을 수도 있었다. 그러나 내가 대도빌딩을 나올 때까지도 아빠는 집에 들어오지 않았다. 그렇다면 집이 아닌 다른 곳으로 갔을 것이 분명했다. 다른 곳이라면 능평꽃집 아니면 탄천이었다. 아빠는 선선한 밤공기를 따라 산책하고 있을 확률이 높았다. 그제야 안달 났던 마음이 조금 누그러졌다. 아빠가 천막 안에서 충분히 쉬었다면 크게 걱정하지 않아도 되었다. 약을 먹지 않아 정신이 혼란에 빠지긴 할 테지만, 지금까지 누구를 해하거나 난폭한 행동을 하지는 않았다. 오랜 시간 경숙이 당하는 걸 보면서도 참을 수 있었던 것은 아빠가 자신만을 생각하지 않아서였다. 사람들은 아빠가 박 사장을 두려워해 아무 짓도 못하는 것으로 생각했다. 아빠의 두려움은 박 사장 때문이 아니라 그녀와 그녀의 가족 그리고 나 때문이었다. 그들은 아빠의 그런 마음을 보란 듯이 폭력에 이용했다. 그들은 그녀와 시장을 상대로 계속해서 폭력을 멈추지 않을 것이었다.

하지만 나는 알고 있었다. 아빠가 계속해서 지켜만 보지 않으리라는 것을. 점점 나빠지는 아빠의 상태를 보면 불안하기 짝이 없었지만, 약을 끊을 결심을 했다는 것은 아빠가 멀쩡한 정신으로 해야 할 일이 있다는 뜻이었다.

나는 아빠가 걸어갔을지도 모를 골목을 선택했다. 천막에서 나온 아빠는 전처럼 능평꽃집으로 가 한참 동안 서성거렸을 것이었다. 내 첫번째 코스도 그곳이었다. 캄캄한 밤 속으로 가라앉은 시장에서 장미를 파는 꽃집이 무슨 소용 있을까

싶기도 하지만, 그래도 아빠와 내게 능평꽃집은 그나마 삶의 향기를 맡을 수 있는 곳이었다. 우리가 마음 편하게 보고 느끼고 가질 수 없는 것들을 대신할 수 있는 냄새는 장미꽃 향기가 유일했다.

당연히 꽃집은 휑했다. 땅바닥에는 장미 꽃잎 하나 떨어져 있지 않았다. 비질이라도 한 듯 땅바닥에는 장미꽃 잎사귀 하나 밟히지 않았고, 애써 치운 듯 향기조차 코끝에 와 닿지 않았다. 나는 하릴없이 꽃집 마당을 빙빙 돌았다. 공연한 서글픔이 밀려와 하늘을 보았다. 보름달이 훤하게 시장을 내려다보고 있었다. 나는 큰 소리로 짖었다. 시장에서 큰 소릴 낸 것은 처음이었다. 소리는커녕 사람들 눈에 띌까 봐 숨어 다니고 피해 다니느라 늘 조마조마했다.

나는 크게 더 크게 보름달을 보며 짖었다. 모란시장이 쩌렁쩌렁 울렸다. 이젠 경계할 사람도 없고 무서운 사람도 없었다. 사람이 없으니 내가 주인 같았다. 나도 주인인데, 사람이 꼭 주인인 줄로만 알았다. 나는 목청이 터져라. 짖고 또 짖었다. 큰 달이 비로소 나를 향해 웃었다. 내가 자랑스러웠다. 능평꽃집은 이제 내 영역이었다. 나는 온 힘을 다해 나를 표현했다. 내 생의 향기가 시장 가득 퍼지도록 쏟고 또 쏟아냈다.

얼마나 뛰어다녔을까. 한쪽 뒷다리에 통증이 느껴지더니 저절로 꺾였다. 견딜 수 없는 통증이 몰려왔다. 내 생이 얼마 남지 않았음을 모르지 않았다. 하지만 지금은 아니었다. 죽더라도 아빠와 송이는 한 번 더 보고 죽어야 했다. 마음 같아서는 해장국집 할머니도 보고 싶고 대구 머리 구이를 파는 고씨 할머니도 보고 싶었다. 동해수산 냉동창고 지하에서 보았던 기이한 풍경이 사실인지 확인해보고 코가 진짜 사람인지 아닌지도 물어보아야 했다. 시장에서 가짜와 진짜를 구별하는 방법이 쉽지는 않겠지만, 나에게 친절한 고씨 할머니라면 진짜가 무엇인지 가르쳐줄지도 몰랐다.

그래도 내 눈으로 한 번 더 그곳을 확인하고 싶었다. 수많은 쥐 떼들과 함께 있던 고씨 할머니와 코가 지금도 그대로 있는지 가봐야 했다. 어쩌면 시장에 다시 올 수 없을지도 모른다는 예감 탓이었다. 코와 할머니에 대한 풀지 못한 궁금증도 있었지만, 그보다는 마지막 작별 인사라도 하고 시장을 떠나야 할 것 같아서였다.

꺾인 다리로 걷기는 쉽지 않았다. 세 발로 기다시피 동해수산 냉동창고 쪽으로 가기까지는 한참 걸렸다. 길을 잃어버릴 정도로 복잡한 곳도 아니고 냉동창고 뒤쪽이라 헷갈리지도 않았다. 나는 그곳을 정확히 찾아냈다. 그러나 냉동창고 뒤쪽 환기통 옆에 놓여 있어야 할 플라스틱 고무 다라이는 보이지 않았다. 그 플라스틱 뚜껑을 열면 지하로 내려가는 계단이 있고 계단을 내려가면 큰 지하 광장이 나타났는데, 이상하게 지하로 가는 계단은 흔적조차 없었다. 개망초랑 나팔꽃 같은 풀들만 빼곡했다.

순간 내가 착각한 것은 아닌가 하는 의심이 들었다. 그때 내가 무엇을 잘못 본 것일 수도 있었다. 고씨 할머니는 그냥 흔한 노인이었다. 그런 할머니가 어떻게 쥐들과 생활을 할 수 있었을까. 코가 이상하게 생긴 것은 심각한 병을 앓아 그럴 수도 있었다. 제각각으로 생긴 것이 사람인데, 사람하고 너무 오래 사람처럼 살아 생각만 복잡해진 것일 수도 있었다. 생김 새를 두고 이렇다 저렇다 하는 것은 사람뿐인데, 내가 코의 생김새에 대해 뭐라 하는 것은 웃기는 일이었다. 그렇다면 그날 내가 본 것은 환상인가, 눈이 흐려지고 판단력이 떨어진 늙은 개가 헛것을 본 것인가.

아무리 살펴봐도 지하로 내려가는 길은 없었다. 지하실은 커녕 오늘따라 쥐구멍 하나 발견되지 않았다. 보름달이 떠 있어 사물을 분간하기도 충분했다. 오래전 일도 아니고 지난주에 본 것인데 감쪽같이 사라지다니. 순간 나는 몇 달 전 시장 근처에 있는 사랑동물병원 원장의 말이 떠올랐다. 의자에 꽉 낄 정도로 몸이 큰 원장은 여간해선 일어서는 법이 없었다. 사람이나 개가 방문해도 그리 반가운 태도를 보이지 않았다. 의자한테 붙들려 꼼짝 못하는 사람처럼 진찰할 때도 의자를 밀고 다녔다. 아빠랑 살기 시작하면서부터 다닌 병원인데, 원장은 내 이름을 기억하지 못했다. 그래서 진료를 마치고 나올 때마다 아빠는 혼잣말을 했다.

"삽교 이름 하나 못 외우고, 저 새끼 수의사 맞어?"

갈 때마다 느끼는 것은 손님이 나와 아빠 말고 아무도 없다는 사실이었다. 어쩌다 동물보호단체에서 구조된 개나 고양이를 데려올 때도 있었지만 원장은 간단한 치료만 해주고는 곧바로 임시 보호시설로 보내버렸다. 아빠는 그런 원장을 의심하면서도 매번 사랑동물병원만 데려갔는데, 왜 그런지는 장염에 걸렸던 날 알게 되었다. 그날 나는 산책하러 나갔다가 심한 갈증을 느꼈고 생각 없이 탄천의 물을 마시고 말았다. 늦은 밤부터 시작된 설사는 멈추지 않았고 아빠는 병원 문이 열리자마자 나를 데리고 사랑동물병원을 찾아갔다.

나를 안고 초조해하는 아빠의 표정을 보고도 원장의 몸은 한없이 느리기만 했다.

"원장님, 우리 삽교가 밤새 설사를 했습니다."

"별일 아닙니다."

기진맥진한 상태로 아빠 품에 안겨 있는 날 보고도 그런 말을 하다니, 서러움이 폭발해서 기절한 척 고개를 떨구었다. 원장이 괘씸해서 골탕 먹이고 싶은 마음도 있었지만, 사실 탈수증세 때문에 눈을 뜰 기운조차 없었다. 내가 갑자기 고개를 떨구자 아빠가 당황해서 원장을 재촉했다.

"빨리 애 좀 봐요!"

원장은 그제야 책상 위에 있던 청진기를 들어 진찰을 시작했다. 원장의 크고 뭉뚝한 손이 내 뱃구레와 주둥이, 눈동자를 살폈다. 나는 진찰이 끝날 때까지 죽은 척 눈을 뜨지 않았다. 버둥거리지도 않았고 불편한 소리도 내지 않았다. 잠시 후 진찰을 끝낸 원장이 아빠에게 말했다.

"설사 몇 번 했어요?"

"다섯 번인가……"

"그럼, 배 속은 깨끗하게 비워졌겠네요. 애 엊저녁에 탄천 물 먹는 거 내가 다 봤어요. 그러니까 급성장염에 걸리죠. 혼자 돌아다니게 놔두지 마세요. 그보다 애도 늙어서 치매가 왔을 텐데, 온 김에 치매 검사 한번 받아보고 가세요?"

탄천 물을 먹는 걸 봤다고 하니 그대로 있을 수도 없고, 아빠가 나를 방치했다는 이유로 원장한테 꾸지람 비슷한 소릴 듣고 있어 더는 그대로 있을 수가 없었다. 그보다 치매라는 소리에 눈이 저절로 떠져 원장을 향해 소리쳤다.

"뭐라구요! 내가 무슨 치매?"

아빠도 치매라는 소리에 내 장염은 까맣게 잊어버린 듯 빨리 검사를 해달라고 했다.

"당장 검사해주세요."

치매 검사라면 기계 속에 들어가 사진을 찍어야 하는 일인데, 기계 안에 갇히느니 차라리 치매에 걸리는 편이 나았다. 나는 소리쳤다.

"검사받기 싫어!"

"애 봐라, 너 지금 무서워서 그러는 거지?"

곰 같은 원장은 용케도 내 마음을 읽었다. 나하고 이십 년 가까이 산 아빠보다 사랑동물병원 원장이 나를 더 잘 아는 눈치였다. 마음은 상했지만, 원장의 놀라운 교감 능력에 한편으론 안심되었다. 아빠는 연신 부드러운 손길로 나를 쓰다듬었다.

"자 그럼, 치매 검사 시작해볼까요. 아버님은 애를 바닥에 내려놓고 저쪽으로 가 있어요."

안쪽에 보이는 수술실이나 엑스레이실로 나를 데려갈 줄 알았다. 불이 번쩍거리는 기계 속에 집어넣고 내 머리 사진을 철컥철컥 찍을 줄 알았는데, 원장의 주문은 예상과 달랐다. 아빠는 원장의 말대로 나를 바닥에 내려놓고선 대기실 의자에 가 앉았다. 두려움에 떨던 나는 방향감각을 잃어버린 개처럼 어리둥절해서 원장을 쳐다보았다. 원장이 내게 말했다.

"지금부터 내가 시키는 대로 해야 한다. 저기 보이는 쓰레기통까지 걸어가봐."

처음에는 원장이 장난치는 줄 알았다. 치매 검사를 한다면서 내게 걸음마 연습을 시키나, 기분이 상했다. 하지만 아빠가 나를 지켜보고 있었다. 그것도 걱정 가득한 눈길로 보고 있어 원장의 말을 듣지 않을 수 없었다. 나는 원장이 말한 대로 출입문 옆에 있는 빨간색 쓰레기통을 향해 걸었다. 쓰레기통 있는 곳에 도착하자 원장이 손짓으로 다시 돌아오라고 했다.

집 안에 갇혀 사는 날이 많기는 했다. 그래도 일주일에 한두 번은 밤 산책으로 단련된 몸이었다. 왕복 오십 미터도 안 되는 거리 정도는 눈감고도 걸을 수 있었다. 그러나 쓰레기통을 찍고 다시 제자리로 돌아와 아빠를 쳐다본 순간 나는 뭔가 잘못되었음을 알았다. 아빠가 한 손으로 이마를 짚고 있었다. 그 모습은 굉장히 심각할 때 하는 자세였다.

"아버님, 애 걷는 거 보셨죠? 알코올 농도 0.03퍼센트 이상, 백 일간 면허정지 수준입니다. 본인은 느끼지 못할 수도 있지만, 나빠지는 건 시간문제입니다."

"치료 방법은 있나요?"

"방법은 없어요…… 방향감각 떨어졌다고 금방 죽는 것도 아니고."

원장의 말투를 해석하자면, 현재 내 치매 증상은 아무 걱정할 단계가 아니고, 면허정지 수준이고 형사처벌 감인데, 금방 안 죽으니까 술은 더 마셔도 된다는 소리였다. 무슨 얘긴지 이해가 되는 것도 같고 아닌 것도 같았다. 원장의 말보다 아빠의 표정에서 내 상태를 판단하는 것이 더 빠르고 정확할 듯싶었다. 아빠는 내게 미안해했다. 웃음기 없는 얼굴로 입꼬리만 살짝 들쳐 올리더니 빠르게 표정이 굳어졌다. 아빠가 미안해할 필요는 없었다. 집 안에서는 항상 아빠 품에 안겨 있고 산책은 주로 밤에 나가다 보니 아빠도 내 걸음이 술에 취한 사람 같다는 걸 발견하기 어려웠을 것이다. 아빠야말로 자신의 몸을 더 돌봐야 할 처지였고, 나 역시 다리가 아픈 것 말고는 내 걸음이 이상하다는 걸 크게 느끼지 못했다. 원장 말대로 면허정지라 다행이었고 면허취소까지는 아직 시간이 남아 있었다.

　그날 사랑동물병원 원장은 나보다 아빠를 더 위로하는 분위기였다. 그는 내 걸음걸이가 재밌는지 한 번 더 걸어보라고 시키고는 실실거리며 웃었다. 생각하기에 따라서는 기분이 나쁠 수도 있었지만, 나는 오히려 원장의 웃음이 묘하게 위로가 되었다. 그의 의도된 말투였을 수도 있었다. 매사 둔하고 퉁명스럽게 행동하는 원장이 우리에게 그 정도의 표정을 지으며 말했다는 것은 애를 쓴 호의였을지도 모른다.

　그날 설사 때문에 갔던 병원에서 치매 진단을 받은 뒤부터 나는 아빠 앞에서는 되도록 걷는 모습을 보여주지 않았다. 움직이지 않으면 더 악화한다는 사실을 알면서도 아빠한테 걱정을 안겨주기가 싫었다. 아빠는 내 걱정 말고도 매일 그녀를 지켜보랴, 자신의 흐트러지는 정신을 수습하랴 한시도 마음의 여유가 없었다. 따라서 그날 이후 내 치매는 다른 문제에 밀리거나 덮여 나조차 잊고 지냈다.

　잊고 지냈던 치매가 꾸준히 나빠지고 있었다면, 걸음걸이뿐만 아니라 다른 증상도 의심해봐야 했다. 눈이 나빠졌거나 귀에 이상이 생겼을 수도 있었다. 나도 모르는 사이에 치매 속도가 빠르게 진행되었다면, 내가 보고 듣고 한 모든 것들이 정확할 리 없었다. 그러니까 고씨 할머니와 코의 실체도 어쩌면 내가 잘못 보고 만들어낸 허상일 수 있다는 생각이 들었다.

잘못 본 그 허상에 이끌려 다시 이곳으로 온 것이라면 내 치매 증상은 면허정지가 아니라 면허취소 수준이었다. 새삼 원장의 냉소적인 말투가 생각난 것은 더는 사랑동물병원에 갈일이 없을지도 모른다는 서운함과 돌이킬 수 없는 것들에 대한 포기를 빨리 받아들여야 한다는 사실 때문이었다. 억울하거나 분하다는 생각은 들지 않았다. 아니, 개로서의 내 생은 그리 나쁘지 않았다. 개로만 살다가 죽은 개들의 생을 생각한다면 개보다 사람처럼 살아온 내가 원망할 일은 아니었다.

당장 죽지는 않겠지만, 죽음을 비상금처럼 가지고 다녀야 할 몸이었다. 언제 어디서 죽음을 맞이할지 모르는 일이었다. 내 생의 한 조각이었을 인연들에 고마움을 표시하고 싶었는데, 그조차 헛것이었다면 이제 진짜 시장을 떠나야 했다.

푸른 천막 속에서 깨어난 아빠도 나처럼 시장을 떠나야 한다고 생각했을지도 모른다. 그녀를 지켜보는 일이 하루의 시작이고 마무리였는데, 그녀는 아무 사이도 아니라고 냉정하게 말했다. 아빠도 물론 그녀와 자신을 어떤 관계라고 생각한 적은 없었다. 관계가 될 수도 없고 되어서도 안 되는 사이라는 것은 알았다. 그렇다고 아무 사이도 아니라고 단정할 수도 없는 관계였다. 아빠는 그녀가 침묵해주길 바랐다. 외부가 아닌 내부에서만 가능한 감정, 말이 아닌 침묵으로만 가능한 관계로 잊혀도 괜찮다고 애써 생각해왔다. 그런데 그녀가 아무

사이도 아니라고 말하는 순간, 다시 대도축산으로 돌아간다고 말하는 순간, 아빠는 고통스럽게 붙들고 있던 벼랑 끝 외줄의 의미를 잃어버리고 말았다. 구원자의 믿음은 아빠가 아니라 대도축산이었다. 아빠는 그녀의 말을 믿을 수 없어 하면서도 믿지 않을 수 없었다. 아니 순간마다 변하는 자신의 감정에 대한 확신이 없어 헷갈렸다. 결국 아빠는 스스로 답을 찾기 위해서 노력해야 했고, 혼자만의 시간이 필요했다.

그렇다면 아빠는 지금 어디에 있을까. 나와 비슷한 경로로 시장을 통과했다면 지금쯤 탄천을 지나 집으로 향했을 것이었다. 어쩌면 집으로 돌아가 쓰레기통 속에 있던 약을 다시 털어 넣고 깊은 잠에 빠졌을지도 몰랐다. 어쩔 수 없는 세상에 굴복한, 어쩔 수 없는 자신으로부터 도망치는 방법은 죽음 같은 잠에 빠지는 것뿐이라고. 그것이 아빠가 할 수 있는 최선이었다.

나는 뒤돌아보지 않았다.

막연하지만 송이는 한 번 더 만나고 싶었다. 탄천으로 가야 했다. 가끔 송이 소식을 전해주던 들개 장군이도 못 본 지 한참 되었다. 장군이는 들개 무리에서 눈치를 보며 살아가는 외눈박이로 눈을 잃고 탄천에서 죽어가던 순간 지나가던 캣맘이 살려준 친구였다. 캣맘의 구애에도 사람을 거부한 장군이는 자주 시장 주변을 맴돌며 살아갔다. 캣맘이 주는 먹이로는 양이 차지 않아 시장의 쓰레기통을 뒤지며 살면서도 사람과 함께 살고 싶다는 생각은 하지 않았다.

나는 그런 장군이와 송이를 대할 때마다 공연히 부끄러웠다. 각자 주어진 상황에 따라 살아갈 뿐인데, 그래도 그들만 만나면 나도 모르게 떳떳하지 않은 기분이었다.

그만 아빠를 떠나야 했다. 자신조차 챙기지 못하는 아빠에게 치매 걸린 나까지 돌봐달라고 할 수는 없었다. 아빠는 언제까지나 나와 함께 살기를 원하겠지만, 그 역시 장담할 수 없는 일이었다. 누군가 먼저 결단을 내려야 한다면 그래도 정신이 더 멀쩡한 내가 아빠 곁을 떠나주는 것이 옳았다.

시장과 대도빌딩, 아빠를 떠나면 지금과는 전혀 다른 생활을 하게 될 것이다. 솔직히 송이와 장군이처럼 살아갈 자신은 없었다. 그러기에 나는 너무 늙었다. 그 애들은 일찍부터 바깥 생활을 시작해서 지금은 완벽하게 적응했고, 사람과 같이 사는 건 상상하기도 싫다고 했다.

송이나 장군이는 다른 친구들처럼 살지 못할 게 불 보듯 뻔했다. 시장을 떠나는 순간부터 아마 배고픔과 외로움에 시달릴 것이다. 거칠고 독하게 살아가는 친구들한테 왕따 당해 무리에는 끼지도 못할 것이다. 아무거나 먹어야 하고 아무 데서나 잠을 자고 목욕은 꿈도 꾸지 못할 것이다. 생각할수록 캄캄한 일이지만, 그렇다고 허물어져가는 아빠한테 의지해서 살 수는 없는 일이었다.

얼마 남지 않은 생은 나답게 살다가 죽고 싶었다. 친구들이 말하는 본능대로 움직이며 먹고 자고 자유가 무엇인지 경험해보고 싶었다. 친구들도 하는데 나라고 못할 일은 아니었다. 이젠 진짜 아빠와 헤어져야만 했다. 헤어지고 떠나는 일은 '문득'의 결심이 만들어낸다. 오랜 시간 준비하고 결정을 내리는 것이 아니라 문득 깨달은 무엇이 경고처럼 떠나길 요구하기 때문이다.

내가 떠나면 아빠는 오히려 홀가분하게 생각할 수도 있었다. 수시로 날뛰는 자신의 감정 상태를 잘 알기에 알아서 떠난 나를 고마워할지도 몰랐다. 아니다, 아빠는 그럴 사람이 아니었다. 내가 없어진 걸 알면 상심이 커 몸이 더 안 좋아질 수도 있었다. 아빠가 다른 사람들과 다르지 않았다면 지금까지 한결같은 마음으로 나와 함께 살지 못했을 것이었다. 세상에는 기호나 취향을 따져 가족이 되는 경우도 많지만, 함께 공존하는 것에 가치를 더 두는 아빠 같은 사람도 많았다. 그러니 아빠에 대해 서운함을 가지면 안 되었다.

탄천까지 오는 동안 나는 아무 결정도 내리지 못했다. 떠나야겠다는 마음은 먹었는데 언제 떠날지, 지금 당장 떠날지 아니면 내일 떠날지 아니면 아빠의 증세를 좀 더 지켜보다가 떠나야 할지 결정을 내리지 못했다.

엊그제 비가 내려 탄천은 활기찼다. 물이 불어난 탓에 주변의 풀들은 시뻘건 흙탕물에 잠겨 있었다. 건너편 마을도 한참 멀어져 보였다. 모란시장이 커지면서 건너편 마을의 불빛은 전보다 훨씬 밝아졌고, 고즈넉했던 탄천은 사람들의 발길로 시끄러워졌다.

덕분에 탄천의 다른 식구들은 하류 쪽으로 이사하기 시작했다. 어쩌면 그들이 먼저 새 시장 이전을 알고 움직였는지도 모른다. 시는 더 넓고 위생적이고 세련된 새 시장을 완공해 곧 이전할 계획이었고, 탄천도 곧 복개될 예정이었다. 사람들은 기대했다. 탄천이 복개되고 시장이 커지면 살기 좋은 도시로 발전할 것이라고. 집값이 오르고 땅값이 오르면 서울 못지않은 도시가 될 것이라고, 공무원들은 사람들이 모이는 곳마다 차례로 찾아와 홍보했다. 우리도 살고 있는데, 우리만 쏙 빼놓고 사람이 살기 좋은 도시를 만들겠다고 약속했다. 시뻘건 물이지만, 그래도 우리가 위로받을 수 있는 유일한 곳이 탄천인데, 우리와 함께 살기 좋은 도시를 만들겠다는 약속은 아무도 하지 않았다.

탄천이 큰 강물처럼 출렁거렸다. 곧 잃어버리게 될 자신의 존재를 확인하려는 듯 세차게 흘렀다. 나는 건널 수 없는 강 앞에 선 기분이었다. 송이를 만날까 해서 왔는데, 탄천은 아무 미련도 갖지 말라는 분위기였다.

나는 아슬아슬하게 잠긴 탄천의 둑길을 걸었다. 저만치 대도빌딩에서 불빛이 새어 나왔다. 이 시간 불빛이 새어 나올리 없는데, 질척거리는 걸음을 재촉해보지만 물빛 때문인지 방향이 제멋대로였다. 앞으로 나가는 것이 아니라 넘실대는물 쪽으로 자꾸 이끌려갔다. 나는 안간힘을 다해 중심을 잡으려 애를 썼다. 그러나 거센 물살을 감당하기 어려웠다. 앞으로 걸어가야 한다는 의지와 달리 몸은 이미 하류 쪽으로 떠내려가고 있었다. 필사적으로 헤엄 비슷한 동작을 해보았지만, 그럴수록 떠내려가는 속도만 빨라졌다. 이대로 눈을 감을 수도 있다는 생각이 들었다. 갑작스레 닥친 죽음에 두려움이 앞섰지만, 나는 평정심을 되찾으려 몸부림치던 몸을 놓아버렸다. 순간, 허우적거리던 몸이 나뭇잎처럼 가벼워지며 천천히물길을 따라 떠내려가기 시작했다. 눈을 감은 채로 그렇게 한참을 떠내려갔다.

눈을 떴을 때, 내 몸은 늙은 뽕나무 가지에 빨래처럼 걸려있었다. 제 몸을 더는 가눌 길이 없어 늘어질 대로 늘어진 뽕나무였다. 뽕나무 가지가 탄천의 생명을 건져 올리기 위한 통발처럼 제 몸의 반을 탄천에 담그고 있었다. 정신이 들어 주위를 살펴보니 뽕나무 가지에 걸려 있는 것은 나뿐만이 아니었다. 뿌리째 뽑힌 코스모스와 옥수숫대, 쑥대, 망초 대 등 온갖 들풀과 푸성귀가 뽕나무 줄기를 칭칭 감고 있었다. 비닐봉지와 플라스틱 용기들이 그물에 걸린 물고기처럼 파닥거렸다. 그중 눈을 의심하게 만드는 것은 따로 있었다. 물살과 맞닿은 가장 아래쪽 뽕나무 가지에 나처럼 걸려 있는 것들이었다. 세 마리 개와 한 마리 고양이었다. 아니, 송이였다. 작고 귀여운 송이가 뽕나무 가지에 걸려 거센 물살에 쓸리고 있었다. 탄천이 고양이들의 무덤임을 종종 봐왔지만, 송이의 주검을 발견하게 될 줄은 몰랐다. 들개와 사람들에게 쫓기다 마침내 탄천으로 뛰어들어 구원받는 것, 죽음만이 두렵고 잔인한 것들과의 작별이고 구원이라는 걸 송이도 나도 알고 있었다. 그러나 천만번 예고된 죽음이라도 눈뜬 자들이 목격하는 죽음은 매번 심장이 멈추는 일이었다.

나를 기다리고 있었던 것일까. 송이의 주둥이는 둑길을 향해 있었고, 끊어질 듯 가는 허리는 뽕나무 가지가 꼭 끌어안고 있었다. 이미 붙들린 죽음이었다. 송이가 있는 곳까지 헤엄쳐 갈 엄두가 나지 않았다. 용기가 필요한 순간, 그냥 바라볼 수밖에 없는 죽음이라고 나를 이해시켰다.

결국 송이의 죽음이 나답게 살고자 했던 마지막 기회를 놓쳐버리게 한 셈이었다. 그 순간 송이를 향해 헤엄쳐 갔다면 나도 송이처럼 뽕나무 가지에 나란히 걸렸을 테고, 그리되었으면 지금처럼 감정이 복잡하지는 않았을 것이다. 후회해도 소용없었다. 나는 이미 죽을힘을 다해 탄천 둑으로 기어이 올라오고야 말았다. 지천으로 피어 있는 개망초가 아니었다면 물살을 이기지 못했을 것이었다. 먹은 물을 토해낸 후에야 나는 유예된 죽음의 고통이 더 크다는 걸 실감했다.

죽음보다 못한 삶이라니, 둑을 향해 기울어진 송이의 얼굴을 더는 바라볼 수가 없었다. 뽕나무가 가지마다 걸려 있는 죽음을 그만 흘러가도록 내버려두었으면…… 아니, 날이 밝으면 시장 사람들이 볼 수 있도록 더 오래 송이의 죽음을 붙들고 있기를 바랐다.

곧 새벽이 올 테고 탄천의 어둠도 걷힐 것이었다. 날이 밝아 드러날 송이와 들개들의 죽음이 나는 두려웠다. 내가 그들을 죽게 한 것만 같아서 다시는 탄천을 볼 수 없을 것 같았다. 송이를 만나고 똥을 누고 아빠와 산책하던 탄천은 다시 올 수 없는 곳이 되었다.

죽더라도 집으로 가 죽고 싶었다. 기를 쓰고 살아났는데, 다시 죽음을 생각해야 하다니. 나는 영원처럼 느껴지는 탄천의 둑길을 온 힘을 다해서 기어갔다. 물소리만 들리는 고요한 새벽이었다. 얼마쯤 갔을까. 탄천의 물소리를 뒤덮는 소리가 가까이에서 들렸다. 물고기 떼가 몰려드는 소리 같기도 하고 누군가 첨벙거리며 노는 소리 같기도 했다. 기력이 다한 내 몸이 잘못 들은 소리일 수도 있었다. 그러나 소리는 금방 사라지지 않았다. 탄천에 물고기 떼가 살 리 없고, 이 새벽에 탄천을 건너는 사람 또한 있을 리 없는데?

소리가 나는 쪽으로 조금 더 기어갔다. 탄천을 가득 메운 새카만 물체들이 보였다. 참나무에 붙은 진딧물처럼 보였다. 아니 초원을 달리는 시커먼 누 떼 같았다. 그것들은 탄천을 헤엄쳐 건너는 것이 아니라 탄천을 가득 메운 채로 움직였다. 시장에 살면서 그토록 많은 양의 물건을 본 적이 없었다. 동해수산 물고기가 아무리 많다고 한들 몇천 상자에 불과할 테고, 대도축산에서 잡은 개와 고양이 숫자 또한 수천 마리는 안 될 것이었다. 탄천을 가득 메운 그것들의 수를 가늠하는 것은 시장에 사는 바퀴벌레의 숫자를 논하는 것처럼 어리석은 일이었다.

탄천을 건너는 그것들은, 쥐였다.

오락가락하는 내 정신이 또 헛것을 만들어내는 것은 아닌가 하여 더 가까이 다가가 몸을 낮춰 보았다. 잘못 본 것이 아니었다. 둑길 바로 앞에는 대도빌딩이 있고 빌딩 주변으로 모란시장이 펼쳐져 있었다. 그리고 나는 집으로 가려는 의지가 확실했다. 결코 잘못 본 것이 아니었다. 무엇보다 확실한 것은 코와 고씨 할머니가 쥐 떼를 이끌고 있다는 사실이었다.

코는 커다란 깃발을 들고 쥐 떼를 이끌었다. 전쟁에 나가는 장수처럼 맨 앞에서 깃발을 흔들어 방향을 잡았고, 호루라기를 불어 의지를 다졌다. 고씨 할머니는 맨 뒤에서 그들의 이탈을 막았다. 나는 납작 엎드린 채로 그들의 군가 소리를 들었다.

가자! 가자! 새로운 세상으로!
아무도 우릴 막을 수 없어.

사람들은 모를 거야, 우리가 이긴다는 사실을.
사람들은 모를 거야, 우리가 얼마나 강한지.
우리는 절대 죽지 않아, 우리의 세상은 영원해.

가자! 가자! 새로운 세상으로!
아무도 우릴 막을 수 없어.
사람들은 모를 거야, 우리의 정체를.
사람들은 모를 거야, 닥쳐올 미래를.
우리의 힘을 보여주자, 우리의 세상을 만들자.

그들의 행렬은 계속되었다. 물속인지 하늘인지, 지구 어디서부터 시작되었는지 가늠하기 어려웠다. 동해수산 냉동창고 지하실에서 본 게 다가 아니었다. 시장에서부터 이어진 쥐 떼는 거대한 먹구름이 빠르게 움직이는 듯 보였다. 탄천에서 끊임없이 솟구치는 것도 같고, 상류에서 떠밀려오는 수십만 마리 물고기 떼 같기도 했다. 그토록 역동적인 생명을 본 것은 처음이었다. 이미 죽어 있거나 죽기 직전의 것들만 진열된 곳이 시장이었다. 생생하던 것들도 시장에 나오는 순간 서서히 생명력을 잃었다. 사람들만 정신이 번쩍 드는 시장에 사람 수보다 많은 쥐들이 살고 있었다는 사실을 사람들만 모르고 산 셈이었다.

부러웠다! 그들의 연대가, 그들의 강인함이 부러워 화가 났다. 우리도 연대하면 그들처럼 강해질 수 있었을 텐데, 그랬으면 우리도 대도축산 같은 곳에서 희생당하지 않고 살 수도 있었을 텐데. 넋이 나간 채로 그들을 바라보며 나는 송이를 생각하지 않을 수 없었다. 우리도 우리만의 세상을 만들었더라면 뿔뿔이 흩어져 살다가 생을 마감하지는 않았을 것이었다.

그들이 노래하는 새로운 세상이란, 새로 지은 시장을 말했다. 시는 모란시장을 이전시키고 탄천의 복개를 서두를 예정이었다. 국내 최대의 종합 재래시장으로의 도약이라고 했다. 지저분하고 혐오감을 주던 모란시장의 이미지를 개선하려고 새 시장은 현대식 건물로 지어졌다. 지금 시장보다 서너 배나 큰 규모로 구역을 세분화해 골목의 장점을 최대한 살렸다.

상인들은 벌써 새 시장으로의 이전을 준비했다. 좋은 자리는 이미 번영회 사람들이 차지했지만, 새로 입주하려는 상인들의 눈치작전도 치열했다. 덕분에 번영회의 힘은 갈수록 세졌다. 물론 그 모든 중심에는 대도축산 박 사장과 그 측근들이 있다는 것을 모르지 않았다. 알면서도 그들의 뜻을 지지할 수밖에 없는 것이 시장에서 살아남는 길이었다.

그러니까 코와 고씨 할머니, 쥐 떼들이 가장 먼저 새 시장으로 이주하는 셈이었다. 어디서나 눈에 띄어 대수롭지 않게 여긴 쥐들이 오일장에 모인 사람 수보다 많아 가늠하기 어려울 정도라면, 모란시장은 이미 쥐들한테 점령당한 것이나 마찬가지였다.

쥐 떼의 행렬이 끊어지길 기다리기는 어려웠다. 조금만 더 있다가는 풀숲에서 그대로 잠이 들거나 영영 일어나지 못할 수도 있었다. 쥐 떼에 쓸려 죽기 전에 조금 더 기운을 내어 집으로 가야 했다. 나는 거북이처럼 기어서 집으로 돌아왔다. 삼층으로 오기까지 숨이 끊어질 듯한 고통을 여러 번 겪었다. 그래도 신이 조금 더 살 기회를 준 것인지 아빠가 잠들어 있는 집으로 무사히 돌아올 수 있게 되었다.

아빠도 나처럼 아주 멀고 힘든 길을 걸어온 모양이었다. 머리는 흐트러졌고 얼굴과 흰 셔츠는 온갖 얼룩으로 찌들어 있었다. 벨트 없는 바지는 가는 허리를 감싸지 못해 엉덩이까지 흘러내렸고, 드러난 정강이뼈는 유난히 희고 도드라져 보였다. 구겨진 구두 한 짝은 침대 아래에 또 한 짝은 침대 위에 놓여 있었다. 아빠의 숨소리를 확인하고 싶은데, 침대 위로 올라갈 기력이 없었다. 여느 때 같으면 내 인기척을 느낀 아빠가 먼저 손을 내밀었을 텐데, 아빠는 조용했다. 다시 약을 먹은 것이 아니라면 아빠는 지금 잠을 자는 것이 아니라 죽은 것일 수도 있었다. 나는 침대 밖으로 나와 있는 아빠의 손 가까이 다가갔다. 나를 안고 쓰다듬던 아빠의 손은 어제보다 더 가늘었다. 손에 닿을 수는 없지만, 아빠의 손은 아직 따뜻해 보였고 푸른 정맥이 꿈틀거렸다.

아빠도 나도 죽음이 새삼스럽지는 않았다. 우리는 매일 진열대에 펼쳐진 죽음을 보아왔다. 일상화된 죽음에서 우리는 예외라고 생각하지 않았기에 우리도 언젠가는, 아니 곧 맞게 될 죽음을 두려워하지 않았다. 다만 그들처럼 그렇게 죽기는 싫었다. 모두가 평등한 죽음을 맞이할 수는 없지만, 죽는 순간 원망과 미움, 공포를 느끼며 죽는 것은 옳지 않았다.

열린 창문으로 새벽 공기가 스며들었다. 어제와 다른 탄천의 공기에서 나는 송이의 냄새를 맡았다. 더는 물을 수 없게 되어버린 송이의 안부가 열린 창문으로 불어왔다. 나는 온 힘을 다해 고개를 들었다. 할 수만 있다면 창가에 올라서서 탄천을 바라보고 싶었다. 그래봤자 소용없는 짓이란 걸 알면서도 뽕나무 가지에 걸려 있던 송이가 어떻게 되었을지 미치도록 궁금했다. 장사 준비로 소란스러워진 시장의 새벽 풍경도 그리웠다. 나는 닿을 듯 닿지 않는 아빠의 손끝 아래에서 창밖 시장 소리에 귀를 기울였다. 사람들의 발소리와 말소리가 들려왔다. 사람들의 악다구니, 다른 생명의 울부짖음, 장미 향기, 고추 냄새, 땀 냄새, 비린내, 돈 냄새가 신선한 새벽 공기를 타고 창을 넘어왔다.

누군가 소리쳤다.

"박 사장이 죽었어요!"

박 사장은 대도축산 뒤꼍 철창 속에 죽어 있었다. 사납고 덩치 큰 개 같았다. 입에는 전기봉이 물려 있었고, 나자빠진 팔과 다리는 새까맣게 변해 있었다. 두 눈은 튀어나왔고 공중으로 쳐들린 손과 발은 딱딱하게 굳어 있었다.

"누가 박 사장을 죽였대?"

"조금 전까지 멀쩡하던 사람이 왜 이리 죽었을까?"

"참 무서운 세상이야!"

"사람도 죽으니까 꼭 개 같네!"

내 귀는 갈수록 소리를 구분하지 못했다. 외부 소리는 전부 이명처럼 들렸다. 내 몸은 더 이상 듣거나 맡는 기능을 잃어버렸다. 닿을 듯 가까이 있는 아빠의 손조차 보이지 않았다. 파닥거리던 심장이 마침내 잠들기 시작하면서, 나는 꿈결 같은 소리를 들었다.

"삽교야!"

"삽교야!"

아득하게 누군가 날 불렀다. 아빠 목소리 같기도 하고 송이 목소리 같기도 했다.

어디선가 삽교리 할머니 냄새가 나는 것 같기도 하고, 경숙이 앞치마 냄새가 나는 것 같기도 했다. 그러니까 나는 소리와 냄새를 오래 기억하는 따뜻한 개가 맞았다.

　다섯번째 장편을 내놓는다. 가난한 집에 식구 수만 늘린 것 같아 걱정이 앞선다.

　가난의 걱정보다 세상에 관한 관심과 애정이 더 많아서라고, 쏟아놓은 말들에게 먼저 응원과 위로를 보낸다. 모란시장은 서울을 떠나 자리를 잡은 집 근처에 있다. 동네 마트만 이용하던 내게 모란시장은 또 다른 세상이다. 갈 적마다 가지고 있던 현금을 탈탈 털리고도 쉽게 빠져나오지 못하는 곳이고, 구경하는 재미가 하도 쏠쏠해서 딱히 필요한 것이 없어도 찾아가게 되는 곳이다.

　시장이 물론 볼거리와 먹거리 같은 밝고 풍성한 면만 보여주는 것은 아니다. 어느 곳이나 마찬가지겠지만, 시장이야말로 인간의 욕망을 가장 적나라하게 보여주는 세상의 축소판이라 입이 딱 벌어지도록 놀랍고 신기한 것들이 넘쳐나는 곳이기도 하지만, 어느 곳에선 가엽고 애처로운 것들과도 마주치게 된다. 공연히 미안해지고 불편하게 만드는 것들이다.

『모란시장』은 밝은 쪽이 아니라 갈 적마다 애써 피하고 싶었던 곳에 진열되어 있던 그것들에 관한 이야기다. 어쩌다 마주치게 된 그 애처로운 눈동자들을 떼어내고 돌아오는 발길이 너무 무거워 장미꽃을 심던 작년 봄부터 케이지 속 그 귀여운 생명을 품기 시작했다. 채식주의자도 아니고 동물 보호에 앞장선 이력도 없다. 다만 우리가 먹고 마시고 누리는 모든 것이 다른 생명의 희생으로 얻어진 것이라면, 한번쯤은 공존과 책임에 대해 마음을 두어야 한다는 생각이다.

2022년 1월
이경희

모란시장

© 이경희

1판 1쇄 발행 | 2022년 1월 31일

지은이 | 이경희
펴낸이 | 정홍수
편집 | 김현숙 이명주
펴낸곳 | (주)도서출판 강
출판등록 | 2000년 8월 9일(제2000-185호)

주소 | 서울시 마포구 동교로17안길 21(우 04002)
전화 | 02-325-9566
팩시밀리 | 02-325-8486
전자우편 | gangpub@hanmail.net

값 14,000원
ISBN 978-89-8218-296-9   03810

* 이 도서는 한국출판문화산업진흥원의 '2021년 출판콘텐츠 창작 지원 사업'의 일환으로
  국민체육진흥기금을 지원받아 제작되었습니다.